LA PART DES CHOSES

BENOÎTE GROULT

LA PART DES CHOSES

BERNARD GRASSET

PARIS

CHAPITRE PREMIER

KERVINIEC

« Et tout à coup cette joie dont je
ne peux rien dire sinon qu'elle est insen-
sée. Mais il faut l'accepter comme insen-
sée, admettre que tout bonheur ne peut
être qu'insensé mais le vivre intensément. »

IONESCO.

Tout en griffant la terre pour y faire pénétrer
du fumier desséché, désodorisé et concentré en
emballage plastique, Marion surveillait du coin de
l'œil trois eschscholtzias orange qui tremblaient au
vent. C'étaient les derniers de son jardin. Elle
aimait les eschscholtzias pour leur feuillage gracile,
leur couleur ardente et pour cette orthographe
invraisemblable aussi. Depuis longtemps elle cherchait à en surprendre un au moment où il se ferme
le soir, moment si court que les pétales devaient
sûrement bouger à vue d'œil. Le tout était de les

prendre sur le fait : ils se ferment une heure avant
le coucher du soleil. Même coupés et relégués dans
une chambre au nord, ils sont renseignés sur
l'heure à laquelle le soleil se couche.

Marion regardait s'achever une de ces journées
d'arrière-saison où la beauté de la nature contre-
balance si exactement son absurdité qu'une sorte
de trêve s'établit où les questions soudain acceptent
de rester sans réponse. Le crépuscule se coulait
doucement sur la terre, envahissant les champs
d'abord, puis le sable et l'eau à pas imperceptibles,
comme ils font ici en Cornouailles. Entre les deux
îles qu'on pouvait distinguer du jardin, une barque
était posée, parfaitement immobile. A bord, deux
silhouettes, immobiles aussi, semblaient incarner le
bonheur et la simplicité, assises à leur place coutumière sur cette mer coutumière, pâle et douce ce
soir, entre ces îles coutumières aussi, avec leur
rocher noir à l'ouest où se tenait toujours un cor-
moran, à sa place et visiblement heureux d'y être.
Un des deux hommes avait des rhumatismes et
l'autre une femme grabataire qui n'en finissait pas
de vivre. Mais vus d'un peu loin, ils paraissaient
baigner dans une perfection bienheureuse, en cet
instant suspendu, ni jour ni nuit, ni jeunesse ni
vieillesse, ni amour ni peine : une divine absence.

Marion tourna la tête : ça y est, ils avaient gagné
la partie encore une fois! Ils s'étaient fermés en
douce et ressemblaient maintenant à des parapluies
retournés. Le monde se retirait subrepticement et
le décor se préparait à basculer dans la nuit en un

instant jamais saisi, comme l'eschscholtzia. La mer allait devenir hostile, d'autres univers allaient s'allumer dans le ciel et les hommes paraîtraient soudain faibles et perdus dans leur barque très vieille. La femme grabataire recommencerait à souffrir, la soupe serait fade et Marion aurait envie de caviar bêtement ou d'un inconnu très beau qui s'incline vers elle en dégageant un léger parfum.

Elle embrassa d'un dernier coup d'œil son minuscule jardin gagné à grand-peine sur le sable de ces dunes qui l'environnaient de toutes parts, attendant leur heure, guettant la moindre défaillance pour se réinstaller en souveraines dans la parcelle, et se demanda pourquoi elle luttait dans ce carré de verdure avec tant de bonheur. A vingt ans, elle se moquait bien des jardins. Qui jardine à cet âge? On aime la nature en bloc, pas un arbre en particulier. Le jardinage est un goût de vieux. Quand il lui devint impossible de distinguer une mauvaise herbe d'une bonne, elle rentra à contrecœur boucler ses valises, envahie de cette nostalgie fumeuse qui fondait sur elle chaque année au moment d'abandonner ce pays pour six mois. Rester ici saison après saison, y subir l'hiver au lieu de s'en aller comme une cigogne, apprendre à connaître personnellement les oiseaux qui venaient dans le jardin, lire beaucoup, prendre le temps de s'ennuyer... rêve impossible qu'elle caressait régulièrement. On passe aujourd'hui sa vie à quitter ce qu'on aime pour ce qu'on ne connaît pas et ce voyage au bout du monde que Marion allait entreprendre avec Yves lui parut soudain sans intérêt et les Tropiques vulgaires. Quand on peut s'asseoir au cœur de son jardin avec la sensation béate d'être au centre du monde, quand on sait que par vent de sud-est on entendra la bouée sifflante de Merrien et qu'on l'entend et qu'on se dit avec une satisfaction toujours nouvelle : « Tiens, la bouée sifflante de Merrien! Le vent est à suet... »; quand on s'obstine à trouver que le fschschsch des vagues sur sa plage est plus émouvant que tous les autres fschsch, quand enfin on éprouve le besoin de retrouver l'odeur de son pays, comme un médicament, chaque fois que l'on est malheureux, pourquoi courir ailleurs? Marion se sentait obstinément occidentale, et même française, et même bretonne, et même enracinée très précisément ici entre Pont-Aven et Trévignon, là où les champs cultivés descendent jusqu'à la mer, où l'on attache les bateaux aux arbres du rivage comme des bêtes, où les deux univers, terrestre et marin, entremêlent leurs frontières et s'échangent du terrain toutes les six heures dans la douceur beige des plages.

Demeurer, ce n'est pas seulement habiter quelque part, c'est y rester. On ne demeure plus aujourd'hui; on réside çà et là, on déchiquette le temps en lambeaux, la terre en morceaux interchangeables; on annule la nature, on tue les saisons : on exige le Kenya en janvier, la piscine en plein air dans la neige, la télévision dans les caravanes, et la Russie des tsars en Union soviétique pour une somme dérisoire et forfaitaire. En face des déserts climatisés, des circuits aseptisés au pays du choléra, du pôle Nord vu au chaud dans un Boeing, que peut peser ce petit pays qui s'appelle Breizh dans l'intimité avec ses quatre saisons dont deux mauvaises, — et on ne peut jamais prévoir lesquelles, grâce au ciel —, avec son Atlantique difficile, avec ses camélias de février et ses ajoncs d'octobre dont personne ne profite, ni ceux qui habitent parce qu'ils sont habitués, ni ceux qui n'habitent pas parce qu'ils sont toujours ailleurs? Au fond, se dit Marion, Yves et moi aimons la Bretagne exactement comme nous aimons nos parents : heureux de les savoir vivants mais incapables de demeurer avec eux plus d'une journée à la fois.

— J'aime Kerviniec plus que tout, disait souvent Yves.

— On n'a pas le droit de dire qu'on aime un endroit plus que tout quand on saute sur toutes les occasions d'aller ailleurs! répondait Marion qui se complaisait dans un personnage de femme fidèle, logique et ennemie de la facilité.

— Tu as une conception totalitaire de l'amour. Ce n'est pas parce que j'aime Kerviniec que je dois me priver de Tahiti, rétorquait Yves qui avait pris l'habitude de jouer en face de Marion le rôle brillant mais frivole du dilettante.

A force de les jouer, presque pour rire, ces rôles étaient devenus des habitudes commodes, à l'abri desquelles ils vivaient tranquilles, trop tranquilles, et tous deux feignaient de croire, par suite de cette paresse qui vient à longtemps vivre ensemble, que ces données établies au temps schématique de leur jeunesse restaient valables au bout de vingt ans de mariage. On prend rarement le risque de remettre à jour la carte que l'on a établie de l'autre à l'âge des premières découvertes, quand on naviguait à l'estime, prenant pour des continents des terres qui n'étaient que des îles... Mais on veut rester fidèle à cette carte sommaire et oublier que si tel cap s'appelle de Bonne Espérance, c'est que l'on a soi-même pris soin de le baptiser ainsi. La tendresse conjugale consiste à ressembler à peu près à sa carte.

C'est ainsi que Marion laissait entendre à Yves qu'elle ne brûlait pas d'envie d'aller à Tahiti avec lui. Mais c'était partiellement faux. Ce qu'elle voulait, c'était ce qui lui arrivait précisément : que des circonstances indépendantes de sa volonté l'amènent à partir tout en lui permettant d'exprimer des réserves. Elle tenait beaucoup à ne pas tomber dans le panneau des lointains voyages, alibi ou miroir aux alouettes de tant de médiocres. Aussi retenait-elle son plaisir et croyait-elle même sincèrement ne pas en éprouver. En rangeant pour l'hiver les vêtements de pêche de toute la famille et ce stock de vieilles espadrilles raidies par l'eau de mer qu'on jettera toujours l'année prochaine, Marion se dit une fois de plus que si elle avait la chance d'être institutrice à Quimperlé par exemple, elle pourrait faire la marée de novembre, qui atteindrait presque au zéro des cartes cette année, et puis voir enfin la vraie couleur de son camélia qui fleurissait toujours sans elle, en février. Institutrice à Quimperlé! Les nostalgies de ce genre sont parfois le plus précieux de soi-même et l'on veut ignorer qu'elles sont mensongères. C'est à l'état de regret que certaines choses sont bonnes.

Dans la chaumière d'en face, une lampe s'alluma : la seule présence humaine dans ce village où les vieux étaient morts et les jeunes partis en exil. Avec la grand-mère folle de la ferme d'en haut qui chantait en breton la nuit et portait encore un gilet de velours, Créac'h restait le dernier véritable habitant du pays. Marion alla frapper chez lui pour lui dire adieu. Depuis la mort de sa mère et la survie solitaire et presque incongrue de son père, elle éprouvait une intense pitié pour les vieux mâles qui restent seuls. Privés de leurs épouses, ils s'aperçoivent soudain qu'ils ont perdu avec elle toutes les clés de la vie quotidienne. Ils deviennent des étrangers dans leur maison et sur la terre.

— Tant que je peux encore me manipuler... disait le grand-père Créac'h, qui s'obstinait à rester chez lui au lieu d'aller chez sa fille qui avait une maison neuve au bourg, tant que je peux encore me manipuler, je préfère rester chez moi. Je trouverais dur d'aller habiter chez les autres.

L'autre jour, dans le Paris-Quimper, un de ces vieux solitaires était monté à Vannes. Il arborait l'œil hostile de ceux qui savent qu'ils n'intéressent plus personne au monde et ce manteau élimé, calculé pour être le dernier et qui joue les prolonga-

tions. Parce que son père avait le même iris usé
au bord, comme si le passage des paupières, répété
une vie durant, en avait gommé la couleur, Marion
lui avait souri au lieu de détourner machinalement
le regard comme font les adultes pour ne pas attraper la maladie. Déshabitué de passer pour un
homme, le vieillard conservait son air sauvage mais
au fil des kilomètres une certaine douceur s'était
frayé un chemin à travers ses décombres. Une fois
même, venue de très loin, une curiosité se fit jour,
un vieux réflexe remonta à la surface et il regarda
les jambes de Marion. Quand elle descendit à
Quimperlé, oubliant son âge, il retrouva des forces
pour lui passer sa valise et presque un geste galant
pour lui ouvrir la portière. Du quai, Marion jeta
un coup d'œil vers le compartiment où le vieil
homme avait repris sa place : mais il était redevenu
très vieux après cette brève incursion dans le
monde des vivants et son regard s'était éteint.

Créac'h, lui, retombait tout doucement en
enfance, sans se plaindre. On trouve normal de
mourir ici, quand c'est l'âge. Il régressait un peu
plus chaque année en se rapprochant de ces crustacés qu'il avait pêchés toute sa vie. Si dure était
devenue sa carapace que la mort sans doute ne
trouvait pas d'ouverture pour entrer dans la place
où restaient pourtant bien peu de défenseurs. Ses
articulations ne s'articulaient plus et il tenait
debout par raideur naturelle. Incapable désormais de cultiver son champ, il s'occupait encore
de deux ou trois bateaux de touristes qui lui don-

naient une raison de survivre et l'illusion d'être toujours un marin. Mais il ne naviguait plus qu'à force de ruse, profitant d'un courant qu'il connaissait, d'une brise, d'une pente de l'eau qu'il était seul à voir, pour conduire son cher troupeau au mouillage d'hiver dans une anse de l'Aven et le ramener au printemps en pleine eau. Ainsi s'était-il réduit à sa fonction essentielle, accomplissant les mêmes gestes qu'autrefois mais dans un ralenti extrême qui occupait tous ses mois d'hiver et dont la durée semblait croître au rythme où déclinait sa vigueur. A quatre-vingt-cinq ans, Créac'h en arrivait à la limite de l'inanimé.

C'est l'hiver que Marion conversait avec lui, quand le départ des touristes et des amis parisiens, qui parlaient toujours trop fort pour qu'on entendît les gens d'ici, laissait à nouveau monter la rumeur du village.

— Dans le temps, dit Créac'h qui en revenait toujours à sa jeunesse parce qu'elle constituait, avec la mer et la guerre de 14, l'essentiel de sa vie, un marin ne pouvait se marier qu'avec une fille de marin. Aucun paysan n'aurait voulu de nous : on ne gagnait pas assez. Je parle d'avant guerre.

Avant guerre, c'était l'époque où les paysans construisaient de belles fermes avec un étage et un toit d'ardoise, alors que les marins habitaient sur la terre battue dans des chaumières qui n'étaient souvent pas à eux.

— Le beurre, on le mangeait pas, on le vendait. A midi, on emmenait du pain sec à l'école et une pomme. Et le soir, on avait la bouillie d'avoine.

Il hocha la tête. Il ne cherchait pas à se faire plaindre, il constatait simplement. C'était plutôt la jeunesse d'aujourd'hui qui lui semblait anormale avec ses autos, ses maisons neuves, la télé...

— Cinq francs que j'ai ramenés un été comme second sur un thonier. Cinq francs! Et j'avais une famille à nourrir. Aujourd'hui on peut pas se plaindre, dit-il après un silence en jetant un coup d'œil sur sa maison.

Le sol était toujours en terre battue mais il y avait un réchaud à butane dans un coin et il n'allumait plus la vieille cuisinière à bois qu'en plein hiver pour se chauffer. Un poste de TSF, comme il disait, d'un modèle très ancien, avec un panneau de tissu beige devant le haut-parleur, trônait sur une étagère construite pour lui. Créac'h écoutait les messages des bateaux tous les jours.

— Je vois des jeunes qui se plaignent, poursuivit-il, mais s'ils savaient comme on a été, nous... Personne peut imaginer comme on a vécu autrefois. Non personne, répétait-il sans regarder Marion, dans sa totale impuissance à décrire.

Toute sa vie, Créac'h avait navigué et la nuit il naviguait encore.

— C'est drôle, dit-il, je fais que de rêver de poisson. Tous les soirs pareil, je pêche du poisson; et toujours du beau. Je gagnerais bien ma vie maintenant, si c'était vrai!... Vous boirez bien un verre de cidre? Il est un peu dur cette année mais il est meilleur que celui de la coopérative, toujours.

Marion tendit son verre; il l'emplit d'un liquide opaque qu'il tenait encore à faire lui-même. Il lui avança une assiette de biscuits anciennement secs et ils en vinrent au cher sujet :

— Je crois que nous sommes pour avoir la pluie : le vent est tombé dans le sud, ce soir, on entend la mer...

Ils tendirent l'oreille.

— Tout de même, pour une Toussaint, dit Marion. L'année dernière à la même époque...

Puis ils évoquèrent le voyage à Tahiti et il attira une boîte de crêpes-dentelle où il serrait le courrier de toute sa vie, pour montrer à Marion une carte postale du téléférique de Hong-Kong qu'il avait envoyée à sa femme soixante ans plus tôt, du temps qu'il faisait son service dans la marine.

— Ah ça, c'était une belle ville, répétait-il en hochant la tête. J'avais aimé cette ville-là.

La prochaine fois que je reviendrai ici, pensait Marion, le rideau de filet sera décroché, les sabots de bois blanc ne seront plus dans le couloir et Kerviniec sera mort pour toujours. Il n'y aura plus ici que des touristes qui s'en vont à la première pluie et qui habiteront deux mois par an comme des squatters ce village de chaumières où traîne encore le reflet des âmes mortes. Personne ne saura plus qui a planté le rideau de cyprès qui protège ma maison des vents d'ouest... une époque où l'on plantait avec confiance pour un avenir dont on ne pouvait imaginer qu'il ne penserait pas à vous et oublierait vos raisons; pour des petits-enfants

qui s'en iraient ailleurs et ne sauraient même pas
le nom des arbres. Et c'est moi, l'étrangère, qui
bénis le vieux Tréguier chaque fois que le vent
souffle.

— Allez, *kenavo,* dit le vieil homme qui ne savait pas parler longtemps.

Elle l'embrassa. Il sentait fort depuis le temps
qu'il chiquait, mais pas mauvais, et elle lui dit à
bientôt comme chaque année, sans trop y croire.
Il avait 18 de tension, et ne se soignait pas.

— Si mon heure est venue, y a pas aucun
docteur qui tienne, disait-il.

En rentrant chez elle, elle trouva devant sa porte
le squelette qui servait de chien de garde à la ferme
d'en haut. Sa fille Pauline l'appelait le chien rose
quand elle était petite, tant son poil était roux
pâle.

— Alors, Finaud, mon chéri, dit-elle en se pen-
chant sur sa bonne puanteur, on vient jouer au
chien de luxe?

Il leva vers elle sa grosse tête dont les yeux trop
expressifs, le front large et les oreilles tombantes
le faisaient ressembler aux animaux semi-humains
de Benjamin Rabier. Elle avait à peine ouvert la
porte que le chien s'engouffra dans la salle et
s'aplatit humblement dans le coin le plus obscur,
l'œil baissé pour éviter de lire un verdict dans ceux
de Marion. C'était le jeu. Elle se mit à rire. Depuis
qu'une idylle s'était nouée entre Marion et le chien
rose, chaque hiver ils se retrouvaient secrètement.
L'été, ils s'ignoraient ou presque. D'ailleurs, cette

bête était dégoûtante, on ne pouvait le nier. Si
on lui donnait « ça », elle prenait « ça »! Et puis
les puces... Yves avait une peau à puces.

Bien sûr, tu as raison, mon chéri. Le fermier
était furieux, c'est vrai, quand Finaud venait men-
dier devant la porte des voisins et les coups de
pied pleuvaient à son retour; on finissait par l'enchaîner dans la cour jusqu'au départ des touristes.
Mais l'hiver, Finaud se retrouvait libre et prêt à
payer de n'importe quelle raclée sa ration annuelle
d'amour humain. Pour l'heure, il attendait la tête
basse, les os bien saillants, le poil triste, la queue
humble... Marion faisait durer le plaisir et feignait
la colère et puis tout à coup elle cria : « Oui, tu
restes! » en souriant intérieurement à la pensée
qu'elle lui parlait comme à un homme. En une
seconde, le squelette se transforma en roquet abu-
sif, le mendiant en enfant gâté. Après avoir tour-
noyé autour de la pièce à toute allure en aboyant,
il s'installa sur le tapis-brosse devant l'entrée. Le
fauteuil serait pour demain. L'escalade comprenait
des degrés qu'il fallait franchir avec hypocrisie
puis occuper avec insolence. Au sommet, le lit,
où l'on avait une chance d'installer ses puces, les
bonnes années. Le jour, Finaud refusait de quitter
la maison pour ne pas être repris. Il emplissait la
maison de son odeur de chien vigoureux et mal
lavé. Mais il sanglotait de tendresse quand Marion
lui prenait la tête entre les mains. Comment résister au plaisir démesuré que l'on donne? Marion
lui prépara du riz de luxe gros grains et deux cents

grammes de viande hachée avant de se faire cuire deux œufs à la coque qu'elle savoura religieusement. Puis elle mangea plusieurs cuillerées de beurre salé, baratté le jour même à la ferme, un beurre très jaune où suintaient des gouttes de petit-lait, avec une vache sculptée sur le dessus. Qui connaîtrait le goût de ce beurre-là quand la dernière fermière se serait ralliée aux coopératives? Le pain de deux était bien boulangé. Encore une chose qu'elle ne mangerait pas au bout du monde. Elle enfouit son nez dans la mie, l'odeur en était exquisement honnête. C'était vraiment *la* nourriture par excellence, le pain du Notre-Père. Bientôt il n'y aurait plus que du pain de mie en emballage plastique, comme l'engrais. Le pain et la merde, tout serait sous plastique. Un fumier désodorisé qui aurait le goût du pain et vice versa. « Attends un peu, je vais te faire passer le goût du pain! » On ne croyait pas si bien dire.

— Viens, mon chéri, on va se coucher, dit-elle à Finaud qui comprit que ce soir on brûlait les étapes mais feignit de le trouver naturel.

Marion lui disposa une toile au bout du lit et se prépara à l'entendre secouer ses oreilles toute la nuit et gratter ses tiques et ses teignes.

A 9 heures, elle monta à bord de son grand lit-bateau, avec ses provisions de route, des livres, des journaux, une bouteille d'eau de Plancoët, son carnet de notes.

— Est-il bien sain, pensa-t-elle, de trouver tant

de plaisir à se glisser sous une couette de plumes avec un livre et un chien, à mon âge?

Elle regarda longuement les flammes mourantes qui reprenaient parfois vigueur sans raison et se sentit heureuse : une bouillotte brûlante valait mieux certains soirs qu'un homme tiède et ne vous criait pas « Enlève tes pieds de là! » Et il y a un an à peine, même les œufs coque, innocente merveille, n'avaient plus de goût pour elle! Tout lui était rendu maintenant. Il fallait se féliciter de moins aimer si l'amour avait le pouvoir de vous gâcher ainsi le reste du monde. Yves ne lui tenait plus lieu d'univers, rôle impossible qu'elle avait trop longtemps voulu lui faire assumer. Il s'était rétréci aux dimensions d'un homme, très aimé, et mille bonheurs oubliés avaient refleuri dans l'espace qu'il laissait libre. L'idée qu'il ne pensait pas à elle à toute heure du jour ne l'empêchait plus de savourer la chaleur de son lit et le plaisir de vivre sans souffrir du cœur ni du corps. « Repose en paix », se dit-elle avec un soulagement à peine teinté de mélancolie. Finaud se mit à secouer bruyamment ses oreilles déchiquetées de chien battu, écarta le vieux drap d'une griffe impérieuse et tourna plusieurs fois sur lui-même pour bien concentrer sa béatitude sur ce petit creux au bout du lit où il allait passer une nuit enchantée, roulé serré pour que rien ne se perde.

A quelques encablures de là, dans sa nuit, Créac'h aussi était heureux. Il extrayait de son premier casier un homard de deux kilos. Ça commençait bien. Il avança la manette des gaz pour gagner l'emplacement du deuxième casier qu'il avait placé juste sur le tombant de la Roche à l'Homme. Un bon coin d'habitude.

CHAPITRE II

PARIS

Marion eut du mal à retrouver des cahiers Gallia comme ceux sur lesquels elle avait tenu son journal de jeune fille pendant les si longues années où elle avait été jeune fille. Elle retourna dans son ancien quartier où tout n'avait pas été détruit ou modernisé et refit le trajet qui la conduisait chaque jour de chez elle au lycée Victor-Duruy. La rue de Varenne demeurait une rue morte, momifiée dans une dignité de bon ton, ses portes cochères closes sur des cours aux proportions sévères et justes. Les lycéennes de Duruy préféraient se donner rendez-vous rue de Grenelle où l'on trouvait des boutiques d'alimentation, sévèrement réprimées rue de Varenne, et où elles pouvaient acheter des rochers pralinés, des macarons collés trois par trois sur des feuilles de papier ou *la Semaine de Suzette*. C'est au coin de la rue de Bourgogne qu'elle reconnut la sombre mercerie-papeterie où elle achetait autrefois ses « fournitures ». La boutique résistait encore, cernée par une façade d'Auberge cham-

penoise en faux cailloux et un Saloon de vêtements pour juniors qui distillait du rock à longueur
de jour. Mais le palais des mirages de son enfance,
dont on allait en bande contempler les trésors
après la classe, plumiers de carton bouilli ornés
de paysages alpestres, taille-crayons en forme de
mappemonde qui recueillaient les épluchures, ou
ces inabordables porte-mines à six couleurs, n'était
plus qu'une échoppe mal éclairée. La porte faisait
toujours gling quand on entrait et c'était le même
gling, et c'était la même mercière qu'on appelait
déjà « la vieille mercière » vingt-cinq ans plus tôt,
qui achevait là sa vie en vendant dans la pénombre des boutons-pression, des gommes en vraie
gomme, des carnets de moleskine noire à tranche
rouge et mille objets désuets dont le prix se calcu-
lait encore en centimes.

Elles étaient deux sœurs autrefois; les demoi-
selles Bertheaume. On sentait bien que la rue n'attendait que la mort de la dernière pour faire
irruption dans la boutique centenaire, arracher les
dizaines de tiroirs minuscules et ces présentoirs
qui ne se font plus, mettre à la poubelle les petites
marchandises trop variées, passer enfin tout ce
bric-à-brac à l'aspirateur et la poésie avec, et installer une succursale orange de Goulet-Turpin qui
vendrait en pleine lumière les mêmes produits
qu'en face, au Cercle bleu. D'ailleurs les mer-
ceries, à Paris, cela ne se fait plus.

Les cahiers Gallia de la vieille mercière étaient
jaunis. Les jeunes, qui sont devenus une armée de

Huns, dit la vieille dame, ne voulaient plus Jeanne d'Arc ou Bayard sur leurs cahiers mais Johnny Halliday ou Elvis Presley. La vieille dame refusait de connaître ces gens-là. Elle disait de plus en plus souvent : « Je ne fais pas cet article », et cela lui était tout à fait indifférent. Ce qu'elle désirait, c'était rester assise dans son magasin rue de Bourgogne jusqu'au jour de sa mort, parmi ses articles à elle, et résister à la horde de promoteurs et de décorateurs qui guettaient à sa porte comme des vautours. Marion lui prit douze cahiers à 1,50 F. Il lui semblait qu'elle reprendrait facilement la conversation avec ces cahiers-là. Elle retrouva avec un sourire attendri le motif de la couverture : une espèce d'empereur accoudé sur une immense épée, la pointe en bas, tenant dans sa main un globe surmonté d'un coq, entre deux cornes d'abondance et des volutes de métropolitain. Le cahier se faisait en quatre couleurs, toujours les mêmes, mauve, rose, bleu et ocre, avec de vagues striures ton sur ton, et l'on pouvait lire sous le médaillon : Gallia déposé. Au temps des enfances sans publicité, ces cahiers-là vous accompagnaient durant toute une scolarité. Elle choisit des rayures Siéyès. C'est ce qu'on recommandait pour le français. « Racontez un voyage autour du monde. Dites vos impressions et les différentes réflexions que les pays traversés vous inspirent. »

Marion prévoyait en effet qu'elle ne pourrait demeurer sans travailler pendant six mois. Comme on n'arrive pas à chanter juste, elle ne savait pas

ne rien faire. « C'est une infirmité », disait Yves.
« C'est une question d'hormones, rectifiait sa fille
Pauline qui professait l'irresponsabilité des individus, tu n'y es pour rien. » Marion pensait plutôt
que l'oisiveté était une infirmité. Yves pouvait
demeurer des journées entières sur un lit. Elle
ne l'enviait pas du tout. Toutes ces heures semblables à la mort! Il pouvait aussi regarder la mer
interminablement, assis, au mouillage. Il appelait
cela faire du bateau. Pendant qu'il ferait du bateau, elle ferait de l'écriture. Pour se souvenir,
pour le plaisir et avec l'espoir enfantin qu'un descendant retrouve un jour des cahiers moisis et
s'attendrisse sur cette aïeule qui avait peut-être
eu du talent. Car du talent, elle en avait; ou elle
en aurait eu, sûrement, si les contingences ne
l'avaient paralysée. Si elle avait eu la chance d'être
abandonnée... ou veuve... ou de naître homme...
ou de ne pas aimer les jardins, la pêche, les maisons, les livres des autres... ou de moins aimer
Yves... ou d'être stérile...

Aujourd'hui, elle se trouvait au pied du mur.
Ses filles étaient majeures ou mariées et pendant
les six mois à venir, il n'y aurait ni jardin, ni
métier, ni cuisine. Mais il était bien tard. Son passé
faisait d'elle plus que jamais une femme, ne pouvant par définition que sécréter une littérature
féminine — la littérature masculine étant la littérature tout court —, et une femme atteinte de
cette maladie inavouable qu'est l'âge. Elle se sentait poussée sur la touche par tous ces immodestes

jeunes gens d'aujourd'hui qui osaient publier leurs premiers gribouillages, sur lesquels chacun se penchait avec une complaisance servile de peur de paraître distancé. Beaucoup des amies de son âge cachaient un manuscrit dans un tiroir, comme un sein qu'on voudrait tout à la fois dissimuler et montrer, l'histoire de leur premier adultère ou celle de leur enfance, qui ressemblait à toutes les autres et qui ne pourrait éclater soudain qu'avec le style souverain de Léon Bloy, de Colette ou de Gracq. Mais toutes ces dames très émues par leurs émois, tous ces jeunes gens qui ont aimé leur sœur et qui ne sont pas Chateaubriand... c'était à vous décourager d'écrire. Il faut savoir renoncer à ce rêve d'être fait pour autre chose de plus noble et perdre l'espoir de communiquer cette expérience généralement indicible qu'est une vie. Passé quarante-cinq ans, les rêveurs deviennent des ratés, surtout les femmes.

— Pourquoi, surtout les femmes? demandait Yves qu'irritait l'amertume de Marion et cet orgueil camouflé en humilité.

— Eh bien parce qu'un vieux raté n'a manqué que sa réussite matérielle après tout. On dit avec attendrissement qu'il est resté un enfant. Il est souvent beau, comme ceux qui n'ont pas voulu prendre de responsabilités. Une vieille ratée a rendu malheureux pour rien son mari et ses enfants. On ne le lui pardonne pas : elle n'avait qu'à rester dans la cuisine, c'est une solution si simple et qui vous assure de l'estime générale.

— Enfin tu n'as sacrifié personne, toi. Et tu as six mois devant toi maintenant, pour toi seule, si tu veux.

C'est précisément cette disponibilité tardive qui effrayait Marion. Elle se sentait dans la peau d'un amateur qui a longtemps attendu dans les coulisses et qu'on pousse enfin sur scène en lui disant : « Ah! eh bien nous allons voir ce que vous savez faire! » L'heure de décevoir les autres et elle-même avait sonné.

Elle prit le premier cahier, un bleu, et retrouva le plaisir de faire craquer une couverture neuve et de lisser la belle page un. Les pages un sont toujours bien écrites, pleines du même espoir. Comme il semblait simple, le temps où il suffisait d'écrire de sa belle écriture ronde : Marion Fabre, classe de Première A, Littérature Française! Elle cacha les douze cahiers au fond de sa valise avec des Bics de toutes les couleurs, de la colle et des feutres noirs pour les ratures. Elle aimait le côté artisanal de l'écriture et éprouva l'impression satisfaisante d'avoir « fait son cartable » pour le lendemain. Ses filles n'avaient jamais eu le sens du cartable; ni du cahier, d'ailleurs. Elles attachaient vaguement leurs classeurs à feuillets détachables avec une courroie, et les sacoches et gibecières où se déposaient au cours des trimestres tant de précieuses alluvions ne vivaient plus que dans le souvenir de quelques vieux élèves attardés, avec les Gauloises et les Sergent-Major, les encriers encastrés, les buvards, les pupitres à abattant, et le dogme du sacerdoce du Maître. C'est à Marion aujourd'hui qu'il aurait fallu un pupitre à couvercle pour fuir les regards arrogants et crus de ses élèves qui n'avaient plus jamais tort. Comment auraient-ils évolué quand elle redescendrait dans l'arène? Dans ce métier-là, on ne devrait pas s'arrêter. Ce n'était plus un sacerdoce mais un rapport de forces qu'il fallait à tout prix maintenir en sa faveur. Pendant six mois, elle allait déposer les armes.

Avant de quitter son bureau, elle ferma soigneusement à clé le tiroir où elle rangeait ses aveux, seul terrain personnel qui n'eût pas basculé dans la communauté. Elle ne redoutait pas les intrusions d'Yves mais celles de Pauline. Et Pauline allait rester à la maison pendant tout ce temps, ayant découvert très vite que le statut de jeune-fille-qui habite-chez-ses-parents était idéal pour jouir de toutes les libertés aujourd'hui attachées à cet état sans avoir à fournir les prestations correspondantes. Marion désapprouvait le mode de vie de sa fille aînée, ses choix, ses théories et jusqu'à sa façon de s'habiller. Les conversations avec elle débouchaient régulièrement sur des affrontements exaspérants et stériles. Mais elle ne se décidait pas à lui couper les vivres et à la pousser dehors, bien que Pauline eût très cyniquement refusé de poursuivre ses études ou de chercher un travail avant d'y être contrainte par la force. Elle aimait Pauline avec faiblesse comme on n'aime que son enfant aîné, la première chose que l'on ait vraiment faite sur la terre. Elle ne se demandait pas comment l'aimait sa fille : comme toutes les filles, elle ne le découvrirait que très tard, car ces sentiments-là s'aggravent avec l'âge. Dominique, sa deuxième fille, s'était mariée trop jeune et Marion se réjouissait obscurément que les « fiancés » de Pauline se fussent estompés avant d'avoir pu lui demander sa main pour lui passer les menottes. Au moins la retrouvait-elle intacte pendant les intérims, toutes les fois qu'une vacance se produisait sur le plan sentimental qui lui permettait de discerner à nouveau, sous les dépôts laissés par la précédente invasion, les véritables contours de sa fille.

Ce n'était pas le cas pour l'heure. Depuis plusieurs mois déjà Pauline ne s'intéressait plus qu'au cinéma, sous la forme noirâtre d'un metteur en scène virtuel, toujours à la veille de signer des contrats qui se chiffraient en centaines de millions et qui, en attendant, n'avait pas toujours de quoi téléphoner. De toute évidence, il comptait fermement s'installer dans la place dès le départ des parents, ces gêneurs, pour avoir enfin une adresse fixe, pouvoir recevoir les copains et téléphoner à ses producteurs fantômes sans se préoccuper d'acheter des jetons. A quoi bon interdire? Laisser Pauline dans l'appartement, c'était accepter implicitement qu'elle y reçût Eddie, autant voir les choses en face.

— S'il vient, il partagera les frais, bien entendu, disait Pauline sachant très bien que non seulement il ne partagerait pas les frais mais qu'il les ferait doubler suivant une loi, assez courante dans ce milieu, qui permet aux gens qui n'ont pas d'argent d'en dépenser beaucoup. Eddie passait ses nuits chez Castel et ne dînait que dans les meilleurs restaurants, Marion avait renoncé à comprendre comment. Ce genre d'individus l'avait toujours agacée. Elle préférait n'y pas penser. Avec Pauline, il suffisait d'attendre...

— Si tu venais dans mon lit pour la dernière nuit? dit-elle à sa fille.

Gentiment Pauline acquiesça. Marion savait que sa fille aurait préféré lire tranquille dans sa chambre jusqu'à l'heure de son choix et qu'elle-même regretterait bientôt cette invitation. Mais une nostalgie l'avait prise, du temps où Pauline attendait une nuit dans son lit comme une récompense merveilleuse, du temps où elle pouvait serrer sa fille dans ses bras, la palper, la triturer avec un bonheur animal.

Pauline enfila sa nuisette et se glissa dans le lit, le visage barbouillé d'une pommade antiacnéique et d'une crème antirides pour le tour des yeux.

— Enfin, c'est ridicule, dit Marion. Toutes ces crèmes à ton âge...

— Ça fait cinquante fois que tu me dis la même chose, maman, tu vois bien que ça ne sert à rien! *Moi*, je trouve que c'est utile, figure-toi.

Marion se retint de hausser les épaules pour ne pas gâcher leur dernière soirée par une de leurs éternelles discussions.

— Je sais très bien que **tu** ronges ton frein,

dit Pauline en riant. Mais il faut te faire une raison : mon éducation est ratée maintenant. J'aurai presque vingt-trois ans quand tu reviendras, tu sais. C'est foutu!

Marion éteignit la lumière et emboîta sa fille contre elle.

— Eh là! tu te prends pour Eddie?

— Moi j'étais là avant, répondit Marion en se serrant plus fort, et j'espère bien qu'il ne sera plus là quand je reviendrai. Et tu ferais bien de me ménager, parce que les mères, ça dure, tu sais...

— Je commence à m'en apercevoir, dit Pauline tendrement en se retournant contre le mur pour dormir. Ses cheveux trop blonds luisaient faiblement dans l'ombre. Marion posa la main dans le vallon de sa taille. Elle était drôlement faite, sa Pauline. Très rétrécie par endroits, très bombée à d'autres. Pas du tout comme Dominique avec ses lignes sinueuses. Une étrangère à tous points de vue, la plus intime des étrangères.

— Tâche tout de même de trouver un travail à faire pendant tout ce temps. Tu m'avais dit qu'au Salon de la machine agricole ton ami Claude pourrait te trouver un truc d'hôtesse?

— Oui, je vais lui téléphoner un de ces jours, murmura Pauline.

— Pourquoi un de ces jours? Fais-le demain! dit Marion parce qu'on dit toujours des choses inutiles sur les quais de gare.

— J'ai perdu son numéro. Faut que je le demande à sa sœur.

— Enfin, tu n'as pas un carnet d'adresses? Tu ne sais pas où habitent tes meilleurs amis?

— Ooh, maman, dit Pauline sur un ton excédé.

Les mères sont incorrigibles, se dit Marion, et la seule victoire, là encore, c'est la fuite. Ce voyage arrivait à point pour la débarrasser de ce personnage astreignant.

Depuis une semaine déjà Yves était à Toulon avec Alex pour s'occuper des vivres, des devises et de l'embarquement du matériel de cinéma. Iris et elle rejoindraient leurs maris le lendemain et le fils d'Iris les accompagnerait. Marion se promettait de ne pas le laisser conduire : comme la plupart des jeunes gens, il n'avait pas peur de la mort. Ivan venait de rater son baccalauréat pour la quatrième fois en septembre et voulait profiter du tour du monde qu'entreprenaient ses parents pour se faire déposer à Bombay, où il pensait naïvement trouver de meilleures raisons de vivre qu'à Paris. Chacun de nous, se dit Marion, entreprend ce tour du monde pour trouver ou retrouver des raisons de vivre. Elle contemplait sa chambre en ce dernier soir, ce papier blanc à myosotis bleus qui l'avait tant vue pleurer. Elle avait l'impression d'appareiller, comme le *Moana*, de quitter un champ de bataille où trop de combats intimes s'étaient livrés pour que le terrain n'en restât pas empoisonné. Elle changerait ce papier au retour. Et la place du lit. Et tout le reste. Six mois de croisière et trois océans allaient peut-être suffire à noyer Yang, cette petite morte qui restait obstinément assise entre Yves et elle, qu'elle avait contribué à faire mourir, sans doute, par son intransigeance, mais qui se vengeait bien en les empêchant de vivre maintenant. Heureusement, les morts, ça voyage mal : loin des myosotis de sa chambre et de leur symbolisme puéril, Marion espérait bien que Yang disparaîtrait pour de bon, mais de mort naturelle, cette fois.

Elle resserra Pauline contre elle... après-demain, le *Moana* appareillerait; elle serait auprès d'Yves. Gai ou triste, ce serait Yves. Le principal, en toute circonstance, c'est de rester vivant, se dit-elle en se laissant avec béatitude glisser dans le sommeil.

CHAPITRE III

TOULON

Le Pirée, Aden, Bombay, Ceylan, Singapour, l'Australie, Nouméa, les Fidji, Tonga, Tahiti enfin, puis les îles Marquises, les Galapagos et Panama : sur l'immense planisphère épinglé dans le salon du *Moana,* Alex, le maître d'œuvre, est en train de tracer au crayon rouge l'itinéraire du voyage. Un silence respectueux étreint les passagers devant tout ce bleu à franchir. Le salon du *Moana,* avec ses fauteuils club, sa moquette beige, sa cheminée de briques où rougeoient de fausses bûches, paraît risible et totalement inapte à franchir tant d'océan. Par les grandes baies carrées se dessinent les rassurantes collines qui dominent le port de Toulon; un maître d'hôtel inexpressif évoluant dans un air délicatement conditionné passe des cocktails de crevettes et personne ne parvient encore à admettre que cette guirlande de noms à rêver debout va sortir pour de bon des pages de géographie, des refrains de Mac Orlan ou des écrans de cinéma pour devenir une suite de vrais ports avec leurs

odeurs et leurs bruits. Personne sauf Iris à qui sa
fortune a fait perdre depuis longtemps le sens des
distances et celui du merveilleux. Elle a pêché
le marlin bleu aux Bahamas, elle possède un palais
à Marrakech et une île aux Caraïbes, elle a campé
dans le Hoggar avec tout le confort moderne, subi
deux cures de sommeil à New York et une de
désintoxication à Ville-d'Avray, et si elle a accepté
d'entreprendre cette nouvelle aventure bien que
le monde ne l'amuse plus et moins encore la mer,
c'est pour tenter d'oublier qu'elle aura cinquante
ans dans un mois; qu'Alex, son mari, ne lui mani-
feste plus qu'une tendresse épisodique et qu'il n'y
a pas de raison pour que le désir lui revienne vu
la situation locale; que ses poèmes publiés à grands
frais dans des éditions de luxe ont vu le jour pour
des raisons qui ne doivent rien à son talent; que
son fils unique a embrassé la profession de beatnik
parce qu'elle n'est qu'une profession de foi qui lui
épargne honorablement le souci d'en choisir une
autre et lui permet à vingt-trois ans de mourir
d'oisiveté comme d'autres se tuent au travail; enfin
que toute sa fortune ne parviendra pas à modifier
ces diverses données. Elle ne touche pas à son
cocktail de crevettes : depuis quelque temps, les
crustacés lui donnent de l'eczéma. Les crustacés
ou bien la conscience de plus en plus aiguë de
ce malheur de vivre qu'elle tente une fois de plus
d'analyser et d'expliquer à Yves avec cet accent
russe qu'elle a conservé et qui semble aggraver ses
malheurs.

Yves l'écoute avec une complaisance immense parce qu'il se sent heureux, ce qui ne lui est pas arrivé depuis longtemps. Heureux parce qu'il va vivre six mois en bateau et jouir du bonheur de réaliser deux rêves généralement contradictoires : entreprendre un travail qui lui plaît et larguer les amarres de sa vie quotidienne. Pendant six mois, plus de problèmes de subsistance : il va tourner un film dont il est à la fois l'auteur et le metteur en scène, avec l'aide financière d'Alex et d'Iris qui sont à la fois ses producteurs et ses amis. Par ailleurs il s'éloigne d'une mère adorée mais malade et dont il supporte difficilement la décrépitude vue de près; d'enfants qui ont l'indélicatesse de lui ressembler, ce qui l'emplit d'un sentiment de responsabilité diffuse; d'une aventure sentimentale qui a laissé une morte sur le terrain et fait deux blessés; de femmes enfin qui ne sont pas toujours des maîtresses mais plus tout à fait des amies, état délicieux mais précaire dont la présence granitique de Marion l'empêche de profiter avec la légèreté qui conviendrait. Incapable de rompre et ne le désirant jamais vraiment, à la fois par bienveillance universelle et fidélité à ses souvenirs, à quarante-six ans Yves ressent la nécessité impérieuse de caréner. Il traîne, accrochées à sa coque, vingt années de conquête, des colonies de moules, de coquilles vides, des amoureuses fanées, des amis qui n'ont pour eux que d'avoir été les témoins des meilleurs moments de sa jeunesse et qui en empruntent indûment l'éclat. Il aurait aimé que les choses et les gens s'écartent d'eux-mêmes, le moment venu, sur un accord tacite, car il répugne aux explications. Le *Moana* est venu constituer la plus élégante des solutions. Quoi de mieux qu'un bateau pour s'en aller sans un geste? Sa mère lui ferait savoir qu'elle allait bien, ce qu'il était difficile d'admettre, même pour un fils, quand on la voyait. Quelques femmes lui écriraient que Mon Yves chéri, Paris n'est plus le même sans toi et écris-moi vite et Yves se dirait pendant six mois chaque fois qu'il croiserait ces écritures dans un tiroir ou dans une poche qu'il serait gentil de répondre... qu'il répondrait même! Mais quoi? Je m'ennuie sans toi? Faux. Yves ne s'ennuyait jamais. De personne ni avec personne. J'ai hâte de te retrouver? Faux. Quand on est en route pour Tahiti on ne rêve pas aux amies du temps passé; pas encore. Je t'aime? Alors là, terrain piégé. Et puis les lettres mettraient quinze jours à parvenir aux dames et Yves redoutait par-dessus tout les mots à ouverture retardée. Il s'était laissé épouser deux fois, très gentiment, mais n'avait jamais demandé une femme en mariage : ça aussi c'était un acte à ouverture retardée.

Tout en écoutant distraitement Iris dont il connaissait par cœur les tourments incurables, Yves regardait Marion assise en face de lui. L'absence de sa femme eût troublé son plaisir mais sa présence était elle aussi promesse de troubles. Heureux ni avec toi ni sans toi, voilà le problème.

— Vous n'êtes heureuse ni avec Alex ni sans lui, mais il ne faut pas vous obnubiler sur le premier terme, le second est encore plus vrai, dit Yves à Iris qui se jeta avidement sur ce réconfort. C'était un expert en l'art de dorer les pilules, sachant qu'il suffit souvent de présenter la vérité sous une forme différente pour qu'elle fasse moins mal.

Quand donc Yang finira-t-elle de mourir? se dit Yves qui soudain eut envie d'être heureux tranquillement, sans cette glu psychanalytique que les gens sécrètent si indiscrètement aujourd'hui. Le malheur d'Iris, le malheur de Yang, le chagrin de Marion, immergeons! Ce suicide qui restait entre eux, bombe dont aucun des deux n'était assez sûr qu'elle fût désamorcée pour oser l'enlever de là! Il avait quarante-six ans, nom d'un chien et il n'avait tué personne! On peut tout de même à quarante-six ans partir six mois au bout du monde, oublier ce qu'on a envie d'oublier et profiter sans remords de la beauté des choses?

On servait le café, du vrai et du faux, des alcools, des cigares. Yves prit de tout, comme chaque fois qu'il pensait à Yang. Il faudrait plus tard contrebalancer cela par un Binoctal, du Gélusil, du Pulmo-fluide. On soufflerait en faisant l'amour s'il tardait à venir. On raclerait un peu plus fort, le matin suivant, les corridors pulmonaires obstrués de déchets maléfiques. On verrait bien. L'essentiel est de continuer comme si de rien n'était, comme on abat allégrement les arbres jusqu'à ce qu'il soit trop tard et que le climat de tout le pays ait changé. Au moins est-on heureux jusqu'au dernier moment, jusqu'à la dernière écrevisse dans le dernier ruisseau transparent, jusqu'à l'ultime baleine dans l'océan Glacial Atomique.

Le volumineux havane qu'il se mit au bec lui faisait une bouche en forme de sphincter au travail mais il aimait ces gros machins. Au passage l'alcool qu'il dégusta avec délice corroda un peu plus profondément l'érosion qu'il portait au pylore et qui s'apprêtait à devenir un ulcère dans un an ou deux. Mais l'étiquette était si belle pour un connaisseur : Marc de Champagne Pommery! Yves ne résistait pas à la littérature de l'alcool. Cette brûlure légère dans les régions centrales? Plus tard, voyons! Pour l'instant, le divin instant, la Méditerranée commençait à moutonner : Yves l'observa à travers les grandes baies du salon et en ressentit une joie disproportionnée, inexplicable, comme de tout ce qui lui venait de la mer. Il chercha le regard de Marion pour partager cet instant. Ils avaient connu de mauvaises mers eux aussi et n'avaient pas sombré tout à fait... Sentant sur elle le regard d'Yves, elle leva les yeux : une épaisse fumée s'échappait de toutes les bouches, de toutes les mains et le fumeron géant d'Yves allait durer au moins une heure! Elle lui jeta un coup d'œil hostile. Le regard d'Yves se ternit aussitôt et il se mit à penser à autre chose. Il y avait tant d'autres choses dans la vie, nom d'un chien!

Un peu plus tard, dans sa cabine, moquette vert

pâle et fauteuils de satin saumon rayé mat et brillant, Yves s'endormit d'un seul coup. Bien sûr, Marion avait pris soin de dénigrer longuement la couleur des fauteuils, de se plaindre des lit jumeaux, de prévoir qu'elle ne supporterait pas le mauvais temps dans de pareilles conditions, déclarant qu'ils n'étaient d'ailleurs pas sur un bateau mais dans un ancien palace de la Croisette poussé à l'eau par erreur et absolument inapte à la navigation; tout cela sans réussir à entamer le bonheur massif d'Yves. La mer était sous lui pour la première d'une longue série de nuits et il était heureux de la sentir bouger vaguement dans le port, comme ensommeillée. Le sentiment qui l'emplissait à la veille de ce départ lui rappelait certains immenses bonheurs d'enfant, de ceux qu'on ne retrouve jamais, qu'on ne peut ni partager ni décrire.

A l'autre extrémité de la cabine, résignée, dans son lit jumeau, Marion entama *le Temps retrouvé*, tome I, page 1. Elle avait toujours mis Proust de côté, se réservant de le lire à l'occasion d'une immobilisation forcée qui ne manquerait pas de survenir un jour ou l'autre : tuberculose, plâtre ou emprisonnement. Le troisième cas se présentait sous la forme de ce bateau où elle avait six mois à purger. Elle regarda Yves endormi, si loin. Un corps invisible les séparait, un corps céleste comme on disait au catéchisme pour définir ce qui n'existe pas. Cette notion de corps céleste l'apaisait et la fit sourire. Elle avait redouté bien davantage la bouche, les jambes, les fesses ou les coups de téléphone de Yang. Venant après ces malheurs tangibles, la mort de cette personne ne recelait plus rien d'effrayant. Marion ne croyait pas au chagrin et mettait celui d'Yves sur le compte du romantisme masculin, d'une adolescence jamais dépassée, se refusant à admettre qu'on pût pleurer quelqu'un à qui l'on refusait le bonheur de son vivant. Cette logique d'épicière était ce qu'Yves détestait le plus chez sa femme. A un point qu'elle n'imaginait même pas! Mais le fait même qu'elle jugeât bénigne cette tournure de son caractère rendait impossible à Yves de lui expliquer qu'elle avait failli le rebuter pour de bon. Elle se refusait à comprendre, elle qui pesait toute chose, que les poids et mesures n'intervenaient jamais dans les sentiments d'Yves. Et l'on considère volontiers l'autre comme infirme s'il lui manque ce qui vous sert à vous pour marcher.

A l'étage supérieur, dans la plus luxueuse cabine du bord, Iris tentait une fois de plus d'éveiller les sens de son mari par des manœuvres finalement limitées en nombre et dont l'usage répété avait émoussé l'efficacité. Son visage s'ornait d'une bouche rouge, muqueuse et gourmande dont la seule vue décourageait Alex. La chair d'Iris le barbait. Et toute chair d'ailleurs. Ces magazines pleins de seins dressés et de pièges fourchus, toutes ces litières où un sexe féminin réclamait ceci ou cela au nom des droits imprescriptibles de la femme au plaisir, ces livres érotiques qu'Iris laissait traîner dans l'espoir puéril de l'émoustiller, ces Sexoramas internationaux qui ressemblaient à des Comices agricoles, n'avaient réussi qu'à lui ôter tout désir de participer à cette course dont les performances étaient commentées dans les salons. Il avait l'organe pudique et des goûts simples contractés au cours d'une jeunesse chaste et studieuse et de ses premières années d'enseignement des humanités dans un collège religieux. Tous les professeurs de grec ont rêvé un jour de Nausicaa, fille d'Alkinoos, qui descend laver son linge à la rivière, comblant les rêves masculins par son double état de servante et de princesse. Alex s'attardait chaque année sur le Chant V d'Homère avec une langueur qui faisait ricaner ses élèves... Mais aujourd'hui les professeurs de grec ont cessé d'enseigner et les princesses de régner. Alex travaillait à l'alphabétisation de l'Afrique noire dans le cadre de l'Unesco et il ne rencontrait plus, auprès des fontaines, que des bergères effrontées armées de transistors. Iris, qui semblait pleine de vigueur autrefois, s'était muée, par le maléfice de la quarantaine et d'une psychanalyse mal conduite, en lectrice éperdue de manuels de sexologie, de théosophie et de diététique, qui mettaient en équations le manger, le vivre et le plaisir. De plus en plus Alex rêvait d'une bergeronnette qui dégusterait de la viande sans parler de protéines, vivrait non de calories mais de nourritures terrestres, n'absorberait pas de Cogitum pour penser, parlerait de son âme sans se référer au karma et ignorerait le nombre et l'emplacement de ses zones érogènes.

Il lui restait deux refuges : la mer et l'Antiquité, sorte de patrie de rechange où il habitait souvent depuis son adolescence. Il avait pris prétexte de ce film qu'Yves voulait réaliser, de ce bateau trop grand qu'Iris avait hérité de son premier mari et qu'elle louait à l'année pour des croisières de luxe, mais qui se trouvait libre cet hiver-là, pour demander un congé de six mois à l'Unesco et faire enfin ce tour du monde dont chacun rêve sa vie durant, en passant par des îles que les circuits officiels ignorent. Iris s'était passionnée pour l'organisation du voyage mais elle commençait déjà à ressentir cette déception qu'elle éprouvait toujours à l'approche de la réalité. C'est elle-même qu'elle craignait de retrouver partout, cette femme vieillissante qu'Alex venait d'embrasser sur un sourcil avant de gagner son coin du lit. Il tenait à lire plusieurs ouvrages sur l'Inde avant d'y débarquer. Iris se moquait de l'Inde et voulait se faire mettre quelque chose de doux et de chaud. Chacun finit par s'endormir en considérant l'autre comme un bourreau.

De l'autre côté de la cloison, le meilleur ami d'Alex, un livre sur Gandhi entre les mains, sa femme assoupie à ses côtés, pensait au bonheur. Au bonheur de vivre. Il venait de voir la mort de près — un infarctus à quarante-trois ans — et comptait bien profiter de la nouvelle chance que les progrès de la médecine et ses revenus personnels de dentiste lui avaient permis de saisir dans les meilleures conditions.

Jusqu'à cet infarctus, un tempérament sanguin doublé d'une éducation chrétienne avaient pu lui faire prendre pour de l'amour l'attachement bénin éprouvé pour son épouse, une Patricia de bonne famille, dans laquelle il avait laissé tomber cinq enfants sans trop y réfléchir. Ce sont choses plus faciles à faire qu'à ne pas faire, bien que les félicitations des amis et de la société tendent à faire croire aux parents qu'ils viennent de réussir un exploit. Félicite-t-on une machine à cachous de débiter ses cachous dans le métro?

Cette éducation chrétienne ne l'empêchait pas de faire l'amour à son assistante, bénignement aussi, depuis de nombreuses années. Un homme est un homme. D'ailleurs son cabinet était trop chauffé et un corps de femme, nu sous une blouse blanche, ne peut manquer de devenir bouleversant un jour ou l'autre.

Il y avait aussi bien sûr quelques aventures plaisantes de-ci de-là, un dentiste comme un médecin se trouvant déjà en position avantageuse, penché sur des clientes toujours plus ou moins émues. Tout cela, joint à une réussite professionnelle qui le tenait debout dix heures par jour et six jours par semaine, avait abouti à ce coup de tonnerre.

— Depuis l'infractus de mon mari... s'obstinait à dire Patricia sans savoir que cette innocente distorsion allait précipiter sa disgrâce.

La première fois, Jacques avait repris sa femme :

— In-farc-tus, Patricia! **Du latin farcire.**

Mais infractus sonnait plus vrai. D'abord ça rappelait fracture, on était en terrain connu. Alors avec une joie mauvaise, une perversité presque consciente, condamné pendant trois mois de lit au caquet de sa femme, il l'avait écoutée répéter : « Avec ton infractus... Après ton infractus, mon pauvre chou... Quand ton infractus est arrivé... », la haïssant un peu plus chaque fois d'une petite haine mesquine mais corrosive. D'abord ce n'était pas *son* infarctus, mais *un* infarctus qui passait par là. Un accident. Patricia disait aussi, creusant sa propre tombe avec sa langue et lui gâchant par avance sa résurrection :

— Il ne faut pas croire que tu pourras vivre comme avant, mon pauvre chou!... Il va falloir que tu te ménages maintenant...

Le chou la prendrait au mot : effectivement, rien ne serait comme avant. Effectivement, il se ménagerait... une nouvelle existence, oui. Car ces trois mois sans sortir de chez lui, lui avaient révélé de grandes choses. La principale, c'est qu'en réalité il était déjà mort puisque pour lui les jeux étaient faits. Sans cet accident il s'en allait tout droit les yeux bandés, hilare comme un mendiant de Breughel, vers la retraite et sa deuxième mort, précédée d'une de ces interminables vieillesses que l'on fait maintenant, où les jambes et les forces, et même le courage moral, et même les raisons objectives, vous manquent pour échapper à la Présence Perpétuelle du conjoint. On reste parce qu'on est resté autrefois; c'est tout.

Pourtant Jacques avait eu très peur de perdre même cette vie-là. En fait, il ne croyait pas avoir entamé pour de bon son capital-vie, genre d'illusion qui persiste parfois bien au-delà de la jeunesse. L'accident lui apprit son âge d'un seul coup : la veille, il était ce jeune homme qui bridgeait le dimanche avec ses anciens copains de la Fac, ne manquait pas une partie de chasse entre hommes, un week-end de ski, un Congrès, un dîner d'Amicale... le lendemain, il se retrouvait dans la peau d'un moribond de quarante-trois ans, père de cinq orphelins!

Très vite, la mort s'écarta un peu : elle n'avait tué que le jeune homme. Il restait un homme mûr, c'est-à-dire qui n'a plus le choix. Les enfants grandissaient tels des loups affamés et aux yeux de Patricia rien n'était trop beau pour eux. Jacques avait construit lui-même son poste à galène à quinze ans et tous les dimanches jouait au tonneau ou au croquet dans le jardin de sa grand-mère. Il se souvenait pourtant d'une enfance heureuse. Mais on lui avait ri au nez quand il avait prétendu descendre du grenier, pour le repeindre, son vieux tonneau avec le cher crapaud au milieu et les deux petites roues à aubes de chaque côté qui tournaient quand elles voulaient...

— Enfin, mon chou, ça n'amuse plus personne, ton truc! Et puis la moitié des palets sont perdus. Non, achète-leur plutôt un Circuit des Vingt-Quatre Heures du Mans!

Il fallait leur donner tout, tout ce que Jacques

et Patricia n'avaient pas eu : le judo pour les deux garçons afin de pondérer l'agressivité, la danse classique pour les trois filles à cause de la grâce, les écoles de voile qui conduisent infailliblement à l'achat d'un Vaurien — « d'occasion, Papa, une affaire! » — les sports d'hiver avec bronchite ou fracture en prime — une affaire, aussi —, les séjours en Angleterre pour apprendre la langue sans effort — surtout pas d'effort! — les cours de céramique pour l'inutile — très utile, l'inutile — l'électrophone parce que les jeunes ne peuvent pas se passer de musique et le walkietalkie « parce que ça amusera ton père aussi ». Jacques ne trouvait pas beaucoup de temps à passer avec ses enfants puisqu'il travaillait tant pour eux, mais Patricia se montrait une mère exemplaire. Elle avait docilement appris le vocabulaire des mères modernes, disait dysorthographie pour paresse d'apprendre les mots d'usage, asthénie pour refus de sortir du lit le matin, et comportement asocial pour les menus larcins, refus de prêter ses affaires, coups de pied en vache et cruautés diverses propres au jeune âge.

Tout cela se soignait bien sûr, chez des spécialistes spécialisés. Patricia disait « soigner », Jacques traduisait « payer ». Car, travaillant de plus en plus et prenant de plus en plus cher à sa clientèle, il ne comprenait pas comment il se trouvait dans l'incapacité chronique de dire par exemple à sa femme :

— Fichons 300 000 francs en l'air et faisons-nous plaisir à nous pour une fois : je t'emmène à Madère!

A chaque gain supplémentaire du père, correspondait par une sorte de fatalité un appétit ou un besoin supplémentaire des jeunes loups, qui épongeait à un franc près le nouveau surplus et reculait une fois de plus le voyage à Madère.

Pris comme tant d'autres pères dans cet engrenage dont il n'avait pas mesuré qu'il en sortirait à l'âge où il n'aurait plus envie de grand-chose et moins encore de sa femme, Jacques avait avancé sans trop rechigner jusque-là, croyant toujours que demain l'appendicite serait payée, les leçons particulières assimilées, la fracture réduite, et qu'il pourrait s'arrêter un peu et souffler. Mais demain son fils aîné, huit jours avant de passer son permis, lui bousillait sa voiture dans un virage et estropiait un père de famille; sa fille était renvoyée du lycée et contrainte d'entrer dans un cours dit libre avec les conséquences financières de rigueur; demain Jean-François aurait quatorze ans et il lui faudrait un Solex, pour aller à son judo précisément...

Cet infarctus, au fond, quelle bénédiction! Il n'en avait pas fallu moins pour qu'on flanque les deux aînés en pension et les trois autres chez Mamie dont les migraines s'étaient évanouies comme par miracle devant la nécessité, et que vous soit rendu soudain le temps de lire, de penser, de regarder les arbres et de voir sa femme.

Depuis quelque temps, la santé revenue lui four-

millait jusqu'au bout des doigts et il se promettait
bien de... de quoi au fait? Pour l'instant il n'apercevait rien d'autre que baiser plus qu'avant, mieux
qu'avant; misérable emploi d'une liberté quand on
y réfléchit aux portes de la mort. Mais l'angoisse
ne l'avait pas encore saisi. Dans l'euphorie de sa
résurrection, dans l'émerveillement de retrouver ce
corps somme toute très présentable, il ne pouvait
pas s'avouer déjà qu'en fait il ne lui restait qu'une
seule voie : continuer. Et que tout recommencerait
puisque l'angoisse et les rêves se cicatrisent comme
la chair du cœur. Par un bienheureux aveuglement
il voulait croire que ces six mois de convalescence
autour du monde, que ce sursis miraculeusement
offert par son vieil ami Alex, lui apporterait
la solution, la lumière, oubliant qu'on résout un
problème, pas une situation. Et sa situation,
c'était de se trouver allongé près de Patricia et de
n'avoir rien à lui reprocher sinon d'être celle qu'il
avait choisie vingt ans plus tôt. Et puis il y
avait ces cinq enfants apposés au bas de leur
amour.

« C'est Matricia que devrait s'appeler ma
femme », pensa Jacques avec rancune.

Comment leur expliquer à tous, à elle surtout,
que si l'on vient de naître, à quarante-trois ans, ce
n'est pas pour se remettre un vieux bât sur le dos,
sous lequel on est déjà mort une fois?

Enfin, on n'en était pas là.

Tout occupé à respirer sans souffrance, à écouter battre son cher cœur à l'intérieur et le vent à

l'extérieur, Jacques faisait confiance à l'avenir. Il croyait avoir le temps d'aviser. D'autant mieux que Matricia allait le quitter à l'escale de Bombay. Le monde n'est pas mal fait, pensa-t-il : il vaut bien mieux que ce soient les hommes qui aient les infarctus... ou fallait-il dire infarctos? Quelle catastrophe si Matricia s'offrait six mois de convalescence! D'ailleurs qu'en ferait-elle? Elle a désappris à vivre. Je me demande même si elle s'en rend compte.

Il se tourna vers sa femme, une de ces Flamandes qui rendirent fous les peintres et dont la peau laisse tout voir au travers comme si le Créateur avait oublié de leur mettre la dernière enveloppe. Elle luttait courageusement contre une nausée et lui jeta un regard pathétique. Soudain, elle bondit, l'air vivement préoccupé... mais trop tard. Les femmes qui vont ne plus être aimées sont sujettes à ce type d'accident. Jacques se retourna contre le mur pour ne pas voir les grumeaux qui jonchaient la moquette.

— Tu crois que ça va continuer toute la nuit comme ça? demanda-t-elle plaintivement.

— Comment veux-tu que je le sache? répondit Jacques qui ne supportait pas l'odeur de vomi. Et parce qu'il trouvait sa femme particulièrement laide ce soir et qu'une méchanceté toute nouvelle lui était poussée depuis son accident, il ajouta que la tempête venait à peine de commencer et que normalement ça ne pouvait pas durer moins de vingt-quatre heures à cette saison, peut-être plus.

Il insinua que c'était de mauvais augure d'être
déjà malade dans un port.

Patricia prit une pastille de menthe pour ne pas
incommoder son mari. Elle n'aimait pas la menthe
mais avait depuis longtemps pris l'habitude de
tenir compte des goûts de son mari plutôt que des
siens. Elle se mit à lui masser le dos humblement et
il s'endormit dans l'euphorie. Elle n'osa pas ral-
lumer pour prendre un somnifère.

Peu avant l'aube du 25 novembre 1958, les
bruits multiples de l'appareillage réveillèrent vaguement les passagers dans leurs lits moelleux. Il
pleuvait. Seuls Alex et Yves se retrouvèrent sur
la passerelle pour voir le bateau quitter le port.
Entre ses montagnes Toulon dormait. Le vent ne
s'était pas levé encore mais le ciel était sombre et
les prévisions mauvaises.

— Tout de même, dit Alex, quand je pense...

La fin de sa phrase se perdit dans le fracas des
1 500 chevaux-vapeur qui se mettaient en route.

En vareuse de droguet, coiffé d'un bonnet de
laine un peu ridicule tricoté par sa mère, Yves
souriait à la Méditerranée et à travers elle à toutes
les mers dont il allait enfin faire la connaissance.

CHAPITRE IV

LE CAHIER GALLIA

« Que j'aimerais qu'on s'accepte tel
qu'on est, qu'on serve les fatalités de sa
nature avec intelligence : il n'y a pas
d'autre génie. »

JULIEN GRACQ.

A l'autre bout de notre cabine, imperméable au
mauvais temps et affairé comme une fourmi, Yves
est en train de se livrer sur son lit à une occupation dont la nécessité remonte sûrement à la nuit
des temps : se creuser une tanière pour dormir.
L'opération commence par quelques manœuvres
manuelles dont le but est de transformer en l'espace de quelques instants le beau lit lisse du soir
en grabat usagé. Depuis que nous ne faisons plus
lit commun, les agissements maniaques d'Yves se
donnent libre cours et j'observe non sans irritation
les progrès du mal. Il va d'abord déborder les
couvertures jusqu'en bas — claustrophobie —

redresser l'oreiller à la verticale pour qu'il lui
retombe en partie sur la tête — nostalgie de l'utérus — monter debout sur le matelas — symbolisme puéril de victoire — écarter les draps avec
son pied — paresse et début d'ankylose de la
colonne — entrer dessous — normal — puis triturer l'ensemble d'une manière odieuse jusqu'à ce
que le rabat du drap du dessus, froissé à mort, se
retire sous la couverture de laine. Pour conclure,
piétiner longuement son trou-trou avec ses papa-
tes, résurgence d'instinct bestial. Enfin allongé, il
fouit obstinément l'oreiller pour bien y enfoncer
son groin. Durant tout ce temps, je le regarde
avec une insistance gênante mais la bête est trop
occupée pour me voir.

J'ai longuement cherché une marque de matelas
qui ne répercutât pas cette agitation sur le voisi-
nage. La mousse est à fuir : chaque fois qu'Yves
faisait le sanglier, j'étais projetée en l'air. Le matelas à ressorts transformait la cérémonie en concert
pour boudins métalliques. C'est encore la laine
qui amortit le mieux ces manigances.

D'un dernier coup de reins, il achève d'arrondir
son trou et s'y love avec satisfaction. Le silence
s'installe dans la cabine, un silence que la perma-
nence du vrombissement des deux moteurs rend
plus total que le vrai, et la chambre rose et verte
se dirige en cahotant vers le sud de l'Italie.

— Je me demande pourquoi on fait ton lit,
dis-je.

— Toi tu as l'air d'être sur ton lit de mort,

répond Yves. Et j'ai toujours dit que je préférais qu'on ne fasse pas mon lit. On me changerait les draps de temps en temps, c'est tout... Mais ça! Je sais que je ne l'obtiendrai jamais.

Il a passé la journée à coltiner son matériel de cinéma et se retourne vers le mur pour signifier sans ambages qu'il est épuisé et que mon temps de parole est révolu...

Le lit jumeau, haïssable en soi, a du moins l'avantage de vous rendre la liberté de vous livrer à vos vices solitaires. Je veux parler de l'écriture. Couchée auprès d'un homme, on ne peut pas sans ridicule noter dans son petit carnet qu'on est incomprise ou déçue, qu'il vous a fait ci ou ça... Ce serait comme de se masturber sous ses yeux. D'ailleurs une fois mariée, on n'est plus jamais tout à fait sincère. Pourtant dans cette cabine étrangère où le bruit des 1 500 chevaux-vapeur du *Moana* nous isole mieux qu'un mur, éloignée de ma maison, de mes filles, enlisée aussi dans un reste de rancune, je me retrouve un peu jeune fille à nouveau. Bien sûr, je ne dirai pas toute la vérité. Peut-être rien que la vérité : c'est déjà beaucoup. Je serai complaisante envers moi-même, sévère avec les autres. Je ne suis pas là pour raconter la vie de saint Yves des Sept Douleurs mais pour m'apitoyer sur ma personne. Me réconcilier avec ma vie aussi; et avec l'autre peut-être, l'innocent là-bas — car tout le monde est innocent — qui m'impose le spectacle interminable de son sommeil. Il n'est que 10 heures après tout.

— Yves, tu dors?

— Oui.

— Tu sais ce que j'ai lu tout à l'heure dans *le Monde*? Que le tabac a en plus un effet catastrophique sur les vaisseaux sanguins. Tiens, je l'ai coché pour toi. Ecoute ce que le professeur Milliez écrit : « Quand je questionne un artéritique, je suis sûr qu'il va me répondre : « Oui, docteur, je fume » mes cigarettes jusqu'au bout et j'avale la » fumée. » Tu entends?

— ...

— Tu as envie d'avoir les deux jambes coupées en plus de ton cancer du poumon?

Yves feint de ronfler mais je ne suis pas dupe. Depuis dix ans, je colle des têtes de mort au fond des cendriers, je découpe des mises en garde dans les journaux, des photographies de bronches goudronnées et boursouflées par le tabac que je fixe dans ses placards, absolument en vain. Mais je continue :

— J'aime encore mieux que tu boives. La cirrhose du foie ça ne fait pas de bruit alors que le catarrhe des vieux fumeurs... T'entendre racler toute la nuit, ce serait au-dessus de mes forces. Moi je compte vivre jusqu'à cent ans, alors j'aurai besoin de beaucoup de sommeil.

— L'artérite non plus ne fait pas de bruit, grogne Yves.

— Tu oublies les béquilles? Quand les vieux amputés se lèvent la nuit pour faire pipi... toc toc toc dans les couloirs comme le cap'tain Achab...

— Je n'attendrai pas d'avoir les deux jambes coupées pour te quitter, rassure-toi.

— Mais je n'ai pas envie que tu me quittes... j'ai envie que tes jambes ne nous quittent pas!

Nous plaisantons volontiers sur notre avenir sans doute parce que nous craignons de parler du passé. Il vient un moment dans la vie d'un couple où l'on contourne les obstacles au lieu de les attaquer de front. Le feu intérieur de chacun n'est plus assez ardent pour les réduire, l'exigence de vérité s'est inclinée devant les souffrances inutiles qu'elle entraînait et l'on préfère par précaution passer bien au large des zones piégées. Il se crée ainsi entre deux époux des îlots de silence entourés d'un vaste périmètre de sécurité. « As-tu lu l'article du *Monde* sur la Corée? » ou bien : « Ils se moquent de nous à la Météo, tu as vu le temps? » ne risquent pas de conduire vers des écueils où l'on s'est déjà déchiré. Depuis que Yang est entrée dans notre vie, depuis qu'elle en est sortie surtout, nous parlons beaucoup de la Corée et de la Météo. Des amis aussi, car les amis offrent à un couple cet avantage précieux : lui permettre de gratter ses propres plaies et de jeter un peu d'huile bouillante sur celles du conjoint tout en devisant innocemment. Il faut savoir s'ébouillanter de temps en temps car le jour où les plaies se ferment, l'amour est mort. Il reste évidemment l'amour conjugal. Pour deux personnes qui n'ont pas réussi à vider leur querelle fondamentale, Julien et Eveline constituent un gibier de choix, souvent traqué. Ils m'ont permis d'attaquer obstinément Yves sur le même terrain, espérant toujours le convaincre par le raisonnement qu'il avait tort dans un domaine où les plus belles raisons du monde n'ont que faire. Ce terrain, c'est celui de l'adultère. Eveline trompe son mari depuis deux ans déjà, chaque semaine, dans leur maison de campagne où ils continuent à passer les week-end. Je ne me fais pas à cet arrangement.

— Parce que tu estimes que cela ferait une grosse différence à l'hôtel? dit généralement Yves, qui est patient.

Eh bien oui, j'estime. Ou du moins j'estimais. Bien sûr une fois... si ça se trouve... Un lit n'est pas un tabernacle. Mais les lieux et les choses qu'on a aimés ensemble, je trouve moche, tant qu'on reste ensemble, qu'ils servent à d'autres.

— Si tu vas par là, disait Yves, le corps d'Eveline aussi est une chose qu'ils ont aimée ensemble...

Oui, mais son corps n'est qu'à elle, après tout, alors que leur maison... En vérité, ce que je ne suis jamais parvenue à lui dire c'est que moi aussi, une fois, j'avais trouvé les affaires de Yang dans le tiroir de ma table de nuit à Kerviniec. L'Equanil et le Valium qu'elle prenait les derniers temps, pour oublier que j'existais sans doute. Yang avait même couché de mon côté; Yves n'avait pas jugé nécessaire de changer de bord. Peut-être lui avait-il montré le mammouth que dessine l'humidité sur le plafond. Peut-être lui avait-il fait entendre le cri de jeune fille que pousse la petite chouette qui chasse toutes les nuits dans notre jardin? C'est en cela que coucher avec une autre femme chez soi constitue un délit. Mais ces mots-là ne passaient pas ma gorge et tant qu'ils n'étaient pas prononcés je pouvais encore esquiver la réalité. Yves non plus ne tenait pas à ce qu'ils fussent dits : il ne voulait pas tout mélanger, lui non plus, à sa façon. Pourtant il avait emmené Yang à Kerviniec au moins une fois. Bien sûr, l'hôtel n'est pas très romantique, mais de quel droit exigerait-on tout à la fois, un amour tout neuf, la liberté d'en jouir, la bénédiction du conjoint et en plus son lit et ses petites habitudes?

En fait je n'ai jamais trouvé le mode d'emploi supportable de l'adultère et Yves se débattait contre cette évidence. L'essentiel, disait-il pour se raccrocher a du solide, c'est que Julien le sache et qu'il soit d'accord. Certes, mais alors sous prétexte que l'autre vous aime assez pour cela, on le fait vivre à la limite de ses possibilités? J'ai l'impression aujourd'hui qu'avec un très sûr instinct Yves m'a fait, pendant trois ans, exactement le maximum de peine que je pouvais supporter sans craquer. Mais lui tenait à présenter les choses autrement, toujours les deux faces de la vérité : Eveline faisait à Julien « le moins de peine possible » et en tout cas elle ne le « trompait » pas. Effectivement Julien n'est pas trompé : il sait parfaitement qu'on lui broie le cœur deux jours par semaine dans sa résidence secondaire et avec son accord. Le bourreau peut ainsi s'offrir le luxe de

garder bonne conscience. Que reste-t-il à Julien
sinon la honte d'être jaloux à une époque où ce
n'est plus un sentiment honorable, et un empê-
cheur de baiser en rond à une époque où cette
activité est devenue une preuve de civilisation et de
raffinement? La sincérité en amour est un leurre
dangereux : elle mène à faire beaucoup plus de
peine à l'autre en lui avouant qu'on le trompe,
qu'on ne prend de plaisir en le trompant. C'est donc
aussi un mensonge! Il reste évidemment à Julien
d'être ce qu'Yves appelle « un être civilisé ». On ne
se menace pas, on ne casse pas la vaisselle, on ne se
quitte pas, sauf bien sûr si on vous le demande
gentiment, et on se garde beaucoup d'affection;
beaucoup d'estime surtout, ça, c'est le fin du fin.
Et la rancune on peut se la mettre au cul avec
la souffrance par-dessus. On vous demande même,
pendant qu'on vous tient en si bonnes dispositions,
de vous montrer franchement heureux de tout ce
qui arrive de bon à l'autre en dehors de vous. Là,
c'est le sommet de la civilisation. Sinistre rengaine!
Quelle différence avec l'amour maternel, alors?
Si l'un se réjouit que l'autre lui dise : « Va, mon
chéri, et amuse-toi bien, surtout », avec un sourire
de vieille maman compréhensive, c'est qu'il est
plus plaisant de s'amuser quand on sait qu'on ne
retrouvera pas un visage rougi le soir; mais c'est
avant tout parce qu'on n'éprouve plus de véritable
amour pour cet autre. Alors là, c'est une autre
affaire. Quand personne n'aime plus personne pas-
sionnément, il devient facile de se montrer civilisé.

Je m'assieds avec satisfaction sur cette certitude qui m'est venue sur le tard. On ne me fera plus prendre des vessies pour des lanternes.

Ces pensées, que j'ai brassées pendant tant de nuits blanches sans pouvoir en tirer une attitude cohérente, ne me tourmentent plus aujourd'hui mais je ne suis jamais parvenue à les aborder franchement avec Yves. Avant, parce que je ne voulais pas compromettre un équilibre fragile; maintenant parce que la mort de Yang a faussé la situation en m'apportant une victoire équivoque. Je sais aujourd'hui que le problème est insoluble ou comporte mille solutions, ce qui revient à dire qu'aucune n'est bonne. Chacun doit passer son cap Horn tout seul, un jour ou l'autre. Il est aspiré un jour ou l'autre contre son gré dans l'affreux défilé où il faudra subir l'inacceptable, admettre des réalités qui vous tuent, se résigner à tout ce qu'on s'était tant juré de refuser à vingt ans. On se débat férocement, de l'eau salée plein les yeux, on coule cent fois et l'on croit toucher le fond du désespoir et que la vie n'aura plus jamais de goût... Et puis un beau jour, oui, un beau, sans qu'on puisse dire comment, le cap Horn est franchi. On retrouve avec une surprise émue la chaleur du soleil et la saveur tranquille et délicieuse de la vie, qu'on avait oubliées. On ne remarque pas tout de suite que la jeunesse et la passion sont tombées par-dessus bord... mais n'étaient-ce pas deux sentiments invivables à l'usage? Si l'on a réussi à sauver sa voilure, c'est l'essentiel, il ne reste qu'à se laisser filer en confiance. Il ne peut exister deux caps Horn dans une vie.

La paix du cœur, ce n'est pas du tout ce que l'on croyait à vingt ans.

La nuit s'avance et la houle se creuse déjà, bien que nous soyons encore à l'abri de la côte italienne. Je me demande si je m'habituerai à dormir ballottée comme une épave? Je sens mon squelette rouler dans ma peau, c'est une animation incessante qui règne à l'intérieur de moi, tous mes organes flottent, s'agitent, changent de point d'appui et envoient des messages de surprise puis de protestation à mon cerveau surmené qui ne parvient jamais à s'assoupir. De plus, pour me narguer, Yves se transforme la nuit en un monsieur que je connais à peine et le même étonnement me saisit, chaque fois que je le regarde, à avoir dans ma vie cet étranger! Quand il dort, son nez s'allonge démesurément et une expression triste et sévère s'épand sur ses traits, qui le fait ressembler au Grand Condé. Son masque est rigide, sa bouche droite et fine comme un trait de sabre... Pourquoi ai-je choisi de vivre avec cet homme qui n'est pas du tout mon type? Même quand je l'ai épousé, il n'était pas mon type. En le rencontrant, j'ai été victime d'un accident. Très grave, puisque j'en subis encore les conséquences... En fait ce sont les hommes du genre d'Alex qui me plaisent, avec une belle argenture sur les tempes, l'air mélancolique et pas très capable, des yeux très doux et surtout ces cils retroussés qui m'ont toujours paru si émouvants chez un homme. Toute ma vie — et elle est assez longue maintenant pour en tirer des enseignements — j'ai été attirée par des universitaires, à lunettes si possible, à complexes en tout cas, bruns de préférence, pleins d'idées utopiques, connaissant la grammaire grecque et latine, croyant au progrès, aimant la poésie et timides avec les femmes. J'en ai d'ailleurs épousé un qui correspondait à ces normes : myope, plus à l'aise dans le maniement des idées que dans celui des objets, distrait, généreux, malchanceux. Six mois plus tard, Olivier était renversé par un taxi boulevard Saint-Germain et mourait d'une fracture du crâne. Je n'ai pas eu le temps de savoir si j'aurais été heureuse avec lui et il n'a eu que celui de me faire un enfant qu'il n'a pas connu et qui ne lui ressemble même pas.

Yves, lui, préférait l'humanité aux humanités, possédait une vue de lynx, une chance insolente et il plaisait trop aux femmes. Il m'a beaucoup déplu la première fois et je lui ai dit qu'il ressemblait à Henri Garat. Il se collait les cheveux à la brillantine, portait un costume d'un gris trop clair, distribuait des sourires personnalisés à tout le monde sans distinction, avait le calembour facile, la peau blanche et douce, des mains féminines, la bouche fine comme on l'aimait chez les séducteurs d'avant guerre; enfin il préférait vivre la nuit et versait comme tous les noctambules dans le mythe de l'alcool. En fait, je ne sais pas par quel stratagème il usurpait cette réputation de séducteur car ses yeux étaient petits et d'une couleur imprécise, avec des paupières cousues en rond comme sur les yeux d'oiseau et il présentait cette anomalie de posséder des iris marron mais un regard gris. En outre, ses performances sportives étaient médiocres, ses épaules plutôt étroites et sa voix n'était pas de velours. Mais tous ces détails lui semblaient parfaitement secondaires, et aux autres aussi apparemment, puisqu'il paraissait acquis une fois pour toutes qu'il gagnait toujours au jeu et aux femmes.

— C'est un noceur, ma pauvre fille, disait Maman.

Il me déplaisait tant que je ne me méfiais pas. Je sortais souvent avec sa sœur et nous le rencontrions flanqué de filles de tous genres avec lesquelles il semblait avoir exactement le même degré d'intimité et tirer les mêmes satisfactions.

C'est en bateau que nous nous sommes mieux connus. Sur la plage, en costume de bain, il faisait plus noceur que jamais avec son dos voûté, ses bras maigres et ses jambes si blanches qu'elles en paraissaient bleu ciel. D'ailleurs il avait horreur du soleil, du sport et des maîtres nageurs. Ah, je ne risquais vraiment rien! Et puis nous avons passé cette journée en bateau. Il s'y connaissait en moteurs; je croyais jusque-là qu'il se vantait. Il manœuvrait habilement à la voile et il parlait bien de la mer, ce qui n'est pas facile. Et surtout, pour la première fois, il n'y avait plus d'autre fille ni d'ami avec nous. Je ne m'en suis pas rendu compte tout de suite, mais en lui, ce que je ne pouvais pas supporter, c'étaient les autres. Ce jour-là il jouait son rôle pour moi seule, et pour la mer qui lui a toujours fait interpréter son plus beau personnage. Il avait tout de même emporté sa bouteille de muscadet dans un seau.

Le soir, nous devions aller à la gare chercher une fille qui arrivait pour lui. N'importe qui, il n'avait aucun goût, c'est-à-dire aucun dégoût. La précédente, une grosse aux cheveux jaunes, était partie la veille et il s'arrangeait toujours pour qu'aucune vacance ne se produisît. Mais la fille n'était pas dans le train. Nous sommes rentrés en parlant de la vie, de l'amour et je ne me doutais toujours de rien. Et puis c'est moi qui suis devenue la fille de ce soir-là, puisqu'il n'y en avait pas d'autre. Je suis sûre qu'Yves n'avait pas de meilleure raison et seulement beaucoup d'amitié pour moi, bien qu'il m'ait dit le contraire après, parce qu'il aime bien faire plaisir et que ce n'était pas plus faux qu'autre chose. Quant à moi, j'ai été prise par surprise. Il avait l'air de trouver la situation tellement courante que j'ai craint d'avoir l'air d'une buse en disant : « Vous n'y pensez pas! » Je n'ai jamais très bien su manœuvrer avec ce type d'homme-là, ils me font perdre mes moyens et le temps que je réfléchisse, c'est dans le sac. Le lendemain, il a décommandé l'autre fille qui avait télégraphié et nous sommes partis ailleurs tous les deux pour échapper aux autres. Dans ce port où il passait ses vacances depuis toujours, c'était intenable.

Tout le temps que nous avons été deux, tout a
marché délicieusement. Puisque son besoin vital
et son talent c'était de s'adapter aux autres, il s'est
adapté à moi parfaitement. Mais où n'aurait-il pas
eu besoin de s'adapter? Quelle adaptation lui était
la plus naturelle parmi toutes les adaptations qu'il
réussissait? C'est la question qui m'a toujours tour-
mentée et sur laquelle je n'ai jamais pu lui extirper
une précision. Toutes les adaptations lui plaisent
puisque ce qu'il aime précisément, c'est s'adapter!
Il n'y avait donc aucune raison pour que je lui
plaise plus qu'une autre.

En rentrant à Paris, il est retourné vivre dans
son horrible hôtel plein de créatures adaptées
d'avance à n'importe qui, qu'il rencontrait sans
arrêt dans les couloirs, dans les rues voisines, au
restaurant où il restait à boire très tard, pas tellement parce qu'il tenait à boire mais parce qu'il
aimait ce qu'on ne dit qu'autour d'une bouteille.
Et elles le trouvaient si séduisant et si brillant
quand il avait bu, et elles disaient qu'il ressemblait
à un grand lévrier, pauvres niaises aveuglées par
le désir d'exister, c'est-à-dire d'appartenir à un
homme, et elles aspiraient ardemment à lui servir
son premier whisky le matin avant le petit déjeuner,
avec cette humilité d'infirmières qui devient si vite,
une fois qu'elles sont dans la place, l'autorité de
la mégère. Je me suis dit qu'avec mes exigences,
ma jalousie et la mauvaise opinion que j'avais de
lui, je ne tiendrais pas longtemps en face d'elles
et qu'il fallait le leur soustraire avant que quel-

qu'un de moins bien que moi ne lui mît un grappin, comme cela avait déjà été fait une fois. Le pauvre lévrier, par incapacité de déplaire, ne sait pas dire non.

Je me souviens que je me suis décidée la nuit où j'ai couché dans son hôtel et où deux filles sont entrées successivement dans sa chambre comme chez elles. L'une, bien dressée, a tout de suite dit qu'elle s'était trompée de porte, mais j'avais eu le temps de voir sa robe de chambre grande ouverte sur des seins énormes avec des boutons comme des pneus de poids lourd. Alors? Est-ce qu'il aimait les seins énormes ou les petits? L'heure était venue de choisir. Je ne sais toujours pas ce qu'il préfère. Pour l'autre fille, c'est lui qui avait dû se tromper sur son calepin toujours noir de monde, car elle a longuement parlementé à la porte sur un ton furieux.

Sommé de faire un choix, il s'est décidé pour les petits seins et il est venu habiter à la maison avec moi et Pauline qui avait deux ans. Il avait l'air heureux, comme d'habitude; moi aussi, mais Maman n'aimait pas Yves du tout. Ou du moins pas pour moi : elle ne me croyait pas de force.

— Si tu vis « en concubinage », ton père en mourra de chagrin, me répétait-elle, sachant que j'avais un faible pour mon père et qu'il n'oserait jamais la contredire. Elle employait toujours les termes les plus laids pour parler de l'amour. A dessein.

J'avais vingt-quatre ans, un métier, une petite

fille, mais j'étais assez retardée pour croire encore
que les parents peuvent mourir de chagrin pour ces
choses-là! Alors j'ai encore sommé Yves et le
malheureux a tout de suite accepté de m'épouser.
Je ne sais toujours pas si l'idée lui serait venue
toute seule. En tout cas il m'a épousée un mois
plus tard. Il ne me plaisait toujours pas, ni physi-
quement, ni moralement, mais j'étais amoureuse.
C'était redoutable.

J'ai continué à être sensible aux intellectuels à
lunettes, n'ayant pas changé de goûts sous prétexte qu'il m'était arrivé un accident de parcours.
D'ailleurs, Yves ne s'est nullement amélioré. Je
suis arrivée à évincer environ 10 % des coureuses
de lévriers — un pourcentage minable — et puis
les costumes trop clairs et la brillantine, parce
qu'au fond il se moque de ces détails et que ça
marche aussi bien pour lui de toutes les façons.
D'ailleurs la brillantine ne se fait plus, comme
dirait la mercière. C'était de la Roja bleue! Mais
il a gardé ses petits yeux d'oiseau au regard froid,
son allure lasse, le sourire engageant, la parole
melliflue et le geste tendre pour toutes les femmes
en âge de porter la culotte de dentelle. Il a pris
vingt kilos, mais vingt kilos de sa matière à lui:
il n'est pas modifié. Et il aime de plus en plus
les nouvelles rencontres pour la raison qu'elles
ne peuvent pas encore peser sur sa vie et
qu'il hait toute contrainte. Il se tient seulement
un peu plus voûté qu'autrefois parce que malgré
tout il lui en est tombé sur le dos. Et qu'il

porte encore par moments le cadavre de Yang.

On ne survit qu'en se débarrassant des fantômes, a dit Bachelard. Mais Yves répugne à tuer, même les fantômes. Il range tout bien au fond de lui-même et il essaie de ne plus y penser. C'est aussi pour cela qu'il aime tant la mer : elle lui évite de penser au reste. Hier sur la passerelle avec Alex et le commandant, s'initiant à la conduite de ce gros cachalot blanc qu'est le *Moana,* à l'aube de cette évasion de six mois, je crois qu'il n'avait jamais été plus heureux de sa vie. Le mariage, le plus beau jour d'une vie? Ce n'est jamais vrai pour un homme. Le but de leur existence, c'est beaucoup plus qu'une femme, c'est la vie tout entière à embrasser. Si l'on pouvait faire comprendre cela aux femmes aussi...

Il y a un an déjà qu'Yves refuse de penser. Depuis la mort de Yang. Ce n'est pas seulement la France que nous quittons aujourd'hui mais cette année de silence. Ce n'est pas tant ce suicide qui nous a paralysés que notre échec en face du problème n° 1 de deux êtres qui s'aiment et qui vivent ensemble. Nous avions pourtant été d'accord au départ, sincèrement et sans réticences. Yves m'avait dit un jour, toujours à propos de Julien et d'Eveline qui représentaient un peu le négatif de notre couple :

— La peine de Julien est ce qu'elle est, mais il y a une chose que je trouve inadmissible dans tous les cas, c'est le chantage à la douleur : « Ne fais pas ça, parce que cela me ferait trop de peine. » Même entre parents et enfants c'est un argument malhonnête, qu'on devrait s'interdire d'employer. Que je n'emploierai jamais. Je conçois qu'on ait du chagrin mais ça ne vous donne aucun droit sur la vie et les actes de quelqu'un d'autre. C'est à chacun de juger s'il supporte ou non la peine qu'il fait.

Le point faible de ce raisonnement c'est qu'on est incapable d'estimer la peine de l'autre; c'est pourquoi on la supporte si bien. Je sous-estimais même celle que j'éprouverais. Mais nous étions d'accord sur le principe. Pas de chance! C'est à moi qu'échut l'occasion de l'appliquer la première. Mon orgueil foncier et la crainte de paraître exercer le moindre chantage ont laissé croire à Yves ce qu'il ne demandait qu'à croire : que toute cette histoire ne pouvait avoir aucune importance à mes yeux puisqu'elle ne changeait rien à ses sentiments « profonds ». Mais ces beaux raisonnements ne servaient qu'à masquer notre entrée dans l'ère des compromis et des résignations. Quand les sentiments se vantent d'être profonds, c'est qu'ils manquent de surface. Et la peau, ça compte en amour. C'est tristement que nous faisions l'amour désormais. Etait-ce moi seule qui la ressentais, cette mélancolie? Je ne l'ai pas demandé à Yves car constater que la joie, sinon le plaisir, avait disparu de nos rapports n'eût fait que rendre notre situation opérationnelle : on reste lié aussi par le plaisir que l'on donne ou que l'on feint de recevoir. Et puis je continuais à être d'accord sur le principe et je

tenais à garder la tête froide dans la mesure où
j'avais le cœur chaviré et des sentiments de jalousie
que j'estimais bas.

— C'est glaçant, m'avait dit Yves une fois où
nous parlions de la vie à deux, de penser que le
mariage devient presque à tous les coups une entreprise de démolition de l'individu, de sa liberté, de
tout enrichissement trouvé en dehors du couple.
C'est déjà un beau tour de force de vivre heureux
toute son existence avec quelqu'un, tu ne trouves
pas... sans qu'on cherche à rendre le chemin trop
étroit.

Je trouvais, bien sûr. Mais je trouvais aussi que
c'était un beau tour de force de vivre malheureux
avec quelqu'un et d'en rire.

J'ai pu en rire aussi longtemps que personne
ne m'a dit en articulant clairement : Y-VES-EST
L'AMANT-DE-YANG, fuyant toutes les occasions d'entendre ces mots sans appel car je savais
qu'ensuite je le regretterais, le temps où la vérité
affleurait à peine, comme un iceberg dont les sept
huitièmes seraient pris en charge par l'inconscient.
Grâce à ce refus et ne sachant pas très bien sur
quelles réserves je puisais ni ce qu'il m'en coûterait
un jour, j'ai réussi pendant deux ans à vivre assez
correctement l'adultère d'Yves, à supporter l'écriture de Yang dans le courrier, à ne pas vérifier
certains week-ends dits de travail, à ne pas me
mettre à la fenêtre quand il partait, pour éviter
de voir la 2 CV de Yang en bas qui l'attendait, à
lui passer le téléphone tous les matins sans que

cela me gâche définitivement la journée. Que ma
vie en fût gâchée, je ne m'en suis rendu compte
qu'après. En cas de crise, il suffit parfois de pré-
server le quotidien.

Et puis un jour, c'est arrivé, quelqu'un m'a tiré
la phrase à bout portant, obligeant mon cerveau
à enregistrer ce que tout en moi savait depuis
longtemps. Et ce quelqu'un fut Jacques. Nous
dînions tous les deux au restaurant, je me sou-
viendrai toujours de la salle de supplice. Yves
faisait une tournée de conférences sur le Groenland et Patricia était souffrante ce soir-là, comme
d'habitude, ce qui nous permettait de faire un de
ces petits dîners intimes qu'autorisaient nos vingt-
cinq ans d'amitié et auxquels nous n'aurions
renoncé pour rien au monde, tenant à affirmer
notre droit de priorité l'un sur l'autre, établi bien
avant l'entrée en scène de nos conjoints respectifs.
Jacques me racontait sa vie, c'est-à-dire presque
exclusivement ses amours, et me posait très peu
de questions sur la mienne par un travers courant qui m'arrangeait tout à fait. Mais ce malheureux soir, après m'avoir annoncé qu'il venait
de faire la connaissance d'une jeune femme vraiment exceptionnelle — comme de coutume — il
a cru amical de s'intéresser à moi.

— J'admire beaucoup le couple que vous for-
mez, Yves et toi, a-t-il dit. Ça ne doit pas être facile
tous les jours. Vous êtes le seul exemple que je
connaisse d'une réussite parfaite sur ce plan.

Pourquoi pas facile tous les jours? Une réussite

sur quel plan? Ne pas approfondir, surtout. Mais Jacques continuait avec son marteau-piqueur sans savoir qu'il allait crever la digue qui me protégeait.

— Je voudrais te poser une question indiscrète : est-ce que tu es comme Simone de Beauvoir, tu sais... dans *l'Invitée*? Est-ce que Yang et toi... euh...

— Tu es fou?

C'est tout ce que j'ai pu articuler avant que ne déferle la masse d'eau qui allait me naufrager. Je la retenais de toutes mes forces avec l'unique souci que Jacques ne devine pas que je ne savais rien. D'ailleurs je savais, mais je ne savais pas que je savais. Il y a des foules d'Œdipe dans les couples qui se crèvent les yeux ou qui se rendent idiots pour esquiver un problème insoutenable. Et c'est efficace jusqu'au jour où...

Ce restaurant, quel enfer! Mon corps foutait le camp de partout. J'ai réussi à faire semblant et Jacques qui venait de tout comprendre m'a ramenée très vite à la maison.

Si Yves avait été à Paris cette nuit-là, j'aurais éclaté : « Ne fais pas ça parce que ça me fait trop de mal... Je te supplie de renoncer à la moitié de ta vie... Choisis : c'est elle ou moi... » tout ce que nous avions juré de ne jamais nous dire! Heureusement, je n'ai jamais su exprimer un sentiment au téléphone. D'ailleurs je n'avais pas l'adresse d'Yves qui changeait de ville tous les jours. Alors j'ai écrit à Yang. J'avais envie qu'elle souffre, elle aussi, et que ce soit plutôt elle qui les dise à Yves, les phrases en question.

Quand il est rentré, j'ai attendu qu'il se passe quelque chose là-bas. Mais rien n'arrivait : elle encaissait bien. Chaque matin au réveil je pensais à Yves et à Yang et il me tombait un seau d'eau glacée sur la tête, mais ensuite je me raisonnais : Yves m'aime; il refuse de me quitter; ce qui nous lie reste plus important que ce qui nous sépare; je ne m'ennuie jamais avec lui et même si on lui coupait le zizi, j'aimerais vivre avec lui. Alors? Alors, tout continuait. J'ai l'impression d'avoir payé mon écot à la vie cette année-là et acquis un crédit illimité : Yves peut souffrir beaucoup désormais sans l'épuiser. Je ne crois pas qu'il souffre d'ailleurs : c'est pis. Il assiste à l'effondrement de ses illusions. Le suicide de Yang a fait éclater cette vérité : il s'est trompé sur les deux tableaux en croyant donner assez de bonheur à Yang sans m'en enlever trop à moi. Tout est là, quoi qu'il en dise, dans cette équation toujours mouvante, jamais résolue. Et ce constat tardif lui inspire de l'horreur. Nous non plus n'avions pas échappé à ces lois sordides et désolantes sur lesquelles s'appuient les sentiments qui se voudraient les plus généreux. Cette erreur d'appréciation lui a ôté le goût si fort qu'il avait de la vie et des êtres, qui constituait, je crois, le meilleur de lui-même. Comment survit-on sans son meilleur? Il n'en veut à personne, il m'aime encore, mais ce n'est plus le même homme qui m'aime. Il regarde mourir un jeune homme en lui, *son* jeune homme, qui représentait beaucoup plus que sa jeunesse, les conditions mêmes qu'il posait à la vie pour qu'elle lui fût supportable.

Yves est malheureux comme un animal : il ressemble à un chien blessé qui ne comprend pas que le monde soit si dur. Incapable dans ces moments-là de s'expliquer, toute pensée bloquée au point mort dans un réflexe de défense et n'aspirant qu'à une tanière où s'enfouir, où dormir. Ce qu'il a pu dormir depuis un an! Son corps s'ingénie à tomber malade pour l'occuper. Quand aucune maladie n'est disponible — c'est rare —, une immense fatigue l'envahit. Ce qu'il a pu être fatigué depuis un an! Cela lui permet de consulter un généraliste, voire un gérontologue car on est très tôt malade de sa vieillesse aujourd'hui. L'un ou l'autre lui prescrivent une longue série d'analyses et Yves débourse des sommes élevées pour apprendre qu'il a l'organisme d'un homme de quarante-six ans, qu'il fume trop, qu'il boit chaque jour ce qu'il faut d'alcool pour entretenir ses maux d'estomac, que l'air des villes ne lui vaut rien et que la gymnastique serait salutaire dans son cas comme dans celui de tous les hommes de quarante-six ans fumant, buvant, travaillant et vieillissant dans une grande ville, en un mot vivant normalement. On lui conseille l'achat d'un Adam's Trainer qui sert trois fois, ou l'usage de Gerontix dont le nom seul fait vieillir de chagrin. De toute façon, Yves sait très bien ce qu'il a. Mais nous ne disons jamais qu'il faudrait « tirer l'affaire au clair une bonne fois pour toutes », car nous savons qu'il n'y a pas de clarté sinon douloureuse, que nous resterons sur nos positions parce qu'elles ne sont pas des théories mais notre substance même et qu'à la limite il n'y a pas d' « affaire » mais les avatars incessants de vingt ans de vie commune où nous avons été si profondément imbriqués l'un à l'autre que les mots de responsabilité ou de faute ne signifient strictement rien.

Malheureusement dans un couple, moins on a parlé, moins on parle. Il était temps pour nous de sortir de l'engrenage. Ce film qu'Yves rêvait sans grand espoir de réaliser à Tahiti, Jacques, notre dentiste et néanmoins ami, connaissait quelqu'un qui pouvait le produire. Iris avait envie de prendre des risques et de l'argent à perdre. Alex voulait pêcher en mer Rouge et voir l'Inde. Le fils d'Iris, Ivan, voulant vivre parmi les analphabètes, sans doute parce que son beau-père se consacrait depuis dix ans à l'alphabétisation du Togo sans réussir à scolariser son fils unique. Le film s'est ainsi enrichi d'annexes variées, de coproducteurs et de participations diverses pour devenir, sinon une affaire sûre, du moins un moyen inespéré de s'évader pour six mois sans dépenser un sou. Une occasion qu'il aurait été *coupable* de ne pas saisir, avait dit Yves en m'enjoignant de demander à l'Education nationale un congé sans solde de six mois.

— Tu te rends compte de la chance qui nous arrive? répétait-il. Partir au bout du monde tous les deux et peut-être gagner beaucoup d'argent...

— Tu vends la peau de l'ours avant de l'avoir filmée! lui disais-je, réticente par principe devant les coups de chance tout en sachant fort bien qu'ils favorisent seulement ceux qui ont la foi. Mais quitte à manquer ma chance, je refuse d'avoir la foi, n'ayant jamais pu m'empêcher d'attribuer une sorte de valeur morale à la malchance, comme si elle était la marque d'une supériorité de caractère, et d'en vouloir à Yves des faveurs que la Providence lui envoie, comme si elles étaient le résultat de quelque compromission! Ce voyage ressemblait trop à un conte de fées pour être honnête... et je ne manquais pas une occasion de le dénigrer pour battre en brèche cet optimisme systématique, pour contrer son ange gardien qui lui fait retourner un as de trèfle au moment crucial ou rencontrer en pleine nuit dans un village de cinquante habitants un ami d'enfance qui va le tirer d'un mauvais pas. Je suis devenue son oiseau de malheur, annonçant avec une joie mauvaise qu'il fera sûrement un temps de cochon demain, que sa voiture fait un drôle de bruit, que ses impôts vont augmenter ou que Pauline va épouser un incapable que nous entretiendrons toute sa vie. A ce petit jeu, la mer est mon domaine de prédilection car elle dépasse toujours les pires pronostics : on peut se fier au principe qu'il y fait toujours mauvais et juste la sorte de mauvais qui vous dérange le plus pour ce que vous vouliez faire. Je note que cette fois encore la Bleue m'a donné raison. On vous dira régulièrement que cela ne s'est jamais

vu, que c'est la première fois qu'on observe un
temps pareil depuis 1883. N'en croyez rien. Esquis-
sez un ricanement et regardez la réalité en face :
en mer, ce qui est rare est fréquent. Quand vous
naviguez vers l'est, le vent souffle toujours plein
est. Si vous vous êtes arrangé pour traverser l'océan
Indien avant la mousson, elle commencera cette
année-là trois semaines plus tôt. C'est le jour où
votre voile est en réparation que votre moteur
tombe en panne et c'est au moment où vous venez
de casser en deux votre aviron et que vous tentez
de gagner la rive en pagayant avec le débris, qu'une
rafale subite se lève qui dure le temps précis
qu'il vous faut pour arriver à la côte épuisé. Ce
sont les manilles en acier suédois qui cassent les
premières, les chaînes galvanisées qui rouillent
le plus vite, bref le plus improbable qui se
produit le plus souvent. Dites-vous bien une
chose : la mer est la plus superbe des emmer-
deuses. Et elle n'attend jamais pour annoncer la
couleur.

Nous n'avions pas encore levé l'ancre que Patricia avait déjà le mal de mer et quarante-huit heures
plus tard aucun de nous ne se trouvait plus en état
de gagner la salle à manger. Nous avions voulu le
premier jour mettre des cirés et aller nous faire
asperger sur le pont avant : les premières vagues
amusent toujours. C'était oublier que le *Moana*
n'est pas un bateau mais un bulldozer qui défonce
la mer à 15 nœuds sans tenir compte du relief.
Yves a reçu la cloche de bronze sur le tibia et Alex

s'est vu arracher son appareil photographique par une lame coquine.

— C'est la tempête, gémissait Iris alors qu'on en était à « bonne brise ».

Le lendemain, pour rire un brin et nous mettre tout de suite au parfum, le vent a fraîchi. Assis en tenue de ville dans le grand salon aux chintz anglais, près de la cheminée où rougeoyait, imperturbable, le feu de fausses bûches, nous ressemblions à des clients de chez Maxim's surpris par un raz de marée et fort mécontents. Iris enrageait visiblement de ne pouvoir appeler le maître d'hôtel pour lui demander de faire cesser immédiatement cette plaisanterie. C'est cela, la puissance de la mer : elle se fout des riches, des bateaux de luxe et des mécaniques perfectionnées. Au mieux, elle les tolère. Jamais de traitement de faveur.

Une femme de chambre est venue crocheter nos fauteuils au sol, enlever tous les bibelots des étagères et nous distribuer nos rations de Dramamine malgré nos protestations. « Et si on allait se coucher? » a proposé Alex au soulagement général bien qu'il fût à peine 9 heures. En effet à quoi bon lutter? Le *Moana* marchant tout seul au moyen d'un équipage qualifié, rien ne nous obligait à feindre la dignité et nous avons disparu dans nos chambres aux fondations molles. Pas même question de prendre un bain, l'eau d'une baignoire, contrairement à celle de la mer, tendant obstinément à demeurer horizontale et à se dissocier des mouvements du bateau. Quand les baignoires s'abaissent, l'eau de bain, elle, reste en l'air.

Le troisième jour, personne ne manifestant la moindre velléité de quitter le lit, des plateaux furent apportés dans les couchettes équipées de planchettes à roulis par un personnel impavide qu'on entendait ricocher d'une cloison à l'autre dans les couloirs. Ce jour-là encore j'ai réussi à manger. Mais la mer n'avait pas fini de jouer avec nous : le soir, on annonçait force 10. Plus question de dormir ou de lire, plus question de rien du tout sinon de s'accrocher aux planches à roulis et d'attendre que défilent les heures, innombrables et semblables aux vagues, en se demandant si l'on a envie de manger ou de vomir, s'il fait trop froid ou trop chaud, s'il convient de prendre un nouveau cachet, d'aller faire pipi, de s'asperger d'eau de Cologne, ou de fermer les yeux pour mourir, toutes choses paraissant égales et également dénuées d'intérêt. Dans les descentes, on pèse cinquante kilos de plumes et l'on flotte dans le vide à quelques centimètres du lit qui s'enfonce; et quand on arrive enfin en bas, pesant cinquante kilos de plomb, c'est pour rencontrer le matelas qui remonte de son côté sans se soucier de vous.

Non, ce n'est pas le mal de mer que j'ai mais quelque chose de plus insidieux, un vague à l'âme, des vagues à l'âme, qui font remonter du fond de mon être où je les maintiens d'habitude les plus affreuses pensées. Mes raisons d'être sur la terre? Soudain, avec horreur, je n'en trouve plus aucune.

Et sur mer, moins encore! Suis-je en mer seulement? Fait-il jour ou nuit? Depuis qu'on a vissé des volets d'acier sur nos hublots, je ne suis qu'un misérable cobaye enfermé dans une boîte de fer secouée par un maniaque. Au bout de vingt-quatre heures d'angoisses métaphysiques qui me remontent à la gorge comme des haut-le-cœur, je n'y tiens plus : il faut que je réveille Yves qui dort là-bas depuis bientôt deux jours du sommeil injuste du marin, apparaissant et disparaissant derrière les montants de son lit comme s'il copulait au ralenti avec la mer.

— Une voie d'eau! Tout le monde sur le pont.

— Hein? Quoi? crie Yves en se dressant. Qu'est-ce que tu veux?

— Y a une voie d'eau, tout le monde sur le pont, dis-je tranquillement n'ayant même pas la force de trouver mieux.

— Follement drôle, dit-il. C'est au-dessus de tes forces de laisser quelqu'un dormir?

— Pardon, mon chéri, mais tu avais toussé et je t'ai cru réveillé.

— Il est 10 heures du matin ou du soir? demande Yves qui vient de consulter sa montre.

— Mais du matin! Il y a trente-huit heures que tu dors! On a passé le détroit de Bonifacio, doublé la botte de l'Italie...

— Et quel temps a-t-il fait? dit le lévrier, sincère.

CHAPITRE V

TOULON-LE PIREE : 1 004 MILLES

Les yeux tout éblouis par le soleil comme des animaux qui viennent d'hiberner, les passagers du *Moana* sortaient de leur tanière. Dans chaque cabine, les mêmes causes ayant produit les mêmes effets, chacun s'était soudain senti inexplicablement guilleret après ces trois jours d'épreuve et attribuait à ses qualités foncières de marin ce brusque retour en forme. On ne s'avisait pas tout de suite que la houle était moins ample; on observait soupçonneusement le mobilier qui venait de faire le fou depuis trois jours... mais le mobilier, hypocrite, était redevenu l'ameublement d'un palace terrestre et ne se souvenait de rien. Alors on quittait le lit d'un pas ferme pour se rendre sur le pont afin d'accréditer quelque raison médicale qui justifiât une si longue absence. On ferait allusion au temps en passant, comme par mégarde :

— Vous savez ce que c'est, on part de Paris tellement fatigué... A propos, il y a eu bonne brise, n'est-ce pas ?

— Un vrai petit coup de vent. Et la Méditerranée est une mer plus dure qu'on ne croit.

— Et puis le tangage, je trouve, est plus pénible que le roulis, dirait quelqu'un, suivant cette loi générale qui fait trouver moins dure l'épreuve que l'on n'a pas subie.

— Moi, mon foie me joue parfois de ces tours...

La Méditerranée, sournoise, momentanément coincée entre les rives du canal de Corinthe, rigolait bleu en se disant qu'elle rattraperait son monde au tournant.

La tempête avait secoué Patricia. Son pantalon d'un beige fade semblait suspendu aux deux pointes de ses os iliaques. Seule sa chevelure flamboyante et mousseuse, matière aérée et vaguement répugnante qui rappelait la barbe-à-papa, attirait le regard et donnait l'envie malsaine de toucher. Pensant au petit nombre de milles qui leur restaient à vivre ensemble, Jacques se sentit généreux et prit sa femme par l'épaule : elle lui tendit sa bouche amère. Dans l'univers de Patricia, le mariage donnait droit automatiquement à la bouche, droit qui s'était bientôt transformé en obligation insipide, déclenchée par le lever, le coucher, les gares, les aérodromes, les réconciliations et les minutes d'attendrissement. Que leur restait-il pour l'extase sinon encore la bouche? Jacques y appuya la sienne en faisant du bruit pour bien marquer l'aspect enfantin de ce baiser. Sa femme était devenue transparente pour lui, très ancienne et indiscernable là-bas, de l'autre côté de son infarctus.

Il prit une olive pour changer de goût.

Inconsciente de sa disgrâce, Patricia parlait à la ronde de son vomi et de ce qu'elle avait vomi quand elle n'avait plus rien eu à vomir.

— De la bile, de la bile pure! insistait-elle, regrettant visiblement de n'avoir pas gardé un échantillon pour le prouver. Elle faisait partie de ces femmes qui évoquent leurs intérieurs dans les salons et notamment leurs organes spécifiques aussi volontiers qu'on décrit Corfou ou Djerba. N'ayant pas voyagé, lisant peu, ne s'intéressant ni à la politique, ni au sport, ni à la science, il lui restait pour unique épopée les événements de sa vie ménagère et utérine. Son Austerlitz, sa bataille de la Marne, son Waterloo, c'étaient les naissances, les déménagements et les fausses couches. A la manière d'un général rapportant tout à ses campagnes, elle se référait à son ventre pour dater les menus faits de sa vie conjugale.

— C'est après Jean-François qu'on a acheté la maison de campagne, quand j'ai eu *ma* descente d'organes, tu te souviens, Jacques?

Jacques haïssait ces évocations, frémissant d'imaginer le ventre de sa femme jonché de pièces détachées.

— C'est en 49 qu'on n'a pas pris de vacances... non en 50, puisque c'est quand j'ai eu *mon* hémorragie, tu te souviens, mon chou?

— Oui, oui, chérie, se hâtait de dire Jacques pour éviter des descriptions plus précises et il se retournait vers Yves ou Alex pour échapper à ce type de conversation qu'il supportait mal, comme tous ses congénères.

Il restait l'auditoire des femmes, présumé favorable. C'est ainsi que Patricia réussissait à séparer en deux les compagnies où elle se trouvait, en empêchant les humains à seins de se mêler aux conversations des humains sans seins, étant bien évident pour elle que ces deux catégories ne pouvaient que feindre un intérêt poli quand par hasard elles se trouvaient contraintes d'écouter parler l'autre. Iris, qui n'aimait précisément que la conversation des hommes, pour diverses raisons, se réjouissait que Patricia fût obligée de quitter le *Moana* à Bombay, « à cause des enfants » comme elle disait d'un air affairé et impuissant. « C'est bien naturel », répondait Iris avec une ironie que Patricia ne distinguait jamais.

La tempête avait mis Iris de mauvaise humeur : ce n'était pas la peine d'avoir tant d'argent et d'entreprendre une croisière de plaisance pour se faire secouer comme un vulgaire émigrant. Le soleil cru de ce matin de décembre ne laissait pas une seule de ses cinquante années dans l'ombre et son déshabillé trop frais, de nylon rose, nuisait à son teint sombre. Elle arrivait à cet âge angoissant où l'on peut basculer d'une heure à l'autre de l'état de femme encore belle, qui peut prétendre, à celui de vieille femme que les regards effleurent sans jamais s'allumer. Peu à peu la seconde allait occuper définitivement la scène, laissant pendant quelque temps encore à la première de brèves et déchirantes apparitions.

Amollie par les démaquillants, démunie de ses faux cils, bijoux et accessoires magiques, Iris avec sa chevelure de gitane ressemblait à une sorcière sur le déclin qui aurait perdu ses secrets. Les robes de chambre n'avantagent que l'extrême jeunesse. Alex préférait pourtant sa femme ainsi désarmée. Elle l'attendrissait toujours au réveil un peu cabossée, rudoyée par la vie, et, paradoxalement, lui rappelait davantage la jeune femme ardente au visage inspiré qu'il avait épousée quinze ans plus tôt. A ces moments-là il aurait voulu la prendre dans ses bras. Mais il la devinait tendue, impatiente de s'abriter derrière une protection en tube, en pot ou en bombe, de courir vers sa salle de bains qui ressemblait à une salle d'opérations pour procéder à ce laborieux accouchement qui lui ramenait chaque matin une étrangère en armure. Mais comment lui faire admettre qu'il préférait l'odeur moite et enfantine de son cou quand elle avait eu chaud aux puissants arômes de ses parfums? Qu'il n'éprouvait nulle envie d'étreindre Miss Dior ou Mme Rochas mais seulement une femme qui portait son nom à lui et son odeur à elle? De toute façon, Alex se savait impuissant à calmer chez Iris cette angoisse de vieillir qui empoisonnait désormais chaque heure de son existence.

— Si tu crois que c'est rassurant de vivre avec toi, lui disait-elle souvent, tu ne remarques jamais quand je change de robe ou de coiffure. Même pas de couleur de cheveux!

— Pourquoi veux-tu toujours être r-assurée? Je t'ai assurée une bonne fois pour toutes de mes sentiments les meilleurs. Je ne les remets pas en question tous les jours.

— Mais puisque moi je change, criait Iris, pourquoi pas tes sentiments?

— Nous changeons tous ensemble bien sûr mais pas de goûts heureusement. Et si je ne t'aime plus un jour, ce ne sera pas à cause de tes cheveux.

— A cause de quoi, alors?

— Si je le savais, je ne t'aimerais déjà plus, ma pauvre Iris.

— Oh je t'en prie, ne m'appelle pas « ma pauvre Iris ».

Qu'allait-il advenir de sa pauvre Iris, sa conne-jointe comme il l'appelait affectueusement, au cours de ces années à venir qui ne lui apporteraient que des motifs de déplaisir? Comment supporterait-elle ce voyage, les filles des Iles et leurs séductions faciles, elle dont la beauté devenait de moins en moins évidente à mesure que l'on s'éloignait de Paris, semblable à ces objets de fabrication locale, bijoux berbères ou bibelots japonais achetés sur place dans l'émerveillement, qui paraissent déjà ridicules à la douane et franchement inutilisables chez soi? A Athènes, elle irait encore; en Inde, le grotesque allait l'atteindre; à Tahiti, elle aurait l'air d'un manche. Que ferait-il d'elle à Tahiti?

Alex trouva soudain que dans ses voiles roses sa femme avait le visage tragique de Médée, un visage prêt pour les catastrophes.

Quand on s'en va au bout du monde, la Grèce paraît presque une banlieue. Athènes venait à leur rencontre, blanche et familière, éclairée par le soleil couchant, donnant à Alex, Yves et Marion l'impression de retourner à leurs sources. Quand on a fait du grec dans sa jeunesse, on n'est jamais tout à fait à l'étranger ici. Tous trois faisaient partie de cette petite confrérie condamnée qui connaît mieux les noms des Muses que ceux des Beatles, arbore un sourire de connivence si l'un d'eux prononce : « ουκ ελαβον πολίν », le « Comment vastu, Yaudepoêle » des potaches hellénistes, et se souvient avec nostalgie de l'aoriste, de l'esprit doux et de l'esprit rude. Les Anciens du bachot A, du temps qu'on entrait en rhétorique pour finir en philosophie, avant qu'un siècle pratique et sans âme eût inventé de terminer en terminale, demeureraient tout le reste de leur vie pénétrés du sentiment doux-amer d'être les derniers amoureux d'un style d'éducation périmé dans une civilisation qui se moquerait bientôt de la concordance des temps, de l'accord des participes et de cette orthographe qu'ils avaient eu tant de peine à apprendre et tant de joie à connaître. Leurs pères et leurs grands-pères leur avaient transmis intacts leurs dictionnaires, leurs goûts, ce folklore culturel qu'étaient l'*Epitome* ou le *De viris,* leurs mots de passe, les deux mêmes vers de l'*Enéide* : « Tityre tu

patule recubans... », la première ligne des *Catili-
naires,* et tous leurs dieux et héros, Achille au pied
léger et Athéna aux yeux pers. Ils en conservaient
cette certitude que la Grèce était un peu le berceau
de la famille, le berceau sentimental, Rome ayant
été malgré tout l'occupant. Avec les Grecs, aucun
mauvais souvenir : n'existaient que les liens du
cœur. La petite Antigone figurait fraternellement
pour ces Français-là aux côtés de Jeanne d'Arc
dans la galerie des portraits de famille et Agamem-
non à la barbe fleurie n'était après tout qu'un vieux
frère de Charlemagne. Eux ne pourraient rien
transmettre de ce trésor. La rupture s'était con-
sommée après la guerre et leurs souvenirs s'estom-
paient comme leur adolescence restée de l'autre
bord, avec l'ancien monde, avec la jeunesse de
leurs parents qui leur devenait de plus en plus
proche, plus familière même que celle de leurs
propres enfants. Et ce n'était pas seulement le
phénomène de l'âge.

Ils étaient heureux de voir la Grèce ensemble.

— La mer toujours recommencée... dit Alex,
Valéry a copié ça sur Homère au fond. Ατρυγετος :
la mer incessante. C'est une belle expression aussi.

— Merveilleuse, dit Marion. Xénophon s'est
moins fatigué avec θάλασσα, θάλασσα!

— Xénophon n'était qu'un bon reporter, pas
un poète, dit Alex.

— C'est exact que la mer est violette en Grèce,
fit remarquer Yves. C'est émouvant de s'en apercevoir deux mille ans après et que ce soit toujours

vrai! Quand on nous faisait traduire « la mer vineuse » dans Homère, je prenais ça pour une fantaisie de poète, pas vous? L'Atlantique n'est jamais violet. C'était comment, déjà, dans *l'Odyssée*?

— Ça, mon vieux, dit Alex avec une moue d'ignorance.

Ils se sentaient frères et c'était bon. Qu'est-ce que leurs enfants se diraient devant les collines de l'Attique? « Quelle petite ville, diraient-ils. C'est ça la patrie de la démocratie? » Ils ne le sauraient même pas d'ailleurs. Ce serait la capitale d'un pays sans importance, entourée de collines sans nom.

Pour Iris, Athènes, c'était la ville où habitaient ces amis grecs qui avaient une très belle maison sur le Lycabette. Ils iraient tous y dîner. Pour elle, l'univers n'était pas fait de peuples à découvrir, de villes à visiter, mais d'escales où elle retrouvait des semblables. Elle appartenait à cette franc-maçonnerie des riches qui peut faire le tour du monde, d'un certain monde, en descendant toujours chez les mêmes gens, dans le même type de maison où seules quelques variations dans la végétation ou la couleur des domestiques indiquent que l'on se trouve au Mexique ou au Népal.

Trente-six heures plus tard, le *Moana* quitterait l'Europe après avoir embarqué ses deux derniers passagers, un opérateur qui s'appelait Tibergheim et qu'Yves avait surnommé Tibère à cause de la frange brune et très courte qu'il se disposait sur le front, et une script-girl dont on comptait bien qu'elle accepterait les deux affectations que son double nom laissait prévoir.

Penchée sur le bastingage, Marion regardait intensément cette ville déjà orientale, la dernière de *son* continent. Désormais, elle allait à la rencontre des autres, l'Afrique, l'Asie, l'Océanie... Elle se souvint du planisphère de son école sur lequel Mme Zuber, le professeur de géographie, qui avait un chignon de cheveux blonds si lourd qu'on attendait tout le long de l'année comme une fête qu'il se défasse, promenait sa règle noire à section carrée avec un bruit qui la troublait vaguement... ces merveilleuses cartes jaunes et bleues de la Librairie Hatier, accrochées dans chaque classe et qu'on retournait du côté muet pour les interrogations... Bientôt, ces cartes allaient parler.

CHAPITRE VI

LE CAHIER GALLIA

« Tiens, voilà ton café : c'est du thé. »

IONESCO.

Betty possède cette aisance que confère le seul fait d'être jeune en cette seconde moitié du XXᵉ siècle. Tout parle d'elle, la glorifie, travaille pour elle, la mode, la musique, les bandes dessinées et jusqu'aux publicités sur les murs du métro. On ne voit qu'elle, la femme de mon âge a disparu, escamotée. C'est en la personne de ces jeunes filles qui joignent aux charmes de l'adolescence les libertés de l'âge adulte que la civilisation trouve désormais son expression la plus accomplie. Elles en ont acquis une démarche, une tranquille audace que nous n'atteindrons jamais, nous de la première moitié du siècle. Jeune fille en ce temps-là était synonyme de jeune fille à marier. Nous n'étions que des êtres transitoires, tendus vers un seul but, préparés en vue d'une seule fonction et ce condition-

nement nous paralysait. C'était alors le règne de la
Femme. Nous attendions de le devenir dans l'ombre et le silence. Puis la guerre nous a mangé un
grand morceau de jeunesse et quand nous nous
sommes retrouvées Femmes, le règne des Filles
était venu! Nous étions flouées. Nous n'aurons
jamais été ces insolentes petites panthères, sûres
de leurs goûts et de leurs dégoûts, que l'on prend
au sérieux et qui nous imposent, à nous, de leur
ressembler ou de disparaître. A l'âge où l'on m'en-
voyait encore à la cuisine quand mes parents
« avaient du monde », mes filles dînent à la Tour
d'argent, emmenées par des gens de mon âge, et
c'est moi qui les attends dans la cuisine!

Comme Betty, Tibère, opérateur, ex-photogra-
phe de modes et faiseur de gloires éphémères,
appartient à cette génération de seigneurs. Il porte
une étonnante chemise de voile rose qui semble
prête à craquer à chaque contraction de ses beaux
muscles longs et un pantalon qui attire habilement
l'œil vers ses parties, qu'il rassemble dans un coin
très exigu, à gauche bien sûr, et qu'on imagine là,
toutes recroquevillées, douces et encombrantes, un
peu nous-as-tu-vues...

— C'est un animal superbe! me souffle Iris à
l'oreille.

La différence c'est qu'aucun des hommes ici
présents n'éprouve de complexe devant lui alors
que nous, nous avons toutes un peu honte devant
Betty. Honte d'être plus ou moins abîmées, de
nous éloigner inexorablement du type idéal d'hu-

manité, d'occuper auprès de nos maris, sans autre raison souvent que l'ancienneté, une place où beaucoup d'hommes ont déjà installé des Betty. Des Betty qui connaissent la vie aussi bien que nous mais qui ont conservé ces yeux limpides, ce cou gracile, cette bouche neuve et ce corps d'hermaphrodite. Nous regardons la nouvelle un peu comme des pauvresses, sauf Patricia peut-être qui croit dans sa candeur à la justice, au bonheur du devoir accompli et ne s'aperçoit pas encore que le temps d'aimer a été bien court pour elle. Oh, si court!

Les hommes du bord, eux, s'animent et rajeunissent, même Alex le sage. Et Yves le premier, chez lequel va s'entamer le processus habituel pour s'assurer de la nouvelle venue. Les anciens étant acquis et mis en réserve, il se tourne toujours tout entier vers les nouveaux, c'est maladif. Il commence par se trouver assis près d'elle à table, sans le faire exprès bien sûr. C'est sans doute moi qui l'ai poussé. Il s'intéresse justement beaucoup au métier de script. Ah? Elle est basque? Voilà qui est intéressant; l'autonomisme basque, il connaît bien, ça l'a toujours passionné. Il sait trois mots de basque. D'où les sort-il? Il fredonne le chant nationaliste basque. Où l'a-t-il appris? J'ai toujours l'impression qu'il vit cinq ou six vies en plus de celle qu'il me consacre. Des Basques, il bifurque vers son beau sujet : les Celtes. La « bretonnitude », les cultures minoritaires, Bécassine, la pêche au chalut, l'assassinat méthodique de la langue bretonne, le jacobinisme de l'Etat français avec ses provinces... « Il sait tout, se dit la fillette, et quelle tendresse humaine dans ce qu'il dit... » Effectivement, il lui saisit le bras nu comme par mégarde pour exprimer sa surprise ou tout autre sentiment suivant le cas, dans un mouvement d'une spontanéité charmante. Non? Elle connaît Untel? Quelle coïncidence! Et ça boume comme ça le temps d'une soirée, il se montre disert, plein d'amis communs, d'anecdotes, citant tel auteur prestigieux sans paraître y attacher d'importance, posant des questions qui vont droit au cœur de la nouvelle, chez laquelle je vois s'enfler à vue d'œil la reconnaissance d'être si bien devinée et la satisfaction d'avoir été distinguée par un être d'une aussi vaste culture.

Cela, c'est la plate-forme de départ qu'il lui faut toujours édifier, on voit après si on part. Une tare congénitale le porte à séduire aussi impérativement qu'un tournesol est aspiré par le soleil, plus Eskimo que les Eskimos quand il se trouve au Groenland, bégayant avec les bègues, minet infantile avec les minettes infantiles, génial avec les génies et toujours accordé à ses interlocuteurs par un mimétisme sentimental qui laisse l'observateur pantois.

Comment empêcher une sauterelle de sauter? C'est ce que je me suis demandé durant les premières années de mon mariage, qui m'ont laissé un sentiment de frustration et d'effort constant. « Je n'y arriverai pas, Maman avait raison! » me répétais-je, sous-entendu : à exercer sur lui le pouvoir qu'il a sur moi; je n'arriverai pas à lui paraître irremplaçable; à ce qu'il me désire plus que je ne le désire; à ce que ce soit lui qui ait peur de me perdre, peur que je ne m'ennuie avec lui. Et les années passaient effectivement sans qu'Yves parût souffrir, content de sortir, content de rentrer, content de plaire, pas mécontent que je m'en aperçoive mais sans excès, aimant sa maison mais adorant la quitter, et tout cela avec un tel bonheur qu'il eût été égoïste, bas, jaloux, peu civilisé en somme, de manifester quelque insatisfaction.

— Je suis parfaitement heureux avec toi, disait Yves.

Pouvais-je répondre : j'aimerais aussi que tu sois parfois malheureux?

Je faisais partie de cette génération qui n'a pas appris à vivre, doublement : comme jeune fille de bonne famille et comme étudiante en philologie. Comme jeune fille parce que mes parents ne me considéraient pas comme un être en soi mais seulement comme une épouse et une mère en sursis, qui n'aurait d'existence réelle et décente que le jour où un être de sexe mâle la tirerait de ces limbes où flottent jusqu'à leur mort les femmes sans homme. L'essentiel à leurs yeux était de faire vivre leur fille « en attendant », de la manière qui ressemblât le moins à une orientation irréversible. Il fallait en effet pouvoir devenir indifféremment, le jour venu, femme de médecin ou d'explorateur, d'ingénieur ou de saint-cyrien. Le choix des études se révélait donc délicat, les plus floues restant les plus recommandables. Dans l'absolu, c'est-à-dire dans l'hypothèse où je me serais considérée comme un être humain normal, j'aurais choisi sans hésiter la médecine. Une douce mais implacable pression me détourna de ces sept années d'études qui constitueraient, m'affirma-t-on, un handicap certain dans l'exercice de ma vie d'épouse. On me poussa affectueusement vers la Sorbonne, un ou deux certificats de lettres « en attendant » n'ayant jamais empêché une jeune fille de se marier. Malheureusement l'attente s'était transformée en licence classique puis en diplôme d'études supérieures avant qu'un candidat offrant des garanties suffisantes n'eût été agréé par le tribunal familial. Il était temps : le spectre de l'agrégation qui fait les vieilles filles à lunettes hantait déjà mes parents.

Le souvenir d'avoir été un bestiau à la foire, sur lequel les acheteurs ne s'étaient pas précipités assez vite malgré les bichonnages de ses soigneurs, me laissa pour des années une humilité hargneuse à l'égard des hommes.

Comme étudiante non plus je n'avais pas appris à vivre. Je m'en rends compte aujourd'hui, si j'avais choisi les langues mortes, c'était par peur des choses vivantes. Etre professeur, au fond, revenait seulement à changer de place dans la classe, tout en continuant en quelque sorte, à l'abri des mêmes murs, ce métier de l'école que j'avais tant aimé. J'avais choisi une cage, mais c'était pour enfermer le monde au-dehors. Olivier lui aussi s'ébattait dans une cage dorée, l'Ecole normale, dont il ne se décidait pas à sortir, accumulant les certificats et les lauriers. Nous nous étions rencontrés, aimés et mariés un peu comme frère et sœur : n'avions-nous pas les mêmes grands-parents, les Anciens?

Très vite veuve, avant même la naissance de Pauline, malgré un chagrin très vif, je me suis trouvée en mesure de découvrir d'un seul coup la liberté morale et l'indépendance matérielle. Veuve, c'était un titre honorable, même pour mes parents, presque une situation dans la société! Et si le veuvage est assez précoce, il peut permettre à certaines rescapées de vivre enfin leur jeunesse. Libérée de la tutelle de mes parents, pas encore replacée sous celle d'un mari, en possession d'un appartement, d'un métier qui me faisait vivre et d'une petite fille qui comblait mon besoin de tendresse, je jouissais du seul statut de liberté véritable que pouvait connaître à cette époque une fille de vingt-cinq ans.

Au bout d'un an ou deux d'apprentissages délicieux, quand je me suis cherché un compagnon, je ne voulais plus d'un frère mais d'un homme qui me ferait un peu peur... La réalité d'Yves dépassa mes espérances et faillit dépasser mes possibilités. Mais il me tira définitivement de cette sorte de scolarité morose que je poursuivais par timidité et par une modestie qui confinait au complexe d'infériorité.

Lui qui, à vingt-six ans, avait déjà joué de la guitare dans un cabaret espagnol, été peintre, céramiste, explorateur polaire et assistant de cinéma, ressentait la nécessité d'un ancrage solide qui lui

permît de naviguer à sa guise sans pour cela devenir un vagabond. Il arrivait à l'âge où l'on pressent
que l'on ne s'en va vraiment bien que de chez soi.
Ma rugosité, ma façon de m'agripper au sol pro-
voquaient en lui à la fois une constante irritation
de surface et, je crois, un soulagement obscur.

Après la naissance de ma deuxième fille, Dominique, et dix-huit années d'une existence passion-
nante mais semée d'embûches où j'ai pu m'apercevoir que j'étais restée au fond une étudiante guindée
et une femme à complexes, contrairement à ce
que des circonstances exceptionnelles dans ma vie
avaient pu me faire espérer, s'est produit un de ces
événements qui ont la particularité de diviser une
vie en deux et d'obliger ceux qui l'ont vécu à considérer désormais leur existence en termes d'*avant*
et d'*après*. Cet événement fut le suicide de Yang.

Yves terminait un long métrage sur l'Islande
quand la chose est survenue. Yang était notre amie
depuis longtemps, celle d'Yves depuis trois ans
peut-être. C'est chez nous bien sûr que la concierge
de Yang a téléphoné, nous étions sa seule famille :
Yang n'avait eu de mère que pendant les neuf mois
indispensables; son père, un sous-officier français,
l'avait reconnue et ramenée d'Indochine dans sa
cantine, à peine éclose, jugeant inutile de rapatrier
la nha-qué qui lui avait servi de douceur de vivre
à Hué pendant deux ans, mais qu'il imaginait mal
en France, à Caen, présentée à son père, comptable
du Trésor. Il était d'ailleurs mort très jeune laissant
Yang doublement orpheline. Je comprends

qu'Yves l'ait choisie : à sa place je n'aurais pas résisté à ces liquides cheveux noirs qui tombaient plus bas que sa taille et lui donnaient un air désarmé, alourdi par sa beauté. « La parure naturelle de la femme », se disait-on en voyant cette chevelure. Comparés aux croissants noirs et brillants qu'étaient ses yeux entre des paupières tendrement gonflées, mes gros yeux occidentaux devaient lui paraître globuleux et veinés de rouge. Ses mains douces et maigres, sa peau couleur de lune, cette jeunesse qui semblait échapper au temps, tout cela composait pour moi une quintessence de la féminité qui faisait paraître rustiques ou vulgaires les autres femmes. Elevée à la Légion d'honneur, Yang avait appris « nos ancêtres les Gaulois... » mais elle gardait visible en elle ce trésor d'une autre race qui la rendait émouvante et précieuse comme une écriture dont on aurait perdu le secret.

C'est moi qui ai dû accompagner la toute petite dépouille à l'hôpital. Mourante, elle était soudain devenue très jaune, comme si son pays l'avait récupérée finalement. Elle gargouillait encore sur son lit quand je suis arrivée et n'avait pas songé cette fois à enlever de sa table de nuit l'agrandissement d'Yves et d'elle tiré d'une petite photo, que j'avais prise justement trois ans plus tôt. Ou peut-être l'avait-elle fait exprès? Ou peut-être avait-elle eu besoin de le regarder pour mourir? C'était à bord de notre premier bateau, le *Va-de-bon-cœur*, et Yang riait, tête levée vers le soleil, peut-être parce

qu'elle commençait à aimer Yves alors; lui arborait
son visage de marin toujours beaucoup plus émouvant que l'autre, celui qu'il porte à la ville. En
attendant l'ambulance, je me suis penchée sur leurs
deux visages. C'est toujours moi qui prends les
photos et dans tous nos albums, où je ne figure
pas, Yves a l'air d'être en vacances avec d'autres
dames! Celle-là, je l'avais prise de l'avant du
bateau, je m'en souvenais très bien, debout contre
le mât, et à ce moment-là rien n'était joué encore
mais tout se nouait à mon insu. Un chien l'eût senti
sans doute mais les gens n'ont plus le moindre
instinct pour ces choses-là, ils raisonnent : le
mariage ne doit pas devenir une entreprise de
démolition de l'individu... comme c'est vrai, mon
cher Yves. Alors :

— Chère Yang, venez donc déjeuner chez nous
un de ces jours, Yves sera content de vous voir...

— Petite Yang, si tu venais avec nous aux
sports d'hiver?...

— Yang chérie, je pars deux jours à Lyon pour
une projection de mon film, qu'est-ce que tu dirais
de m'accompagner?...

— Allô, mon amour? J'ai une heure de libre,
là, je peux venir?...

Et voilà! Du beau visage de Yang sur la photo,
plein de joie et d'espoirs idiots, on passait à cette
forme en travers du lit qui mourait comme au
cinéma, une main pendante et les cheveux em-
mêlés.

— Quelle conne! ai-je dit à voix haute soudain

sans savoir très bien si je m'adressais à Yang ou à moi-même. Quelle sale conne!

Et comme si le mot eût ouvert des vannes, des sentiments longtemps contenus se sont mis à exploser en tous sens : ma compréhension de la situation, ma pitié pour la solitude de Yang, la « civilisation » qu'Yves appréciait en moi, l'ironie avec laquelle j'avais réussi jusqu'ici à considérer les choses, l'impression d'avoir la meilleure part malgré tout, tout cela a été balayé par une vague de colère bienfaisante. En l'espace d'un après-midi les raisonnements qui m'avaient si bien convaincue de la nécessité d'encaisser se muèrent en arguments fallacieux. Je me suis sentie incapable de souffrir un jour de plus sans le crier à Yves, sans tout casser dans nos vies. Si Yang survivait... enfin de ce côté-là, on pouvait espérer le pire. Une joie mauvaise m'envahissait.

Tandis que Yang née à Hué agonisait à Boucicaut, sous prétexte de rechercher des papiers d'identité qui n'allaient bientôt plus représenter personne, je me suis mise à fouiller le minuscule appartement. C'était bien un refuge pour femme seule. On les dépiste toujours aux mêmes signes, les maisons où aucun homme ne vit à demeure : trop de bibelots sur les étagères, pas de cendres dans les cendriers, le siège des waters jamais relevé. Depuis son divorce, dix ans plus tôt, et la tentative de suicide qui s'en était suivie, Yang n'était pas tout à fait redescendue sur terre. Elle travaillait pour vivre chez Comera, Aménagements de cuisines en tout genre, mais elle détestait son bureau, son métier, les familles unies et les cuisines modèles. Elle s'enfermait de plus en plus souvent chez elle, dans ce deux-pièces sous les toits dont elle avait fait un bastion contre la réalité, plein d'objets inutiles ou soigneusement détournés de leur fonction; un musée aussi, où tout parlait d'anciens baisers, d'hommes en allés ou absents, de bonheurs éventés et de patries perdues. Elle ne trouvait plus la place de vivre parmi tous les souvenirs qui rampaient sur les tables et les étagères comme une lèpre envahissante, morceau de frise du Parthénon ramassé dans un moment de bonheur, coquillages ternis, dragées mortes, boîtes d'allumettes interdites, photos pâlies, vieux machins où se raccrochent les désespoirs.

Avec une rage méthodique, j'ouvrais tout, je débridais enfin l'abcès. Mes mains tremblaient et pourtant je ne pouvais rien apprendre de plus. Mais quelle différence, de voir! Derrière le décor présenté officiellement aux amis, au fond des tiroirs, à l'abri des sous-mains, sur l'envers des portes d'armoire, se découvrait un deuxième décor plus intime, totalement dédié à Yves. Comme une fourmi obsédée elle avait entassé tous les objets du culte méticuleux qu'elle lui vouait, photos de tous formats, articles découpés dans des revues, critiques, bandes magnétiques avec *sa* voix, posters géants de lui au Groenland avec un couple d'Eskimos — Tiens, je ne l'avais pas, celui-là —, son livre sur les migrations des Vikings, auxquelles

elle s'était crue obligée de s'intéresser, et un petit
carnet relié en peau et contenant les plus belles
pensées d'Yves pieusement transcrites de la main
de son adoratrice pour être dégustées... quand
il n'y avait rien de mieux à se mettre sous
la dent. Je me sentais vulgaire, c'était bon.
Sans cœur, c'était bon aussi. Chez elle comme
chez moi il y avait des dossiers, des articles,
des critiques... les mêmes forcément... et ce
dieu adoré sur deux autels me parut soudain
dérisoire. Puis déplaisant. Et même odieux pour
finir.

J'ai cherché en vain la trace d'une correspon-
dance; Yves écrivait peu, plutôt par paresse que
par prudence. Une seule lettre traînait, très courte,
venue d'Islande et qui se terminait tranquillement
par « je t'embrasse ». A l'onde de chaleur qui me
parcourut en dépliant la lettre, je me suis aperçue
que je n'aurais pas supporté de lire : je t'aime.
Yves est très parcimonieux de ces mots-là. Mais
la seule vue de sa petite écriture soignée, là, dans
ce sac étranger, le ton d'intimité quasi conjugale
de cette lettre, m'avaient gâté ma bonne colère.
On devrait avoir une écriture différente pour chacune de ses femmes.

En ouvrant un dernier tiroir j'ai aperçu une
cartouche entamée des cigarettes préférées d'Yves.
Yang ne fumait pas. Ce que la vie est bête! Chacune retient son chien-chien avec les mêmes susu-
cres. On se croit un peu unique malgré tout, on
imagine qu'on forme une petite société secrète

avec celui qu'on aime, mais il ne faudrait jamais fouiller chez les autres : ici reposaient Yang-et-Yves et c'était bien le même Yves que celui qui vivait avec moi. Il n'était pas unique du tout, mais le même partout, intime partout, avec les mêmes goûts contradictoires, les mêmes rêves d'évasion sans doute puisqu'il n'était pas resté ici non plus, la même façon de se laver les dents en tournant et de laisser les manches du peignoir de bain à l'envers, les mêmes gestes de tendresse aussi, pourquoi pas? Sur la table de nuit de bâbord, des bourre-pipes multicolores dans un verre. Chez moi ils sont relégués dans le bureau. On ne trouve pas encore que les pipes puent quand elles sont fumées par un amant. Je me suis assise sur le lit dévasté où Yang avait dû souvent penser les mêmes choses que moi et je me suis mise à pleurer. Se suicider peut être doublement criminel : parfois, on ne tue pas que soi-même.

Avant de quitter l'appartement, j'ai arraché les photographies et emporté les objets du culte. Une belle-sœur allait arriver de Suisse et il était inutile qu'elle plaçât Yves en tête des raisons de mourir qu'avait eues Yang.

La lettre arriva le lendemain. J'ai reconnu l'écriture étroite et penchée à gauche qui témoignait si visiblement d'une inadaptation au réel. On n'avait pu joindre Yves en Islande et la petite Yang venait de rendre le dernier soupir toute seule sans avoir repris connaissance... ce n'était presque plus une indiscrétion : on a tout de même le droit de savoir si une femme s'est tuée ou non pour l'homme qu'on aime. La lettre disait :

Mon Yves,

Je ne peux plus me supporter. Il y a longtemps que je sais que ma vie est ratée, ou que j'ai raté ma vie, quelle différence? Il me reste à ne pas rater ma mort cette fois-ci. Je me sens déjà si loin que je ne sais même plus si je t'aime encore. Pardonne-moi d'avoir compliqué ta vie mais je n'étais vraiment pas douée pour le bonheur. Ni pour rien. Pense à moi avec tendresse quelquefois. C'était la meilleure solution pour moi, j'en suis sûre. Et peut-être pour toi. Sois heureux toi qui es doué.

Yang.

Je n'ai même pas pris la peine de recoller l'enveloppe. Je me sentais soudain très vieille et mourir d'amour me paraissait idiot. Yang ne mourait pas d'amour d'ailleurs mais de mal vivre. Elle avait toujours tout manqué, sa naissance, son mariage, l'enfant qu'elle voulait tant, son travail qu'elle détestait. Mais tous nos amis préféreraient croire qu'Yves était la vraie cause. Son premier suicide aussi, elle l'avait manqué. C'est à vingt-cinq ans qu'elle aurait dû mourir, en beauté. A quarante, on devrait savoir que les gens disent : « Ah?... La pauvre! C'est affreux... » et continuent à mâcher la bonne viande qui fait vivre.

Yang qui avait vécu très seule mourut très entourée. Cette petite Eurasienne qui n'intéressait plus beaucoup vivante, morte redevint exotique.

Les gens se sentent soudain coupables quand l'un d'eux quitte la compagnie de cette terrible façon. « Si seulement elle m'avait appelé... », répétait chacun à l'enterrement, qui ne se fût jamais dérangé. Une femme seule et mélancolique n'amuse pas longtemps à Paris, on préfère consoler les femmes gaies. Et l'on oublie que les suicidés de retour sur terre restent plus aptes à mourir que les autres.

Yves n'avait pu revenir pour l'enterrement; en un sens, cela valait mieux. Mais j'attendais son retour avec anxiété. J'ai failli brûler la lettre. Sous couvert d'honnêteté ce fut un sentiment bas qui l'emporta : le désir qu'il se sentît coupable vis-à-vis d'elle aussi. Mais quand il rentra, le spectacle de son désarroi ne fit qu'augmenter le mien. La justice, même immanente, n'est pas une solution en amour. Yves découvrait dans l'accablement son pouvoir de faire le malheur de quelqu'un et le poids intolérable d'une responsabilité qu'il avait toujours refusé de prendre. Une fois de plus, il avait péché par optimisme, oubliant dans l'euphorie des premières rencontres avec Yang que l'accoutumance joue pour les sentiments comme pour la drogue, et qu'il serait fatalement contraint d'augmenter la dose. Car elle appartenait à cette redoutable confrérie à qui l'on a appris que l'amour d'une femme ne peut être qu'un don total... Or un don total qui traîne tout seul six soirs sur sept, qui se réveille tout seul et qu'on prend quand on a le temps, à la longue cela pousse au crime. Enfin il y avait Comera : toutes ces kitchenettes

pour jeunes couples, toutes ces cuisines familiales,
qu'elle conseillait à longueur de jour à des femmes
qui possédaient des maris ou des familles, avaient
fini par lui porter au cœur.

Je me promettais de parler de tout cela avec
Yves un jour, quand le nom de Yang ne m'écor-
cherait plus le gosier. En attendant, aucun de nous
n'osait aborder le sujet. Nous l'avions toujours
évoqué sur le ton de la plaisanterie et comme nous
ne pouvions plus plaisanter... Yves n'avait même
pas fait allusion à la dernière lettre de Yang que
j'avais laissée, décachetée, sur son bureau. Une
seule fois, le soir où nous avons appris le divorce
de Julien et d'Eveline, il m'a demandé :

— Pourquoi ne m'as-tu pas quitté, toi aussi?
Pourquoi ne m'as-tu jamais dit que c'était à ce
point?

Eh bien voilà : parce que de parce que. Parce
que je n'ai pu le dire à personne et que je ne voulais pas qu'on m'en parle. Parce que quand on y
pense *avant*, c'est simple et net et quand on le vit,
ça se met à bouger dans tous les sens. Parce qu'on
est blessé et qu'on n'ose pas toucher au point
douloureux. Comme on saurait quoi faire si on
aimait moins! Parce que l'orgueil enfin. Et puis
pour Kerviniec et notre bateau. Et à cause des
Eskimos aussi, c'est drôle... Yves m'a fait découvrir l'Arctique et nous avons contracté ensemble
une passion pour le Nord, le Grand. C'est arrivé
par hasard comme beaucoup de passions : tout
jeune Yves avait eu la chance de remplacer au

dernier moment le photographe-cinéaste-cuisinier
d'une expédition polaire et cet hiver au Groenland
avait déclenché en lui une vocation de plus. Au
retour, il reprit ses études, se spécialisa en ethnolo-
gie et entra au musée de l'Homme. Pour nos
premières vacances ensemble, nous avions passé
l'été au Groenland et ce cercle Arctique toujours
représenté en blanc sur la carte restait si plein
pour nous de noms et de souvenirs qu'il nous liait,
un peu à la manière d'un enfant fait ensemble. Le
désir de retrouver cette nature magique où toutes
les lois sont bouleversées, à commencer par l'alter-
nance du jour et de la nuit, nous a souvent tenu
lieu de désir et le bonheur d'y vivre ensemble, de
bonheur. Car l'amour ne se fait pas seulement en
faisant l'amour. On découvre, les années passant,
que ce n'est plus tellement la possession de l'autre
que l'on recherche, on la sait impossible ou vaine.
Ce que l'on désire c'est posséder avec lui ce qu'il
possède; on a moins envie du corps de l'autre que
d'être heureux avec lui ou par lui. La tentative
éperdue de ne faire qu'un, cet atroce délice de
l'amour, s'épuise peu à peu. On se résigne à être
deux et, dans le meilleur des cas, on vient à s'en
réjouir.

Je commençais tout juste à m'habituer au chif-
fre deux; trois, je n'y arrivais pas. Moralement, je
n'étais pas outillée pour. J'essayais pourtant, j'ai
de la bonne volonté... mais je butais sans cesse
sur le même obstacle. Une question insoutenable
me brûlait les lèvres et il fallait bien que je finisse

par la poser à Yves une fois, une seule fois. J'ai attendu un jour calme et froid mais c'est tout de même ma voix de fausset qui est sortie, celle que je redoute parce qu'elle annonce la proximité des larmes :

— Il y a une chose que j'aimerais savoir. Yang?... Est-ce que tu l'as aimée plus que moi?

Yves m'a regardée comme un condamné à mort en sursis depuis longtemps et qui voit soudain qu'on vient le chercher.

— Plus... je ne sais pas. On ne peut pas mesurer ces choses-là. Je pense que je l'aimais comme je t'aime, mais pour des raisons différentes.

C'était cette égalité entre Yang et moi précisément qui m'avait détruite. Etre vaincue, bon, c'est clair. J'aurais mieux supporté une rupture, je crois.

— Et... est-ce que Yang t'a demandé de me quitter? Est-ce que tu en as eu envie?

— Quelle importance qu'elle me l'ait demandé? a-t-il répondu, fidèle à sa désespérante discrétion, ce qui compte c'est que je ne l'aie pas fait, non?

— Non. Ce qui compte c'est que tu n'en aies pas eu envie.

Et j'ai répété, puisque de toute façon je me sentais déjà comme un poisson mourant sur le sable, dans un élément atroce à respirer: « En as-tu eu envie? »

— C'est avec toi que je suis marié, a dit Yves d'une voix sans timbre, et c'est avec toi que j'ai toujours voulu vivre. Sinon, tu sais très bien que je serais parti.

— Donc, puisque tu nous aimais également, si tu avais été marié avec elle, c'est elle que tu n'aurais pas quittée?

— Mais je n'en sais rien, comment veux-tu que je te parle de ce qui ne s'est pas produit? a crié Yves qui est déjà incapable de parler de ce qui s'est produit.

Et l'amour, qui le faisait mieux? Et savait-il que j'avais écrit à Yang quelques mois avant sa mort pour l'injurier? Et trouvait-il que j'avais eu tort? Et que serait-il arrivé si Yang n'était pas morte? Et aurait-il épousé Yang si j'avais disparu? (Il n'aurait fallu compter que sur un accident!) Je croyais descendre au fond de la vérité, qui n'était pas plus profond que la surface finalement, pataugeant parmi des questions dépourvues de sens et des réponses qui ne pouvaient que me navrer, mais aspirée par un vertige imbécile, le sang vrombissant dans les oreilles, la sueur coulant le long du torse au lieu des larmes absentes et ce cœur au centre de tout, ce cœur grotesque qui faisait semblant de s'arrêter pour une affaire somme toute banale et où il n'avait même pas été question de rupture entre nous.

Ce soir-là, je me suis juré de ne plus jamais poser de question vitale à Yves. Cette déroute physiologique, je ne voulais plus jamais la subir. Mais nous ne pouvions pas rester face à face et parler d'autre chose. Yang était encore chaude,

parfois brûlante entre nous et ce n'est pas un rôle
très facile que celui de survivante. Le mieux était
de nous séparer quelque temps. Yves a donc
accepté cette année-là de passer le court été arctique au Groenland. Ce serait son ultime séjour
sans doute puisqu'il ne resterait bientôt plus rien
à étudier ou à filmer là-bas, quand le dernier
chasseur de phoques serait mort avec le dernier
phoque et que ses petits-fils en blue-jeans ven-
draient des souvenirs aux touristes dans les drug-
stores du cercle Arctique. Il changerait de métier
une fois de plus : ce n'étaient pas les vocations
qui lui manquaient. Dans tous les domaines.

C'était la première fois que j'appréciais la solitude. On ne se contraint pas des années durant,
même avec amour, à supporter ce que l'on ne supporte pas, sans subir un choc en retour. J'avais
l'impression d'émerger d'un tunnel où je tâtonnais
depuis trop longtemps sans apercevoir la moindre
lueur. Je retrouvais enfin le jour, les amis, la
vie légère et l'envie de faire l'amour, comme ça,
avec n'importe qui. Moins exclusivement amoureuse, je me découvrais avec délice moins malheu-
reuse et, curieusement, je commençais à prendre
confiance en l'amour d'Yves alors précisément
qu'il m'en manifestait moins.

Ne pouvant m'offrir le Groenland en guise de
dépaysement, l'envie me vint de prendre un petit
amant, parfaitement consciente de la vulgarité du
remède. Il devenait urgent d'ailleurs d'équilibrer
un peu nos conduites et de penser aussi à mon

avenir, ce genre de souvenir ensoleillant toujours la vieillesse même si sur le moment l'affaire a pu passer pour un échec ou une erreur.

Il vient un âge où l'on est tenté de passer aux actes avec de vieux amis qui vous ont longtemps embrassée un peu trop près des lèvres. Il suffit alors de tourner légèrement la tête... Cet ami, ce fut Jacques, peut-être parce qu'il était le seul à tout savoir de notre histoire. Ce n'était même pas tout à fait un amant : nous étions au bord depuis si longtemps que la frontière entre l'amour et l'amitié s'était effacée. Nous n'avons pas eu besoin de phrases, il a suffi que je pose la main sur la sienne un peu plus longtemps que d'habitude.

Nous avons dîné dans un restaurant chinois puis couché à l'hôtel dans une rue qui portait le nom du poète préféré d'Yves. C'était gai, ce corps nouveau, et nous nous sentions en paix : cette histoire ne concernait en rien Patricia ou Yves mais seulement deux étudiants qu'ils n'avaient jamais connus et qui essayaient de rattraper leur jeunesse. Jacques me proposa de nous retrouver chaque jeudi; c'était un homme d'habitudes et il retenait toujours la même chambre dans la rue du poète d'Yves. On se rencontrait donc le jeudi, comme autrefois, quand on allait ensemble aux Tuileries pour jouer aux Chevaux hygiéniques. Je le revoyais avec son costume marin et ses chaussettes blanches, manœuvrant avec fougue d'avant en arrière pour gagner un deuxième tour gratuit...

— J'ai l'impression d'être ton Cheval hygié-

nique, n'ai-je pu m'empêcher de lui dire le cinquième ou sixième jeudi... Là non plus tu ne voulais jamais descendre, tu te souviens?

Mais tout cela ne menait pas très loin. Attentifs
à ne pas trop nous plaire, jamais un mot plus
profond que l'autre, nous demeurions pleins d'estime et de tendresse réciproques mais ce n'était
pas tout à fait suffisant pour louer une chambre!
Passé les toujours plaisantes incongruités du début,
ce petit brou-brou hebdomadaire dans des draps
de louage n'ajoutait rien à notre amitié et ne ressemblait pas assez à l'amour. Là encore, nous
n'avons pas eu besoin de mots pour y renoncer.
Toute cette affaire s'était déroulée dans une connivence tacite : nous avions en somme fait l'amour
par amitié et aucun de nous ne sut jamais très
bien ce qu'avait pu en penser l'autre. Jacques a
continué fidèlement à m'embrasser tout près des
lèvres et nous avons eu ce secret entre nous. C'était
un sentiment très rare, à peine trouble, un souvenir
bon et chaud dans la vie. Je me suis dit que je
commençais peut-être à devenir civilisée!

Ce dépaysement m'avait redonné le goût des
voyages. Je rêvais d'un peu de ce romantisme que
je n'avais pas trouvé chez Jacques. Depuis quand
ne m'étais-je plus promenée sur les bords de la
Seine? Le calcul me fit peur. Ces choses toutes
simples que l'on laisse se perdre... Tenir une main
au cinéma... ne pouvoir quitter des yeux une bouche qui vous parle... Depuis quand ne regardais-je
plus la bouche d'Yves? Le pire dans l'amour qui

vieillit c'est qu'on ne parvient même plus à se rappeler ce qu'il était. Ce pouvoir d'attraction un peu magique d'une bouche dont on écoute à peine les paroles, tout au désir d'y appuyer la sienne, de parler l'autre langage, comment était-ce, déjà? Il fallait que je retrouve cette envie-là une fois, un peu, simplement pour pouvoir me dire : Ah! C'était donc ça!

Mais bien sûr, c'est vers cette époque qu'Yves rentra, son opérateur ayant eu un accident. Il a toujours eu un flair de fouine. Moi, j'avais prévu mon biscuit pour quatre mois et son retour me prit à contrepied. Mais je ne lui ai rien raconté et ne lui ai pas posé les questions habituelles : on ne demande plus certaines choses, je suppose, passé un certain âge. Les réponses ne font plus assez mal, elles ne parviennent qu'à déplaire. Yves avait-il fait l'amour à Ammassalik ou à Notiluk? Je me suis aperçue avec un peu de mélancolie que pour la première fois je m'en fichais. C'était le revers de la civilisation.

Quant à cette tolérance tant souhaitée du vivant de Yang, à quoi bon en parler? Yves n'y aurait pas cru aujourd'hui. Il venait de payer trop cher la découverte de ma jalousie pour admettre, si peu de temps après, que ses informations fussent périmées. C'est ainsi qu'on peut passer sa vie à se courir après.

CHAPITRE VII

LE PIREE-ADEN : 2 044 MILLES

— Oh non, cria Marion. Merde et merde!
Yves... tu as vu? Ça recommence.

Marion venait de recevoir son réveille-matin sur
la figure.

— Quoi donc? demanda Yves.

— Ah bon, tu trouves ça normal? Eh bien moi
je commence à regretter le métro Saint-Lazare
aux heures de pointe. Si ça doit être comme ça
pendant quatre mois!

— Mais tu peux y retourner à Saint-Lazare,
repars avec Patricia si tu es déjà découragée.

— Mais c'est la mer qui est décourageante :
on ne peut pas monter dessus sans qu'elle se dé-
chaîne.

— Je croyais que tu aimais naviguer, encore
une idée à réviser, dit Yves de ce ton discret de
martyr qu'il prenait parfois depuis l'Histoire.

— Parce que tu appelles ça naviguer? dit
Marion qui regrettait les passionnantes et catastro-
phiques petites croisières qu'ils entreprenaient en-

semble chaque été sur les côtes de Bretagne ou d'Angleterre. Ils avaient brûlé dans le golfe du Morbihan avec le *Potemkine*; cassé leurs amarres dans le port de Groix, donnant tort au proverbe « Qui voit Groix voit sa joie »; échoué à marée basse à Trescoe dans les Scilly avec le *Tam Coat*; été éperonnés par nuit noire à Chausey... bref ils s'étaient bien amusés avec la mer et elle avec eux.

Ici, rien de tel ne pouvait se produire. Vingt-cinq hommes d'équipage se chargeaient d'annihiler la fortune de mer, qui fait le charme et l'horreur de la navigation de plaisance.

— Avec ces hublots fermés à double tour, continua Marion, on ne sait même pas s'il pleut ou s'il fait du soleil. Je me sens comme un pauvre maquereau du capitaine Cook dans sa boîte en fer.

— Une boîte de conserve capitonnée, avec cuisinier et femme de chambre, tout de même...

— Justement : capitonnée! On devient fou. C'est affreux, je n'ai plus même envie de lire. Essaie donc une phrase de Proust par un vent de force 7 ou 8.

— Mais n'essaie pas... dors... flotte... pour une fois que tu n'as rien à faire!

Dormir, il fallait pouvoir! Le mauvais temps s'installait une fois de plus à la manière hypocrite des douleurs de l'enfantement : trois grandes ondulations suivies d'un silence horizontal. Non, je me suis trompée... Mais trois autres survenaient. Tiens, tiens... Un silence. Puis trois autres, plus rapprochées, et encore trois, de plus en plus fortes. Plus de doute : c'étaient les douleurs. Puis les séries se soudaient entre elles et tout n'était plus, encore une fois, qu'un gigotage sans répit.

— Vivement le canal de Suez, dit Marion.

— Tu sais qu'après Corinthe et Suez, il n'y a plus de canal avant Panama? Et 6 000 milles à faire en plein Pacifique où il n'existe pas une seule terre pour empêcher l'océan de lever. On peut dire qu'une vague partie de la côte du Chili arrive jusqu'à Tahiti sans rencontrer d'obstacle. Tu imagines?

— J'ai bien peur de découvrir que je ne suis pas faite pour la navigation hauturière, mon pauvre chéri. C'est le mot qui me séduisait... et puis l'idée de finir ma vie sur un bateau avec toi, sur un ketch qui se serait appelé *les Deux Vieillards*. Le Tour du monde à quatre-vingts ans!... « Deux vieux imprudents périssent en mer » aurait dit *le Figaro*. Ça fait mieux que « pieusement décédés à leur domicile »?

— J'ai peu d'espoir, dit Yves.

— Je regrette vraiment mais c'est comme pour le thé : je voudrais tant aimer le thé, je t'envie chaque fois que tu en bois. Et puis rien à faire : dès que je trempe les lèvres dedans, ça m'écœure.

— Toi qui adorais les montagnes russes dans le temps!

— Mais dans les montagnes russes, on peut descendre.

— Enfin, on sera *les Deux Vieillards* sur un

banc, avec les pantoufles du Dr Gibaud, des sous-
vêtements au Thermolactyl, et tu cultiveras de la
ciboulette dans ton jardinet.

— Quelle vacherie, tout de même, le mariage!
dit Marion sincèrement navrée.

— Moi je monte voir sur le pont, dit Yves. Tu
viens?

— Pour quoi faire? répondit Marion maussade.
Il n'y a que des vagues à voir. Je vais dormir en
attendant le canal.

Elle prit deux Avomine et se tourna vers le mur.

Soudain vers le soir tout se calma en quelques
instants, tout à fait comme un manège qui s'arrête.
Même les moteurs cessèrent de tourner et le silence
et la paix descendirent comme une récompense.
Marion monta sur le pont pour en rendre grâce à
Ferdinand de Lesseps dont le socle, privé de sa
statue par une vengeance puérile de l'administration égyptienne, trônait encore à l'entrée du canal.
Deux bateaux-pilotes s'arrimaient aux flancs du
Moana et deux phares puissants, que l'on rejette-
rait à l'eau en sortant, furent accrochés à l'avant,
éclairant vaguement les rives basses et mystérieuses
plongées dans le silence. Premier contact avec
l'Afrique. Dans la salle des machines, deux méca-
niciens demeurèrent assis toute la nuit sur des
tabourets, pour regarder pistonner les pistons dans
un cadre impeccable de clinique où l'odeur du
mazout aurait remplacé celle de l'éther. Le moindre accident dans ce goulet étroit plus encombré
qu'une autoroute tournerait vite à la catastrophe.

A l'aube apparut l'admirable pays. Par ce canal creusé en son cœur, on avait l'impression de surprendre son intimité. Vers l'est, le désert rose. Pas un bambou, pas une touffe d'herbe. Comme une lame de couteau, le canal séparait la mort de la vie. Sur la rive droite, en direction du Nil, la vie : villages couleur de terre, enfants multicolores, hommes en robes couleur de leur village, moutons gris, chameaux posant toujours de profil et puis des palmeraies et des « champs » qui n'étaient que de minuscules jardinets minutieusement cultivés. Tout près, surplombant le canal, des montagnes roses et violettes, les couleurs de l'Egypte. L'herbe, la chlorophylle, les rares arbres trouant à peine l'immensité rose ne représentaient qu'un accident, un miracle, une infime tache verte gagnée à grand-peine sur le sable tout-puissant qui est la vraie chair de ce pays.

Iris, qui subissait depuis longtemps la disgrâce de trouver le monde monotone, dormait dans sa cabine. Elle avait déjà vu l'Egypte d'ailleurs. Les autres, accoudés sur le pont, regardaient défiler à petite allure ces deux paysages opposés en écoutant Alex qui citait pêle-mêle Maspero, Champollion, Hérodote qui a toujours été partout avant tout le monde et qui s'est étonnamment peu trompé, et en se laissant envahir par le premier dépaysement du voyage. Vue d'ici, une tasse de thé de Chine à la main, la misère n'apparaissait pas insoutenable : on pouvait éviter de découvrir l'intérieur totalement nu des petites masures de terre; on ne

distinguait pas le pus qui collait les yeux des
tout-petits, portés sur le dos de leurs sœurs dégue-
nillées, aux jambes squelettiques, à peine plus
grandes que leurs fardeaux. On ne voyait pas que
c'était avec leurs mains nues que les vieux paysans curaient les innombrables canaux qui appor-
taient la vie à leurs jardinets. Seuls subsistaient
l'harmonie du paysage, le miracle de ce ruban de
vie entre deux déserts et la noblesse des silhouettes
en grandes robes et des femmes en noir portant
leurs jarres sur la tête, qui faisaient soudain
ressembler les Européens à des ronds-de-cuir en
vêtements étriqués et prétentieux.

Ι'Egypte est une leçon de choses vivante. La
démonstration était donnée là, émouvante de simplicité, que « sans le limon fertilisateur du Nil, le
pays ne serait qu'un désert », comme l'enseignaient
Gallouédec et Maurette, les géographes orange de
toute une génération. Le limon tout-puissant, on le
voyait à l'œuvre ici, dessinant son domaine dans le
sable d'un trait sans bavures et retenant l'homme
strictement dans ses frontières. Le vrai travail ne
devait commencer qu'à Bombay mais Tibère fil-
mait déjà pour son plaisir les deux rives qui tra-
velinguaient docilement devant son objectif.

On approchait de la mer Rouge et l'air se char-
geait peu à peu d'effluves qui incitaient à la langueur; les soirées devenaient tièdes et douces et les
passagers attendris regardaient descendre sur
l'horizon l'étoile familière de l'Europe, la Polaire
dure et brillante, guide des navigateurs sérieux,

tandis que montait dans un ciel, qu'on avait soudain envie d'appeler firmament, la Croix du Sud, constellation des aventuriers. Dans la nuit, Ivan grattait sur sa guitare des airs énervants qui n'avaient jamais de fin, Tibère caressait les épaules nues de Betty et Yves cherchait à écouter le monde sur son Zénith à 10 gammes d'onde. Patricia inaugurait une robe qu'elle s'était fait confectionner dans le plus grand secret chez une très vieille couturière en chambre qui avait été première main chez Madeleine Vionnet. Mais ces voilages qu'elle croyait idéalement conçus pour une croisière charnelle en mer Rouge semblaient plutôt sortir de la malle d'accessoires d'Isadora Duncan : elle avait dû lésiner sur le tissu et les grands pans d'organza synthétique refusaient de figurer des ailes frémissant sous la brise. Quant aux pétales de marguerite qui formaient la jupe, ils pendaient comme des oripeaux découvrant cruellement deux jambes maigres terminées par des escarpins blancs de Minnie. Figée en toute bonne foi dans ce personnage de mère comblée et d'épouse radieuse qu'elle n'avait jamais songé à mettre en doute, elle seule ne ressentait pas la mélancolie de ces nuits. La vue des espaces infinis lui donnait l'envie d'avoir un nouvel enfant, seule manière qu'elle connût de communier avec l'univers. L'air nocturne était exquis malgré la double ration de lavande que Patricia vaporisait parmi ses pétales et Jacques le respirait. Mieux même : il respirait, c'était divin, tout en caressant machinalement les côtes de sa femme, se gardant

toutefois de pousser jusqu'aux seins dont la matière
trop fluide le rebutait. Ça vous filait entre les
doigts comme du mercure. Pas de chance pour
elles, pensait Jacques, que les femmes aient ces
boules sans os dedans qui s'abîment si vite... Pas
de chance que ça gonfle, qu'on les tète, qu'on
tire dessus, que tout contribue à les esquinter. En
plus Matricia mettait du fer autour des siens, pour
les soutenir, comme des œillets. Il fallait changer
de seins, c'est tout. Il pensa à ceux de Georgette,
son assistante, à qui il avait demandé de ne pas
porter de soutien-gorge pour qu'il puisse les prendre dans ses mains de temps en temps, entre deux
clients. Un sein parfait, c'est frais et éphémère
comme un œuf à la coque. Il imagina ceux des
Tahitiennes... tous ces œufs coque partout... et
serra plus fort sa femme qui lui tendit ses lèvres.
Il abrégea. Elle refusait toute méthode contracep-
tive, par soumission mystique à la Nature autant
que par catholicisme, et la seule idée de mettre en
route un nouveau vampire alors qu'il n'avait pas
trop de toutes ses forces pour lui-même lui glaçait
le sang. Elle ferait tintin. Jacques estimait avec une
bonne conscience totale que la vie lui devait un
cadeau de bienvenue autre que ce corps aussi
connu que le trajet qu'il faisait depuis vingt ans
pour se rendre à son cabinet. Ses yeux brillaient
déjà d'excitation, le présent n'existait plus pour lui
et Matricia se réduisait à la mère de ses enfants.

    Marion suivait le manège de Jacques pour désa-
mourer sa femme avec mélancolie. A quoi bon ces

ciels romantiques de la mer Rouge, ce bateau ne l'était pas, eux ne l'étaient plus. Ce même voyage dix ans plus tôt... *Avant!* Au moins, s'ils étaient dans leur bateau breton, dans la cabine épaissie d'odeurs où l'on se sentait au chaud le soir, les coudes parmi les miettes, la vaisselle pas faite, sans maître d'hôtel dans le dos... Et ce bruit irrégulier des vaguelettes contre la coque! Ici, on n'entendait jamais les vagues, seulement le fracas des moteurs et celui de l'eau déchirée trop brutalement. Il était criminel de ne rien faire de ces nuits. Après tout Jacques était beau... Alex séduisant... Tibère même, « un corps superbe » comme disait Iris qui parlait des hommes comme de chevaux de course, le type d'homme qu'elle détestait dans la vie... mais pourquoi pas? Etait-on dans la vie ici? Et l'équipage aussi, elle oubliait l'équipage... En somme tout le monde, se dit Marion avec accablement, tout le monde serait plus amusant qu'Yves, au moins la première fois. Et peut-être que tout le monde se disait la même chose à bord. Mais comment commence-t-on ce genre de truc? Voilà! C'est toujours la même chose : comment commencer? Le nombre de choses qu'on ne fera jamais pour cette simple raison. Et puis Yves prétendait ne pas s'intéresser le moins du monde à cette formule. Mais le nombre de choses auxquelles on ne s'intéresse pas *avec* sa femme... Précisément, il faudrait un soir comme celui-ci, hors de son décor habituel, sans préméditation, en pleine mer... nulle part en somme!

Beaucoup mieux que l'alcool, les trains et les
grands voyages avaient toujours aboli toute pudeur
chez Marion. Dans un wagon, la nuit, ou dans
un pays inconnu, plus aucun complexe, aucun
interdit ne se levaient pour la retenir de combler tel ou tel désir qui pouvait surgir. La vertu est
chose contingente. Comme dans un carnaval, en
voyage elle perdait son identité et se regardait
devenir une autre avec un étonnement émerveillé.
Une autre pas forcément plus vraie — il ne fallait
pas tomber dans ce piège — mais qui avait besoin
de s'exprimer de temps en temps. Elle n'avait
jamais avoué à personne que deux fois dans sa
vie, dans le train justement... La première dans un
de ces interminables convois de l'Occupation où
l'on couchait pêle-mêle dans les couloirs; c'était un
soldat en kaki bourru et chaque fois qu'elle entendait le vers d'Aragon : « Cela sent le tabac, la
laine et la sueur... » elle se souvenait de ce tout
jeune soldat dont elle n'avait vu le visage qu'à la
lueur bleue des veilleuses. Il était descendu à Anne-
masse. La soudaineté de son comportement l'avait
tant surprise qu'aucune honte ne l'avait saisie au
matin, aucune. Ce n'était pas la Marion de tous les
jours qui avait agi mais une petite étrangère cachée
en elle, et sa sœur pourtant... une petite folle pas
très gênante et qui équilibrait peut-être — qui sait
— sa sagesse habituelle. Comme Vishnou, elle
avait ses avatars. L'autre, c'était un jeune attaché
de cabinet aux dents longues et aux mains fines,
distingué et goujat comme ils sont souvent dans ces

sphères-là. Elle avait eu très peur de le rencontrer plus tard, dans un dîner.

Dans ce projet communautaire, l'ennui, c'étaient les femmes. Marion avait toujours éprouvé, notamment à l'égard de celles auxquelles Yves avait pu s'intéresser, à la fois un peu de répulsion et une intense curiosité. Elle s'était toujours demandé quelles différences peut présenter pour un homme un intérieur de femme. Existait-il des corridors exquisément coudés? Des parois plus ou moins veloutées? Yang était-elle dotée du fameux tourniquet chinois? Qu'est-ce qui plaisait? Yves répondait en riant : « Secret professionnel! » et refusait de lui donner le moindre détail. Elle mourrait sans savoir. En fin de compte, pour en revenir au *Moana*, l'idéal serait un échange standard, à l'américaine. Cela n'en prenait pas le chemin. A vingt ans elle faisait l'amour debout avec Olivier dans le cagibi à bicyclettes en tenant la porte d'une main pour que la concierge n'entre pas. A quarante-cinq ans, on lui glissait sous les pieds la mer Rouge, sur la tête des étoiles aux noms de rêve et elle restait là sans frémir tandis qu'Yves jouait au bridge dans le salon d'en bas en rêvant peut-être à Yang qui était là-haut. On pense volontiers aux jeunes mortes, sous ces ciels-là. Evidemment il serait possible de faire l'amour avec Yves ce soir, à l'heure des couples, avant de s'endormir. Possible. Agréable même. Mais comment supporter sans pleurer de ne pas en avoir affreusement envie, de ne plus en avoir, etc.? D'ailleurs avec Yves elle

n'avait jamais rien fait dans un cagibi à bicyclettes.
Il détestait la station debout, et l'inconfort, et les
portes mal fermées. Peut-être aimait-il les vélos
avec d'autres? Yang avait bien dû l'obliger à coucher dans le foin une fois ou dans sa 4-CV. Irrésistible de penser à Yves faisant ça dans une boîte
d'allumettes! En attendant, il fallait voir les choses
en face : après vingt ans de mariage, tous les parfums d'Arabie ne parvenaient pas à vous rendre
cette envie idiote de toucher sans cesse la peau de
l'autre. Constatation désolante qu'Yves devait être
en train de faire de son côté, tout en feignant de se
passionner pour sa partie de bridge. Mais dit-on
jamais ces choses-là? Rien ne vous est plus mystérieux parfois que l'homme avec lequel on vit.

C'est pour toutes ces raisons que, l'âge venant,
on se met à préférer les promesses de l'aube aux
sortilèges de la nuit. Tout soir qui tombait rendait Marion triste. Rien que ce verbe : « tomber »!
Le soir lui semblait une journée vieillie, comme
elle-même, bientôt finie, et elle subissait le départ
de la lumière du jour comme celui de sa jeunesse.
Mais chaque matin elle se levait toute neuve,
oubliant les mélancolies de la veille. Elle s'émer-
veillait que la vie eût ce pouvoir tout simple.

L'aube du 17 décembre fut sublime sur le détroit
de Bab el-Mandeb. L'archipel volcanique des Haniche dressait ses monceaux de scories à mille mètres
dans le ciel d'un bleu de mauvaise carte postale.
Aucun brin d'herbe, pas même un lichen, n'avait
réussi à prendre racine sur ce sol d'un noir absolu

qui semblait uniquement composé de résidus de chaudière. Mais c'était un rivage tout de même, malgré ses plages charbonneuses, doué de ce pouvoir miraculeux que revêt toujours une île déserte. Descendre du canot, poser le pied sur cette terre inconnue et si peu foulée, réveilla en chacun cette excitation enfantine qui remonte des tréfonds archaïques de l'âme.

— Ce qu'il y a de plus beau dans la navigation, c'est de débarquer, tu ne trouves pas? dit Marion à Yves qui pensait exactement le contraire.

La plage était revêtue sur toute sa longueur d'un tapis d'algues sèches qui formait une croûte grisâtre. Alex mit pied à terre le premier et tendit la main à Iris qui s'immobilisa soudain, horrifiée : dans un bruit de papier d'aluminium violemment froissé, toute la croûte venait de se soulever et en une seconde la plage s'était mise à grouiller, fractionnée en milliers de crabes qui se dressèrent sur leurs pattes grêles dans un crissement répugnant et dardèrent vers l'ennemi des pinces desséchées avant de s'immobiliser à nouveau dans cette posture menaçante comme des guerriers pétrifiés en position de combat. De proche en proche, l'alerte était donnée et le grouillement se propageait tout le long du rivage parmi les monstres, seuls vivants de l'île noire, peuple de carapaces si dénué de chair qu'on l'eût dit né du volcan, lui aussi.

Tournant le dos à cet univers de cauchemar, la troupe regagna les canots et s'immergea dans une eau plus tiède et transparente que l'air pour décou-

vrir, sitôt franchie la vitre de la surface, l'éblouissement des formes et des couleurs. Dans un ou
deux mètres d'eau seulement, parmi les coraux
mouvants recouverts de plantes qui ressemblaient
à des animaux et d'animaux en forme de plantes,
des milliers d'espèces à croûtes, à écailles, à coquilles, à peaux tachetées, tigrées, veinées ou phos-
phorescentes, s'ébattaient dans un bonheur qui paraissait total. Agréablement surpris de voir des
silhouettes nouvelles, les poissons-pyjama, les pois-
sons-docteur, les raies à pois bleus, toutes ces races
amicales aux formes délirantes, accouraient pour
contempler à leur tour ces organismes rosâtres
dotés de quatre drôles de nageoires oblongues.
Aucun homme qui marche sur la terre ne peut donner l'impression de bien-être paradisiaque qu'expri-
me un poisson dans l'eau. Et que des mammifères
à bronches soient admis grâce à un simple tube à
rôder dans le monde liquide, alors que jamais les
animaux à branchies ne connaîtront l'univers sec,
devrait être considéré comme un privilège exorbi-
tant.

Mais les mammifères à bronches en profitèrent
pour semer l'horreur parmi cette population sans
méfiance, agrippant, crochetant, harponnant,
transperçant ce monde si beau. Et ceux qui ne
pouvaient pas descendre pour raisons de santé
usaient là-haut de crocs, de tridents, de canons
lance-harpons, arrachant de l'eau des langoustes,
des caranques, des mérous, des loches géantes et
molles, un requin qui n'avait rien fait, une raie

manta qui dansait sous ses voiles comme la Loïe Fuller, et une tortue de mer hagarde de surprise et qui mit très longtemps à mourir au soleil sur le pont du *Moana*. Le marteau rebondissait sur sa tête chaque fois qu'elle la sortait, pour voir, comme sur un ballon de rugby. On fit monter le cuisinier avec son grand couteau : il entamait à peine la peau d'éléphant, et la scie à os se coinçait dans les replis de son cou de vieille dame. La tortue s'obstinait pourtant à avancer sa tête aux yeux mourants, pour comprendre. Un marin réussit enfin à faire pénétrer son poignard dans les parties molles de son ventre, sous la carapace. Un sang épais et rouge comme le nôtre se mit à couler et son regard se ternit tout doucement.

On servit au dîner les dessous de bras de la tortue, le meilleur, en blanquette à l'ancienne. La chair ressemblait à du veau filandreux. Iris qui avait croisé trop longtemps le regard de l'animal refusa d'en manger. La précieuse carapace d'écaille, qui mesurait un mètre dans sa plus grande dimension, et que personne ne savait préparer, fut abandonnée dans un coin au soleil. Elle formait un immense bénitier où s'accrochaient des débris douteux et dont nul ne saurait que faire au retour.

Tandis qu'Iris se tamponnait les yeux, Alex et Jacques exprimaient par tout leur être la satisfaction du devoir accompli : ils venaient de renouer avec une activité ancestrale, l'activité virile par excellence et malgré l'inutilité de leur geste, les chambres froides du bateau regorgeant de volailles

congelées et de chair d'animaux domestiques, malgré l'inégalité de ce combat livré au moyen d'un
matériel scientifiquement calculé pour détruire, ils
en éprouvaient beaucoup plus qu'un plaisir spor-
tif, une fierté intime. Yves, lui, ne supportait plus
de tuer depuis qu'il avait connu personnellement
des phoques au Groenland. Aux Haniche, il s'était
promené en touriste, armé de sa seule caméra sous-
marine. Forte de cet appui masculin inattendu,
Iris attaqua Alex comme si elle eût réglé un compte
personnel, le fait que les femmes n'aiment pas chasser lui paraissant une nouvelle preuve de leur supériorité morale. Bien qu'elle eût ressenti le même
malaise devant le massacre de cette journée, Patricia ne disait rien, si profondément convaincue que
l'homme était né pour tuer et la femme pour fabri-
quer de la charpie qu'il lui semblait superflu de
lutter contre un état de fait. De plus Jacques tirait
fort bien et, à l'image de l'immense troupeau de
femmes qui ne vivent que par procuration, elle
s'enorgueillissait personnellement de la force et de
l'adresse de son mari. Iris but beaucoup de champagne ce soir-là et pleura en vrac sur les animaux
tués et les femmes incomprises.

Le lendemain ne devait pas lui apporter non
plus de raisons de rire; après vingt-quatre heures
de navigation sous un ciel étouffant, Aden apparut
dans un site inoubliable d'horreur. Une bande
côtière jaune et désertique s'allongeait au pied
d'une muraille de montagnes carrées, de pitons
chaotiques, de crêtes déchiquetées, paysage volca-

nique qui semblait s'être solidifié soudain dans des postures grotesques. Comme aux Haniche, tout était noir et désolé.

— Il est sinistre, ce voyage! fit remarquer Iris qui n'avait vu du monde jusqu'ici qu'un chapelet d'îles riantes et des Hilton dans des parcs.

Mais il fallait s'arrêter pour faire le plein de mazout avant l'océan Indien, sur ce roc où ne se déchiffrait pas la moindre promesse de vie. Un dieu pervers avait voulu enchaîner des misérables dans cet enfer en en faisant un des réservoirs à pétrole du Moyen-Orient. Marion n'avait jamais vu l'Afrique ni regardé de près la misère. Le dénuement des Eskimos ne donne pas cette impression de malheur : ils sont tous convaincus de posséder des trésors, leurs chiens, leurs peaux, leurs rennes, et — richesse suprême — cette ingéniosité, cette gaieté et cette force vitale qui frappent si fort les étrangers. Ici, on découvrait la résignation, l'immobilisme, l'abandon moral et physiologique.

Accroupies sur le sol parmi les détritus, entre leurs chameaux hargneux et leurs chèvres osseuses qui avaient depuis longtemps détruit toute végétation alentour, des familles bédouines attirées là par un espoir vague et qui mourraient sans avoir vu un pré, séchaient dans des bidonvilles, sous des toits de zinc chauffés comme des casseroles par le feu du soleil. Dans les ruelles poussiéreuses et grasses à la fois, des Arabes vendaient sans conviction des pastèques ouvertes et noires de mouches ou des cacahuètes dégénérées. Des centaines d'en-

fants aux yeux bordés de mouches, qu'ils ne prenaient même pas la peine de chasser, se traînaient
par terre, accablés de soleil et de rachitisme.
Autour des yeux des nourrissons enroulés dans des
torchons poussiéreux, d'autres mouches s'agglu-
tinaient en bourdonnant comme des femmes
autour d'un puits et toutes celles qui n'avaient pu
trouver place sur les yeux humides des enfants,
pourtant innombrables et peu combatifs, se rabat-
taient sur la viande morte des étalages en plein
air qui disparaissait entièrement sous des épaisseurs vrombissantes. On ne reconnaissait les bou-
cheries qu'à un renforcement de l'odeur.

Hautains et distants comme leurs chameaux,
semblant n'aller nulle part, des nomades traver-
saient les faubourgs au rythme saccadé de leurs
bêtes, les plus sinistres animaux de la création, et
quelqu'un fit remarquer que les hommes étaient
pleins de noblesse et qu'ils drapaient leurs turbans
avec un chic fou. C'est généralement ce qu'on dit
des nomades.

En dehors de la ville miséreuse, à l'écart des
quelques immeubles modernes et déjà délabrés, des
carrés d'Angleterre défendus par des clôtures de
barbelés surgissaient çà et là dans le désert, chacun d'eux sorti d'une boîte avec tous ses accessoires, sa famille blonde, ses chiens, ses bow-win-
dows, ses gros petits enfants aux joues roses, ses
rideaux « cosy » et son jardinet bien soigné. Seule
l'herbe avait refusé de pousser autour de ces con-
centrés d'Angleterre qui tentaient avec une applica-

tion désespérée de ressembler au « sweet home ».

— Si tu veux descendre ici, tu peux, dit Alex qui adorait faire des plaisanteries faciles aux dépens de son beau-fils qui lui posait des problèmes difficiles. Tu vois, il semble qu'on puisse vivre sans travailler ici. Enfin... vivre... façon de parler!

— Il y en a qui vivent en tout cas, toujours les mêmes, dit Ivan en indiquant du menton les immenses cuves d'aluminium qui cernaient la ville et paraissaient presque joyeuses dans cet univers sans couleurs.

— Parfaitement toujours les mêmes : ceux qui aiment se battre. Qu'est-ce que tu crois qu'il y avait ici avant le pétrole? Rien. Des Arabes qui crevaient de faim, comme maintenant.

Alex et Ivan étaient assis sur le port, sous un ciel accablant, attendant que les femmes dont aucune chaleur ne vient à bout eussent visité ces misérables excavations qui portent abusivement le nom de Citernes de Cléopâtre en souvenir d'une source tarie depuis les Romains. Même les bateaux, englués dans une eau qui ressemblait à du bouillon gras, paraissaient écrasés de chaleur. En plein jour tout dormait et sur les quais, dans chaque recoin d'ombre, des Arabes recroquevillés sous leurs burnous attendaient le soir, des mouches plein les pieds.

— Tes grandes tirades humanitaires, ça ne se cultive que dans les bureaux de l'Unesco, dit Ivan. Sur place les mêmes salauds continuent à s'engrais-

ser sur le dos des mêmes types qu'ils laissent
crever.

— Eh bien descends, toi, mon p'tit vieux. Fais
quelque chose de mieux que moi, de mieux que les
patrons de trusts. Tu as de la fortune et tu pré-
tends que tu t'en moques... alors crée des écoles
à Aden par exemple, construis une manufacture,
un centre professionnel, donne-leur des moyens
d'exister à ces Arabes! Sinon tu ne vaux pas mieux
que les baratineurs de l'Unesco.

— Tu en es encore aux bonnes œuvres en
somme! Le dispensaire de ces dames qui donne
bonne conscience aux patrons...

— Exactement, mais avec cette différence que
l'Unesco, c'est l'ouvroir à l'échelon international.
C'est ça qui est important. Et je te garantis que
nous avons mis plus de pain dans la bouche des
gens et plus de B.A. — BA dans leurs têtes que
toutes vos théories incendiaires dans les bistrots
de Saint-Germain-des-Prés.

— Eh bien continuez à distribuer des boîtes de
lait et à apprendre à lire aux sous-développés sans
rien changer à la société. Comme ça, au lieu qu'ils
crèvent en bas âge sans savoir pourquoi, vous allez
nous amener à l'âge adulte un milliard de mecs qui
voudront leur part de gâteau. Ils vous écraseront
tous et vous crierez à l'ingratitude, comme des
cons.

— La peste et le choléra avaient du bon en
somme?

— En tout cas, on ne les supprime pas comme

ça. Vous êtes bien comme ce gouvernement merdique qui vous fait faire des mômes sur commande, vous fout des primes quand ils naissent et qui attend avec vous la rentrée des classes pour s'apercevoir qu'il n'y a pas de place pour les mettre!

— Eh bien mon vieux, refaisons la société, tout à fait d'accord, dit Alex d'une voix joviale, sentant qu'il allait s'engager sur un terrain plus sûr. Figure-toi que c'est ce que j'essaie de faire depuis dix ans dans ma modeste sphère. Moi, j'apprends à lire aux sous-développés. C'est un début, non? Et toi? Qu'est-ce que tu comptes faire pour changer leur condition? De la politique, du...

— De la politique? Tu rigoles. C'est le bon moyen de n'arriver à rien.

— Ah si : au fascisme. En disant des choses comme ça, tu y vas tout droit. Les cons que nous sommes vous ont tout de même évité ça jusqu'ici. Bon, mais alors quoi? De la génétique? De l'agriculture? Il faut qu'ils bouffent, ces gens-là... Tu me diras que pour faire manger des algues ou du pétrole à un milliard d'affamés, il faut avoir fait des études. C'est difficile. Ou alors labourer soi-même : c'est dur. Alors quoi en somme? Qu'est-ce que tu comptes faire, toi, pour le monde?

— Il faudrait défaire d'abord pas mal de choses, dit Ivan.

— Ça, c'est la partie amusante du programme. Même quand on ne sait rien faire, on est capable de défaire. Mais après? Je t'écoute...

— Si ça tourne au règlement de comptes personnel, tu me permettras, mon cher père, de te laisser à ta bonne conscience.

— Bourgeoise, dit Alex. Tu oublies : bonne conscience bourgeoise. Et que tu es un bourgeois aussi. Ce n'est pas de ma faute, note. J'aurais assez aimé que tu naisses prolo à Saint-Denis... ou à Taganrog. Mais on ne peut pas tout avoir : ou on est ouvrier et on rêve de s'enrichir... ou bien on est riche comme toi et...

— Tes raisonnements simplistes, j'en ai ma claque, dit Ivan. Et si je fous le camp, c'est pour les oublier, pour ne même plus être tenté de discuter avec toi, dit Ivan en montant à bord du canot qui les attendait pour les ramener à bord.

— C'est toujours la première partie du programme... la fuite! lui cria Alex qui se croyait obligé en tant qu'adulte et père d'avoir le dernier mot, alors que ces discussions qu'il n'arrivait pas à mener autrement qu'en éducateur bafoué ne lui laissaient qu'un goût amer et le sentiment d'un échec. Au fond d'Alex se cachait un étudiant qui se sentait très proche d'Ivan. Très près des communards, de Saint-Just sur lequel il avait fait sa thèse autrefois, des saint-simoniens, des premiers bolcheviks, de tous ceux qui avaient rêvé plus haut que la vie et choisi les solutions idéales et extrêmes. Il se détestait dans ce rôle de rabatteur d'absolu, de citoyen raisonnable, de père en un mot. Mais les déceptions de l'après-guerre, la retombée des enthousiasmes de la Résistance et les servitudes qu'impliquait pour un jeune homme pauvre l'obligation de gagner sa vie, avaient fait de lui ce fonctionnaire un peu honteux de son impuissance puis par hasard, le mari d'une femme riche. Il avait fini par prendre son parti de cette société comme tout le monde, parce qu'on vieillit, qu'il faut bien s'inscrire à la Sécurité sociale un jour, et qu'on a envie du chauffage central quand le sang devient moins chaud.

Obscurément, il en voulait à Ivan d'être encore à l'âge où l'on s'indigne, où l'on refuse en bloc, et de n'avoir connu ni guerre ni pauvreté. Gavé de culture prédigérée et mise en comprimés par le cours Dutilleul, amené à l'âge d'homme dans de parfaites conditions sanitaires à coup de homes d'enfants en Suisse, de juillets en Normandie, de week-ends à Montfort-l'Amaury, de phosphore, de calcium, d'extraits de foies de milliers de veaux nouveau-nés, les dents redressées par le meilleur praticien de Paris, la cloison nasale rectifiée, le thorax épanoui par l'usage de sports appropriés, Ivan pouvait maintenant cracher sur ses éducateurs sans expectorer ses poumons, droguer un système nerveux maintenu pendant vingt ans à l'abri de toute agression, affamer des cellules pleines de réserves de première qualité, mettre en péril sans trop de risques une santé héritée d'ancêtres bien nourris et enfin piétiner une culture à laquelle il devait tout, y compris le droit même de se révolter. Se rappelant sa jeunesse et celle de tant d'autres, Alex éprouvait le sentiment d'une injustice intolérable, d'un gâchis sur lequel trônait son beau-

fils, plein d'orgueil, avec sa gueule de Christ re-
dresseur de torts. Cette pensée lui faisait le vocabulaire étroit et le ton cassant.

Avant de rentrer à bord déguster le vol-au-vent
aux fruits de mer, le rôti de bœuf du Charolais —
le mot seul de Charolais semblait un défi ici —
et le sorbet à la mandarine qui les attendaient pour
le dîner, Alex accompagna Iris qui voulait acheter
ses cadeaux de Noël dans ce port franc que le
Service des douanes, comme la Nature, avait
oublié.

Le soir, des bains furent pris dans les salles de
bains climatisées, des whiskies bus pour tuer le
microbe. Et des phrases furent prononcées, sincères. Sincères et vaines. Vaines mais sincères.

A minuit, le commandant vint faire avancer
d'une heure les montres du bord, pour la cinquième fois. Le voyage se faisant d'ouest en est,
c'est vingt-quatre heures qui leur seraient ainsi
subtilisées. Au terme de leurs vies, il leur manquerait donc une journée et une nuit, vingt-quatre
heures non vécues!

— Vingt-quatre heures que les Parisiens auront
vécues pendant ce temps-là, dit Marion.

— Quel temps-là? dit Tibère.

— Comment est-ce que quelqu'un sur une
même planète vit une journée qu'un autre ne vit
pas?

— Il y a donc une journée où on ne peut pas
téléphoner à sa fille à Paris, puisque cette journée
on ne la vit pas? insista Marion.

— C'est heure par heure qu'on vous enlève cette journée, dit Yves.

— Ça revient au même, dit Iris : ces heures qu'on gagne sur les pendules, on ne les aura jamais vécues. On reviendra en France sans elles! Donc à Paris on aura vécu plus lentement pendant ce temps-là.

— Quel temps-là? dit Tibère.

Les regards se firent obtus et se tournèrent vers les espaces du dedans. On s'absorba dans le puits sans fond de la relativité du temps et de l'espace et, plus encore que le mystère de l'univers, l'intelligence d'Einstein donna le vertige à la troupe de bonne volonté qui devisait sous la voûte des cieux, cirons dérisoires balancés mollement par l'océan Indien.

CHAPITRE VIII

ADEN-BOMBAY : 1 678 MILLES

— Lis-moi ce que te racontent tes filles, dit Yves à Marion qui était en train de classer le paquet de courrier trouvé à la Poste restante d'Aden. Je n'ai pas le courage de tenir une lettre à la main!

Une chaleur opaque pesait sur le *Moana*, effaçant l'horizon, rendant le ciel indiscernable de l'eau, étouffant les bruits, ralentissant les mouvements et les pensées. Seul le tintement des glaçons dans le verre d'Yves donnait une impression morale de fraîcheur.

— Pauline veut être écrivain maintenant, dit Marion qui avait déjà parcouru une première fois la lettre de sa fille.

— J'adore ses expressions. Avant elle voulait *être* comédienne! Tu as remarqué? Elle ne dit jamais *devenir*, cela impliquerait un apprentissage. Elle passe comme ça du non-être à l'être...

— A propos, elle a trouvé un travail : hôtesse

au Salon de l'emballage. L'exposition dure huit jours.

— Ah bon, dit Yves, j'ai eu peur.

— La chatte Schoum a eu trois petits, Eddie a filmé l'accouchement. Et puis pour la note du téléphone, tu sais, la fameuse, qu'on n'avait pas voulu payer avant de partir, voilà ce qu'elle dit : « *Les PTT sont enfin venus. Un jeune assez beau. J'ai fait la ravissante idiote pour essayer de le convaincre que quelque chose était détraqué dans le compteur des communications... mais rien à faire pour obtenir un rabais, même en proposant ma personne. Envoie donc chèque d'urgence.* »

— J'étais sûr qu'il n'y avait rien de détraqué, dit Yves. C'est Eddie qui a dû appeler San Francisco, c'est la seule explication de cette somme exorbitante.

— Mais on l'aurait vu sur les fiches.

— Alors c'est Pékin... ou Saint-Trop' pendant deux heures. Les cinéastes d'avant-garde n'ont jamais besoin d'appeler en Corrèze.

— Si tu veux, on ne paie pas. Si le téléphone est coupé, on s'en fiche après tout...

— Non, parce qu'au bout de quelques mois, la ligne est suspendue.

— Bon, alors on est coincés comme d'habitude : envoie chèque.

— Il y a aussi la solution de le foutre dehors.

— Ça n'empêchera pas d'envoyer le chèque. Et puis tu te sens capable de jouer les pères nobles, toi? Tu te charges de la lettre en tout cas; moi, je

suis trop lâche. J'aimerais que ce soit fait, je ne
veux pas le faire.

— Quand on a commencé dans le libéralisme,
dit Yves sentencieusement, on est foutu. Ce n'est
pas pour une note de téléphone qu'on peut remonter sur ses grands chevaux. On enverra chèque,
comme d'habitude. Et quoi d'autre comme bonnes
nouvelles?

« *Eddie doit voir demain un producteur qui
s'intéresse beaucoup à son film et qui...* »

— Pourquoi c'est toujours demain? Quand on
est parti il devait justement rencontrer le lendemain quelqu'un qui était prêt à mettre plusieurs
millions dans son affaire. Il ne dit jamais ce qui
s'est passé la veille! D'ailleurs qu'est-ce qu'il a fait
jusqu'ici?

— Un court métrage tout de même.

— Tous ces garçons-là ont fait *un* court métrage. Ça fait cinq ans qu'il vit là-dessus!

— Ça me ronge d'avoir dû laisser Pauline à
la maison avec ce crétin d'Eddie, dit Marion.
Quand j'y pense...

— Elle est majeure, dit Yves. Et le crétin aussi.
Ne t'en fais pas pour eux, on va les retrouver bien
au chaud chez nous dans six mois.

— Pas sûr. Elle ne va pas être éternellement
amoureuse...

— Mais si... aussi longtemps en tout cas qu'ils
seront confortablement installés chez nous! Comment veux-tu qu'elle s'aperçoive qu'il n'est pas
foutu de payer un loyer? Il peut pérorer sur la

disponibilité, condition nécessaire de son art, puisque nous avons la faiblesse de lui fournir les conneries bourgeoises, un appartement meublé, le téléphone, l'électricité...

La vision noirâtre de ce crétin d'Eddie sur son oreiller à elle, avec son torse envahi de poils charbonneux, fumant dans son lit, laissant royalement tomber ses cendres sur la moquette bleu ciel, dans une chambre dont il n'ouvrait jamais les volets, où traînaient des pots de yaourt vides, des pelures d'orange, la bouteille de whisky et tous ses infâmes journaux de cinéma, lui fit monter une bouffée de colère. Et cet imbécile qui se faisait appeler Eddie alors que sa pauvre mère lui écrivait sous le nom de Robert!

— On se demande comment les gens sont amoureux des gens, dit-elle. C'est le pire qu'elle ait eu, celui-là! Il trouve moyen d'être plus noir que tous les autres bruns. Il salit plus les baignoires... sa barbe pousse plus vite... ses cigarettes font plus de cendres... Il sent l'ail même au téléphone!

— Je continue à ne pas comprendre comment tu as pu le laisser s'installer à la maison, remarqua Yves.

— Ben parce que. Parce que j'aime encore mieux savoir Pauline chez nous que chez lui.

— Quel chez lui, s'il te plaît?

— Oh ils auraient trouvé une chambre, qu'il aurait payée le premier mois. Après Pauline aurait fait des chèques sans provision, comme ta cousine.

Ça nous a été épargné jusqu'ici. Ou bien ils auraient parasité des amis. Ça me gênerait affreusement de savoir Pauline installée chez des gens à titre de concubine d'Eddie.

— Et si cela ne la gêne pas, elle?

— Mais moi ça me gêne. Je ne suis pas encore désolidarisée de ce qu'elle fait. Et puis j'ai l'impression que tant qu'elle est à la maison dans les meubles de son enfance, en face de mon portrait, nous gardons un peu d'influence sur elle et nous évitons le pire.

— L'œil était dans la tombe...

— Parfaitement. Je suis sûre qu'elle le voit mon œil. Et puis elle est chez elle : le jour où elle en aura marre d'Eddie, elle n'aura qu'à lui montrer la porte et il sera bien obligé de s'en aller avec son tourne-disques, son manuscrit jamais fini et ses trois slips.

— En attendant, nous avons l'air de cautionner cette situation, objecta Yves.

— Pas du tout. Elle sait très bien ce que nous pensons d'Eddie tous les deux et ça l'a déjà empêchée de l'épouser.

— Mon petit chéri, je ne veux pas discuter avec toi là-dessus. De toute façon, je sais que tu n'en feras qu'à ta tête avec Pauline. Et en plus je ne suis pas assez sûr d'avoir raison.

— Moi non plus mais... disons que je suis plus tranquille comme ça.

Tout de même avec ce truc de les attirer chez soi, ils avaient réussi à en phagocyter quelques-uns : le guitariste péruvien... et ce vieillard de quarante-six ans, père de trois « fillettes » dont l'aînée avait presque l'âge de Pauline mais qui ne s'en apercevait nullement car l'âge est une notion variable suivant que l'on est père de famille ou consommateur. Et puis le coureur automobile pour lequel Pauline avait conçu une telle passion qu'elle s'était abonnée à *l'Equipe* pour un an, oubliant que ce délai était très supérieur à la longévité moyenne de ses sentiments. Il avait fallu jeter le journal chaque matin pendant six mois!

Mais Yves n'attaquait jamais Pauline en face. Ni personne. Il préférait ménager tout le monde... et sa popularité. Comprendre à ce point les autres équivaut à les approuver, disait Marion. Il répondait que comprendre, c'est ne pas juger. Elle rétorquait que ne pas juger, c'est renoncer à exprimer ses opinions et renoncer par là même à aider les gens. Il prétendait que de toute façon on n'aide jamais personne. Fidèle à cette doctrine, il évitait aussi de contrer le fils d'Iris, ce qui lui permettait de passer pour le seul adulte décent à bord, le seul auquel Ivan daignât adresser la parole. Mais il n'obtenait ce résultat qu'au prix de ce que Marion considérait comme de menues trahisons, car elle ne pouvait imaginer à quel point Yves détestait l'homme mûr qu'il lui fallait devenir. S'il n'avait pas été ligoté par des sentiments, hélas sincères, hélas profonds, il se serait évadé lui aussi loin des Yang qui se tuent, des Marion qui se meurent pour rien, des enfants qui vous grignotent jusqu'à l'os

comme des pirañas en vous enlevant le meilleur, et
d'un métier qu'on ne peut continuer à aimer que si
on est libre chaque jour de le choisir. Luxe qu'il
pouvait rarement se permettre. Elle n'aimait pas le
voir dans son numéro pour jeune homme qui quitte
sa famille; ni dans son numéro pour jeunes filles
d'ailleurs; ni dans celui pour vieil académicien,
barman ou auteur d'avant-garde. Il ne pouvait pas
être sincère partout! Elle disait « numéro » pour le
dévaloriser parce qu'elle ne pouvait s'empêcher
d'interpréter cette façon de vivre avec tout le
monde comme une façon de vivre moins avec elle,
par cette myopie de la passion qui tend à ligoter
l'objet aimé. *L'objet aimé...* mots terribles! Tout un
programme.

Par exemple Eddie... Marion n'avait pas hésité
à se rendre impopulaire auprès de lui, lui disant
tout juste bonjour et ne lui demandant jamais de
nouvelles de son « travail ». Elle ne cherchait pas à
le mettre à l'aise puisqu'elle voulait précisément
qu'il déguerpisse. Yves sympathisait : il s'entre-
tenait longuement avec lui des nouvelles tendances
du cinéma, disait : « Un autre whisky, Eddie? On
the rocks? » Je t'en foutrai des rocks, pensait sous
cape Marion qui adorait professer en secret des
idées étroites dans la mesure même où elle se
conduisait comme la plus libérale des mères, la
plus démissionnaire disaient certaines de ses amies.
Il déguste mon whisky, mes glaçons, ma fille...
et en prime il faut me laisser considérer comme
une affreuse. « Ton père est vraiment un mec

formidable », disait souvent Eddie à Pauline qui le répétait à Yves avec cette complaisance des belles-filles pour lesquelles il reste toujours un peu d'un homme dans un père.

Ivan venait donc souvent se faire comprendre auprès d'Yves. Malheureusement Alex ne le lâchait plus, n'arrivant pas à accepter l'idée que son fils allait quitter la famille pour de bon. N'ayant pas eu d'enfant il avait pris très au sérieux ses responsabilités de beau-père et son échec le navrait. Yves n'aimait pas avoir tout son monde en même temps, ne pouvant laisser entendre à Ivan qu'il était de son côté et à Alex que la situation de parent était intenable. Les repas à ce point de vue constituaient une épreuve quotidienne qu'Ivan abrégeait régulièrement en quittant la table.

— Tu n'es qu'un révolutionnaire en peau de zébi, concluait Alex au terme d'une nouvelle discussion qui ne faisait que lui rendre sa défaite plus cuisante.

— Ça vaut mieux qu'un révolutionnaire en peau de vache, remarqua Tibère, conciliant.

— Un zébi, d'ailleurs, qu'est-ce que c'est au juste? Une vraie bête? demanda Iris qui espérait détourner la conversation de son fils.

— Pas du tout. Zébi, ça veut dire « rien du tout » en arabe, précisa Alex. Tu confonds avec le zébu qui est une sorte de bœuf.

— Et avec le zob qui est une sorte de bête aussi, dit Tibère. Mais nous avons également le zébi d'Iris : c'est un spécimen qui a deux pattes assez longues, une guitare, le poil noir et qui s'apprivoise très difficilement.

— On dirait un nom d'oiseau exotique, dit Iris. Le zébidiris vit dans les roseaux et émet des sons gutturaux...

— « La tanche rebutée, il trouva du goujon », dit Alex.

— C'est en tout cas un oiseau qui a des ailes, dit Ivan en se levant de table, et qui s'en sert.

Iris le suivit des yeux avec ce regard résigné des mères qui sont en train de découvrir la défaite qui gît au fond de tout amour maternel.

— Ecoute, dit-elle à Alex quand son fils eut disparu silencieusement sur ses pieds nus, à quoi ça sert de discuter avec lui? Tu ne fais que le braquer davantage contre nous.

— Je ne supporte pas qu'on ne trouve pas d'autre solution que de fiche le camp pour échapper à son argent, dit Alex. C'est une insulte à ceux qui n'en ont pas. Et quel manque d'imagination! C'est ça le plus triste. De quoi il va avoir l'air à Bombay avec son blue-jeans délavé par Ted Lapidus et ses pieds sales? Il ne se rend pas compte de ce que c'est, l'Inde!

Dans ces discussions, Marion n'osait plus prendre parti. L'existence de Dominique, de Pauline surtout et l'obligation quasi physiologique où elle se trouvait de les aimer et de les admettre quoiqu'elle en eût, lui avaient appris que les idées ne tiennent pas longtemps debout devant les sentiments. Depuis que Yang était entrée par effraction dans sa vie, elle subissait l'inconfort de ne plus oser dire ce qu'elle pensait, de ne même plus savoir ce qu'elle pensait. Par nature, elle se serait rangée du côté d'Alex. Mais a-t-on raison contre l'angoisse? Contre la recherche, même absurde, de quelque chose, même d'indistinct? On n'a pas tort non plus, bien sûr. On n'a rien. On a qu'on n'est plus jeune, que la jeunesse a une fin qui se solde toujours par la mort de quelqu'un, et qu'elle est agressive parce qu'elle se débat contre l'image de sa vieillesse que nous lui présentons. Tout chez le zébi hérissait Marion mais elle se refusait à être celle qui dit : « Mon p'tit gars, la vie te matera... » ou bien : « Attends d'avoir notre âge, tu verras... » Eh oui, ils verraient; bien assez tôt. Ces phrases lui rappelaient trop son père, Croix-de-Feu en 36, avec son béret français enfoncé sur sa tête et ses idées bloquées en dessous, Ancien Combattant de 14-18, la vraie, pétiniste en 40, gaulliste en 50, avec son patriotisme borné — il disait toujours « les Boches » —, sa terreur des Congés payés qui allaient faire déferler sur ses plages à lui la laideur et les chapeaux en papier journal, oubliant que sa propre génération avait salopé toute la côte normande avec ses hideuses villas où éclataient la bonne conscience et la prétention bourgeoises.

— C'est drôle, dit-elle à Alex, je me sens rustre avec mon goût désolant pour le travail et l'effort. C'est presque une tare, aujourd'hui! Pourquoi l'absurdité du monde ne nous enlève-t-elle pas à nous le goût de vivre, au contraire? Car c'est eux qui ont raison : le monde *est* absurde.

— Ma bonne amie, dit Alex, l'absurdité du monde n'est qu'un alibi pour Ivan. A quinze ans déjà, il manifestait cette absence totale de vocation qui est une forme sublimée de la paresse... et qui va rarement avec une intelligence supérieure, il faut bien le dire.

— Là, dit Iris, tu exagères. On peut être dégoûté de vivre et très intelligent. La neurasthénie, c'est une névrose.

— Qui tourne à la psychose parce que nous la prenons au sérieux, dit Alex.

— Il leur faudrait une bonne fessée? C'est ça? répliqua Iris, sarcastique.

— Quelle est la différence exacte entre psychose et névrose? demanda Marion.

— Eh bien le névrosé sait que 2 et 2 font 4 mais il trouve ça tragique. Celui qui a une psychose est persuadé que 2 et 2 font 5 et il trouve que c'est merveilleux. Ainsi moi, je suis un père névrosé : je vois Ivan tel qu'il est et je trouve ça tragique. Lui et ses copains se construisent un avenir de ratés : ils font tout mal.

— Peut-être pas l'amour, dit Iris.

— Oh ça, je demande à voir, dit Alex. Je suis sûr qu'ils se préparent de ces problèmes...

Iris fit une moue exprimant clairement que les problèmes sexuels frappaient toutes les générations. La conversation dériva vers la liberté sexuelle et la contraception, sujets qui avaient remplacé Dieu et la finalité du monde dans les préoccupations des Français. On ne parlait plus de Dieu. Marion s'avisa qu'elle n'avait pas pensé à Dieu depuis des années, elle qui avait songé à entrer dans les ordres à seize ans!

Pendant les cinq jours et six nuits que dura la traversée de l'océan Indien, la mousson souffla du nord-est, modérée à forte, obligeant chacun à se concentrer sur des problèmes d'équilibre et d'alimentation qui furent résolus avec plus ou moins de bonheur. Le sixième jour enfin, veille de Noël, le *Moana* pénétrait dans une baie aux eaux limoneuses, où croisaient en tous sens les voiles latines d'innombrables vaisseaux bruns à gaillard arrière surélevé. Un immense soleil jaune se levait derrière la montagne carrée qui surplombe Bombay, baignant toutes choses d'une lumière étrange, qui parut exotique aux passagers parce qu'on prend trop rarement la peine, chez soi, de se lever pour contempler l'aube.

Comme toutes les nations du monde, c'est sous la forme de quelques fonctionnaires à serviettes de cuir que l'Inde vint à leur rencontre. Ceux-ci descendirent dignement d'une minuscule pirogue propulsée à l'aviron par deux garçonnets loqueteux et se livrèrent avec le plus grand sérieux à ces opérations de douane, de police et de santé dont la complexité semble toujours inversement proportionnelle au degré de développement du pays.

Sur le quai de Bombay où les voyageurs débarquèrent six heures plus tard, un garçon les attendait, assis par terre. Ses haillons dissimulaient mal sa distinction naturelle et la poussière de la route ne parvenait pas à faire paraître sales ses pieds aristocratiques. Il portait une robe hindoue ouverte sur des côtes charmantes et une très fine chaîne d'or autour de son cou d'ange. C'est avec lui que le zébidiris comptait parcourir l'Inde. Ils iraient d'abord chez le fils d'un maharajah que Lesley avait connu à Oxford, puis traverseraient le pays à pied en s'arrêtant à Pondichéry dans un ashram où un cousin d'Alex, médecin à Lyon et père de quatre enfants, venu en visite de quinze jours avec un groupe d'adeptes du yoga, se trouvait encore en prière cinq ans plus tard.

Lesley ressemblait à Leslie Howard. Il arrivait d'Europe à pied par la Turquie, l'Iran et l'Afghanistan. Mais il plut à Iris qui, comme beaucoup de mères, supportait mieux le pittoresque chez les enfants des autres. Avant de déjeuner au *Taj Mahal* où Ivan ferait ses adieux à la famille, Lesley se proposa de guider les huit passagers du *Moana* dans le vrai Bombay.

Sans méfiance, car ils croyaient grâce aux films, aux récits de leurs amis et aux excellents livres qu'ils venaient de lire, imaginer assez bien une ville indienne, ils franchirent la Porte de l'Orient sur le port et furent immergés d'un seul coup dans une matière compacte et vertigineuse, d'une densité palpable : la foule indienne. Ils comprirent tout de suite que rien, *rien*, n'aurait pu les préparer à ce choc. Une foule à Paris, à Londres, à Tokyo, c'est fait de petits bonshommes séparés, qui courent chacun vers son but. Ici la foule ne va nulle part, elle coule doucement en tous sens, intarissable, blanche et brune, remplissant tout l'espace laissé disponible entre les derniers fiacres en lambeaux, les chars à petits bœufs bossus, les bus rouges à deux étages, les quelques voitures américaines, les chiens galeux qui sont ici les parias des animaux, et les vaches, bien sûr, blanchâtres, aussi décharnées que les humains et qui occupent de droit divin, sans agressivité mais sans aucune gentillesse non plus, les trottoirs et les chaussées. Et ces millions d'yeux bruns appuient sur vous le regard inoubliable de l'Inde, un regard unique, qui est celui des nourrissons trop sérieux aux paupières bordées d'un trait de crayon noir, des vieillards réduits à l'os, celui des petites filles qui vous poursuivent une journée entière en tendant la main, celui des vaches aussi, partout le même regard, passif et doux. C'est au mètre cube que l'humanité se débite ici, dans les magasins où des familles entières s'entassent, recroquevillées sur les étagères avec leurs marchandises, ou dans les hautes maisons victoriennes transformées en clapiers où l'on voit grouiller derrière les grillages de chaque ouverture plusieurs épaisseurs de corps amoncelés.

Alex guettait l'émotion sur le visage de son zébi.

— C'est sans doute cela que tu appelles « remonter aux sources » ? ne put-il s'empêcher de demander à son fils qui haussa les épaules.

Dans le grand restaurant climatisé où ils prirent leur dernier repas en commun, on ne servait ni bière ni vin. Pas non plus de whisky malgré les « certificats d'étrangers intoxiqués » qu'Yves s'était procurés au Service médical du port. L'heure de la séparation approchait, suscitant chez Alex une rage croissante devant ce qu'il appelait un abandon de poste, expression qu'il tenait de son père et qui faisait ricaner Ivan.

— Je regardais ce matin tous ces jeunes Indiens, dit Alex d'un ton patelin, en avalant sans plaisir son jus de pamplemousse. Je trouve que tu devrais profiter de ton séjour ici pour organiser un service d'échanges de jeunes gens. Je suis sûr que beaucoup de jeunes Indiens seraient ravis de passer un an en France, chez ta mère par exemple, et de porter tes vêtements, tes chaussures notamment, de se servir de ton tourne-disques, de ta voiture, de tes petites amies...

— Je me demande bien ce que vous auriez à leur apprendre, dit le zébi qui avait décidé de ne pas s'énerver.

— Ça, mon vieux, c'est à eux d'en juger, si tu permets. Toi, tu quittes précisément ce à quoi ils aspirent : la liberté que donne l'argent, manger tous les jours et choisir sa vie. Je ne sais pas si tu te rends compte de l'absurdité de ta position ?

Ivan avait horreur qu'on l'appelle « mon vieux ». Horreur de la voix de son père. Horreur du chagrin qu'il lisait dans les yeux de sa mère. Horreur de ce repas funèbre pour le départ de l'enfant prodigue. Horreur aussi de montrer à Lesley que devant ses parents il restait encore un enfant.

— D'ailleurs si tu étais indien, poursuivit Alex, normalement tu serais bientôt mort. L'espérance de vie, ici, c'est vingt-cinq ans!

— Alex, coupa Iris, tu te rends compte que tu es odieux? Cet enfant n'est pas un criminel tout de même...

— Ecoute, maman, dit Ivan, pourquoi faire durer cette cérémonie? Le zébidiris est un oiseau migrateur, il s'envole, c'est tout; après avoir émis quelques sons gutturaux en guise d'adieu, ajouta-t-il en se tournant vers la compagnie. Et bon voyage à tous. Tu m'accompagnes un peu, maman, je vais chercher mon sac au vestiaire.

Discrètement, Lesley alla les attendre devant l'hôtel.

— Je t'ai fait virer de l'argent à Calcutta et à New Delhi, souffla-t-elle à l'oreille de son fils. Pour s'il t'arrivait quelque chose. Tu n'aurais qu'à le demander à la Banque Barclays... Le consul est prévenu aussi.

— Maman! dit Ivan sur un ton de reproche. Il fallait bien tuer un jour ce genre de mère, la découper au chalumeau, l'arracher de soi et cautériser la plaie pour qu'elle se referme plus vite. Il reçut la tête brune sur son épaule et sentit des gouttes sur son bras nu. Elle releva le visage pour

regarder celui de son fils avec une intensité douloureuse.

— Pourquoi me fais-tu ça? dit-elle. Etais-tu
vraiment obligé?

Et elle éclata en sanglots. Il la serrait toujours
contre lui secouée de larmes comme une petite
fille et pour la première fois il se sentait un homme.
Pour la première fois les rôles étaient renversés et
il la tenait dans ses bras. Comme il était plus
grand qu'elle, il vit que les racines de ses cheveux
étaient blanches... il n'avait jamais pensé que sa
mère pût avoir les cheveux aussi blancs sous l'armure. Elle aussi alors était un être humain et
serait une vieille femme? Un remords l'effleura;
son premier.

— T'en fais pas, maman, je reviendrai, dit-il en
lui caressant les cheveux.

Il l'écarta de lui à bout de bras et répéta gaiement :

— T'en fais pas. Je t'écrirai, je te promets.

Il balança son sac de toile sur son épaule et
s'éloigna à reculons en agitant une main. Il
s'aperçut que sa mère était une très petite
femme, il n'y avait jamais pensé non plus. Il la
vit enfin de plus loin que l'enfance : toute
menue et noire, angoissée et jamais vraiment heureuse. Une petite fille égoïste qui avait un sentiment vrai : lui. Et il n'était pas né pour la rendre
heureuse.

— En route, dit-il à Lesley.

Les deux jeunes gens s'éloignèrent dans l'ave-

nue Victoria, minces, la démarche légère, empor-
tant avec eux la jeunesse du monde.

— Qu'est-ce qu'on fait demain pour Noël? demanda Alex le soir parce qu'il fallait bien que
quelqu'un en parlât.

— Rien, dit Iris. Je n'ai pas envie de fêter la
naissance d'un enfant.

D'ailleurs en Inde parmi tous ces nouveau-nés
qui mouraient chaque jour, Noël paraissait presque
une réjouissance païenne, d'un autre temps ou d'un
autre monde. Et puis quels Noëls aime-ton encore,
passé ceux de son enfance et ceux de ses enfants?
On s'obstine à en attendre quelque chose qu'on ne
pourra jamais retrouver. Ce n'est pas une fête de
grandes personnes et il n'y avait plus que des
grandes personnes à bord.

C'était le deuxième Noël que Marion passerait
sans enfants, avec un Yves amical et distant auprès
duquel elle ne parvenait pas à trouver un rythme
de croisière. L'année dernière, c'était pis. Ne voulant pas rester en tête à tête après l'Histoire, ils
avaient accepté de réveillonner chez un metteur en
scène trop célèbre : robes du soir, cadeaux de luxe
sous les serviettes, caviar. Les rares hommes qui
étaient avec des épouses de leur âge avaient l'air
d'accompagner leur mère. Les autres faisaient les
galopins avec de ravissantes choses de magazines

à la peau toute neuve. Pour ceux-là, c'était Noël à
nouveau.

L'année d'avant, ils avaient passé la Noël chez
Yang. Atroce. Elle s'était fait une entorse la veille.
Pour ça, évidemment. Les deux filles étaient aux
sports d'hiver. Marion trouvait que les enfants ne
devraient pas abandonner leurs parents en ces
occasions. Yves avait proposé de transporter le
réveillon chez leur amie et Marion n'avait pas osé
dire : je ne le supporterai pas. La preuve : elle
l'avait supporté. On croit toujours qu'on n'y arri-
vera pas et puis c'est fou ce qu'on réussit à déguster. C'était le temps où elle se disait : si je l'empêche de voir Yang, qu'est-ce que je lui ferai faire
à la place? Et comme elle n'était pas sûre de lui
trouver aussi bien, elle ne l'empêchait jamais. Peut-
être parce que sa mère lui avait dit autrefois :
« Toi, tu ne saurais jamais retenir un homme :
tu ne sais pas jouer la comédie. » Si elle avait
mieux joué la comédie, peut-être la petite Yang née
à Hué ne serait-elle pas morte à Boucicaut? « Elle
est morte, mais ne crois pas pour cela que tu as
gagné, ma petite! » aurait dit sa mère.

Iris s'était couchée de bonne heure ce soir-là,
ou plutôt cachée. Elle venait de perdre son fils;
elle ne retrouvait plus son mari et Noël, c'était
aussi son cinquantième anniversaire. Triste saison!
La dernière décennie avait été affreuse. Après, il
ne reste qu'à s'habituer mais c'est entre quarante
et cinquante que tout vous arrive : la première
atteinte de la vieillesse, la certitude de mourir un

jour que l'on ne tenait pas encore pour acquise
jusque-là; la disparition de ses propres parents
alors qu'on commençait à comprendre ce qu'ils
étaient; la découverte de la relativité de l'amour;
enfin la dispersion définitive de cette cellule familiale qui semblait la substance même de la vie, ce
qu'on avait fait de plus éternel, et dont les éléments se détachaient un à un et s'en allaient,
gorgés de vous sans le savoir, transplanter ailleurs
leurs racines. Marion comprenait maintenant la
mélancolie des dîners chez sa mère quand celle-ci
« recevait les enfants » une fois par mois. On
reconstituait pour quelques heures autour d'elle et
du père, avec cet entrain un peu forcé qui masque
les distances prises, ce qui avait été le meilleur de sa
vie. Et puis à minuit, ces Messieurs les Gendres
regardaient leurs montres et emmenaient leurs trois
épouses en disant : « A bientôt, mère » — bientôt,
à cet âge-là, c'était si loin ! — et elle se retrouvait, vieille cendrillon en pantoufles, dans l'appartement trop grand où retombait le silence des
vieux.

Quand on a fait des filles, c'est trop souvent
comme si l'on n'avait rien fait sinon des compa-
gnes schématiques destinées à des utilisateurs imprévisibles qui les modèleront à leur guise et vous
fabriqueront des femelles méconnaissables et des
descendants qui ne porteront même pas votre nom.
Pauline et Dominique n'étaient rien de ce que
Marion avait rêvé. Elles n'étaient rien tout court à
cause de ce foutu amour qui tient lieu aux filles

de présent, d'avenir, de profession et de fin dernière, en un mot de vocation religieuse.

Pauline attendait l'appel du Seigneur en guettant le ciel.

Dominique avait été emportée dans une tribu étrangère comme une femme de Nouvelle-Guinée. Elle leur avait donné de l'espoir pourtant en commençant brillamment sa médecine. Et puis au seuil de sa troisième année, rien ne lui avait paru plus important que d'épouser ce jeune médecin, toulousain par surcroît, amateur de rugby, de cassoulet et de femme au foyer, trinité inséparable, qui venait de s'installer dans le Sud-Ouest, ravi de soustraire sa femme à la fois à l'atmosphère parisienne et à l'influence familiale.

A Paris, le futur gendre semblait normal. De même que ces étudiants tunisiens ou marocains qui paraissent en France si libéraux, si modernes, si imbus de notre culture, qu'on leur donnerait sa fille sans confession et qui, rentrés à Rabat ou à Sfax, ne peuvent s'empêcher de faire vivre leurs épouses comme ont vécu leurs mères et leurs sœurs. Une femme est d'abord une femme, non? Alors, Mektoub!

Dominique comptait bien continuer ses études. Le futur avait dit : « Pourquoi pas? » Le gendre disait : « Pour quoi faire? » Elle était amoureuse et douce. Il lui revenait peut-être du fond d'un inconscient primitif un certain bonheur à être prise en charge, à s'entendre dire par *son* homme : « Je ne veux pas que tu sois obligée de travailler, je me charge de tout. » Elle s'était donc déchargée d'elle-même. Il s'était d'ailleurs installé à Toulouse en décembre, trop tard pour qu'elle pût prendre ses inscriptions. La décision était remise à l'année suivante. Marion ne voyait plus sa fille qu'aux heures de parloir, dans son uniforme d'épouse comblée. Entre son gendre et elle s'était ouverte une guerre sourde — et muette pour le moment — dont l'enjeu était la personnalité sinon la personne de Dominique. Une guerre qui contrairement aux autres débutait par un armistice, que Marion s'était juré de ne pas rompre la première. Mais c'était dur en attendant. Aussi dur et incompréhensible que d'avoir sa fille au Carmel quand on n'a pas la foi. Pauline n'était rien... au moins n'était-elle pas quelqu'un d'autre. Pas encore.

Les parents sont bien les plus grands cocus de la société moderne. Pas magnifiques pour deux sous. Tous déçus, humiliés; au moins tristes. Les mères surtout. Elles redécouvrent alors les amis qu'elles avaient un peu négligés depuis tant d'années. Le second âge de l'amitié se situe ainsi au seuil de l'âge mûr, mortes certaines illusions, usé l'amour absolu porté à ces petits étrangers que l'on a traités mieux que soi-même, qui vous sont tombés dans les bras autrefois avec tant d'exigences et un besoin si dévorant de vous, pour vous tomber des bras vingt ans plus tard avec tant de naturel, vous laissant seule à l'âge où être deux ne suffit plus toujours.

Patricia n'en était pas encore à cette époque de

vérité. Elle se préparait à rentrer en France rappe-
lée par un télégramme huit jours plus tôt que
prévu. Son fils aîné, au premier jour de ses vacances de neige, venait de se démettre le ménisque
et avait été transporté à l'hôpital de Gap où l'on
parlait de l'opérer. Mamie veillant sur les quatre
autres enfants ne pouvait se rendre près de lui.
Il fallait donc rappeler maman dont c'était la place
après tout, plutôt que dans le temple de Shiva.
Les enfants ont un flair pour vous remettre à
votre place! D'ailleurs Patricia supportait mal le
climat et la nourriture. Le premier curry l'avait
« détraquée » au point qu'elle n'avait pu visiter
l'île Elephanta et la manufacture de saris avec
son mari. Jacques avait feint d'hésiter au pied du
lit de douleur, se demandant in petto s'il était bien
utile de renoncer à la visite des temples pour
regarder sa femme courir aux toilettes; mais il la
connaissait assez pour simuler un scrupule en toute
tranquillité, Patricia n'ayant jamais fait un caprice
et pensant toujours en premier lieu au bonheur de
son mari.

— Va, mon chéri, à quoi ça servirait que tu
restes près de moi? dit-elle dans les délais prévus,
n'imaginant pas non plus que Jacques pût lui
faire le bonheur de rester près d'elle pour rien.
D'ailleurs je ne dois pas être bien ragoûtante à
voir, ajouta-t-elle pour lui trouver une excuse.

En lui disant n'importe quoi, du genre « soigne-
toi bien surtout », Jacques s'enfuit, rajeuni de dix
ans. Ses cheveux avaient beaucoup blondi au soleil.

Patricia le trouva très beau. Il portait une che-
misette à manches courtes avec un crocodile à la
place du cœur, comme lorsqu'elle l'avait connu,
adolescent, au tennis de la rue Eblé. Elle eut un
pincement au cœur : il avait moins changé qu'elle.

Se sentant vaguement coupable d'avancer de
quelques heures une liberté dont il allait jouir
pendant cinq mois, Jacques acheta un sari à sa
femme, oubliant qu'elle n'oserait jamais le porter.
Et pour apaiser définitivement sa conscience, il
en expédia un aussi à son assistante; mais il le
choisit moins cher, obéissant à un obscur scrupule.

Quand la situation est mûre, on peut parfois
désaimer en quelques jours celui ou celle qu'on a
très longtemps cru aimer. De l'extérieur, les choses
paraissent normales, tout tient debout par habitude, mais il suffira d'une chiquenaude pour vola-
tiliser des années de vie commune, comme certains meubles vermoulus qui tombent en poussière
d'un seul coup. Jacques disait toujours « mon
chéri », « ma femme » ou « quand je reviendrai »,
machinalement, mais cela ne recouvrait plus une
once de sentiment vivant et Patricia, de son pas
tranquille de ménagère, s'avançait sans le savoir
sur du vide. Elle comptait profiter de l'absence
de Jacques pour tout remettre en état dans la maison de Saint-Cloud y compris elle-même : elle se
ferait opérer, pour reconstituer son plancher péri-
néal mis à mal par les cinq visiteurs qui s'y étaient
succédé.

— Ce n'est pas seulement pour moi, ce sera mieux pour Jacques, dit-elle à Marion et à Iris venues la voir dans sa cabine le jour de son départ, parlant sans le moindre érotisme sous-entendu de son mari comme d'un sixième enfant qui avait des droits sur elle et à qui il ne serait pas honnête de fournir un local en mauvais état puisqu'il avait signé au départ pour un endroit neuf. La présence de Jacques n'empêchait nullement Patricia d'évoquer les modalités de ce ravalement, de rappeler qu'elle avait été déchirée pour « le premier », que le deuxième était un siège, qu'elle avait eu les fers pour le troisième et que le cinquième était tombé tout seul... forcément... mettant son mari dans la position d'un monsieur qui vit dans un truc délabré, ouvert à tous vents. Comment était-elle *avant?* se demandait Jacques sans cesse. Avait-elle tant changé ou était-il devenu allergique à tout ce qu'elle disait? C'est une grande surprise de se retrouver marié depuis dix-sept ans à une femme qu'on ne supporterait pas cinq minutes! Une surprise qui tournait peu à peu à la répulsion comme une mayonnaise qui se désunit sans qu'on ait ajouté un seul ingrédient.

Demain il irait la conduire à l'aéroport. Elle aurait son tailleur gris « pour tout aller », un foulard pour protéger sa mousse, de « bonnes chaussures pour voyager » et un livre sur l'Inde dans son sac qui avait toujours l'air trop neuf. Elle lui tendrait ses lèvres, forcément, au dernier moment, et s'éloignerait d'un petit pas courageux en

se retournant souvent. Combien de fois faudrait-il
lui sourire et agiter la main pour la dernière fois?
Et puis on enlèverait la passerelle, on scellerait la
porte sur elle et ce serait l'assomption de la sainte
femme, emportée dans le ciel, disparue, morte.

Son eau de lavande qu'elle lui aurait laissée
pour qu'il pense à elle, il la jetterait par le hublot
ce soir même. Pauvre innocente mère de famille
aux ruses de bonne sœur, elle avait fait semblant
d'oublier un soutien-gorge. Semblant, il en était
sûr. Elle avait dû lire un jour avec un frisson que
certains hommes parfois dérobent une petite
culotte qu'ils conservent avec ferveur. Mais la
culotte avait dû lui paraître trop osée malgré tant
d'années de mariage.

Alex lui se réjouissait de retrouver un Jacques
dépouillé de sa conjugalité. Le départ d'un conjoint
suffit souvent à rendre à l'autre le visage de sa
jeunesse. Pour les hommes non plus le bel âge de
l'amitié n'est pas celui du mariage. C'est avant
ou... plus tard. D'ailleurs Jacques avec ses cheveux
d'or et ses yeux bleus ressemblait de plus en plus
à un Viking et chacun se disait cruellement en
accompagnant Patricia à l'aéroport que les choses
rentraient enfin dans l'ordre et que certaines exis-
tences n'ont été qu'une longue erreur.

Pour retourner au *Moana*, ils prirent un taxi
à strapontins dont le conducteur indien, comme
tous ceux qu'ils devaient subir par la suite, mettait
son point d'honneur à ne pas utiliser le frein.
C'est à coups de klaxon et sans jamais ralentir

qu'il se frayait un passage dans la pâte humaine, déchirant les robes des piétons aux poignées de ses portières, frôlant des corps nus, zigzaguant entre des enfants accroupis sur la chaussée et qui regardaient venir la mort sans bouger.

Quand ils traversèrent Bombay, la nuit tombait déjà, après le bref crépuscule des tropiques. Deux millions de personnes se préparaient comme chaque soir à coucher dehors, dans les caniveaux, le long des trottoirs, sur les étalages extérieurs des magasins, autour des ronds-points qui ponctuaient les nobles avenues tracées par les Anglais. Sous le seul abri de leurs voiles clairs auxquels il ne faut qu'un peu d'immobilité pour ressembler à des suaires, deux millions d'hommes, de femmes et d'enfants grouillaient sur le macadam, mangeant, ronflant, allaitant, bavardant ou procréant comme chez eux. Ivan était-il couché quelque part parmi ceux-là? se demanda Iris avec horreur. Les docks aussi étaient blancs de monde. Sur la voie ferrée qui longeait le port, entre les rails, allongés côte à côte comme des petits pains, des centaines de corps immobiles s'alignaient, un pan de tissu rabattu sur le visage, qu'on eût dit morts sans l'agitation spasmodique et localisée qui se manifestait çà et là sous les suaires.

— Mais qu'est-ce qu'ils font? demanda Marion.

— Ils se branlent, tiens, dit Iris fascinée par le spectacle. Il faut bien qu'ils aient des distractions.

— C'est une activité courante en Inde, dit Alex, vous avez remarqué? Les coiffeurs en plein air, cet après-midi, au bord des trottoirs, je les ai vus raser leurs clients et terminer par une petite branlette comme ça, devant tout le monde. C'est compris dans le prix.

— Et ça fait des millions de petits Indiens en moins, dit Yves.

Ils se firent déposer non loin du port pour prendre l'air un peu. Un squelette en forme de petite fille se leva d'entre les morts et courut leur ouvrir la portière. Elle les suivit jusqu'au bateau sur ses jambes pas plus grosses que des bras en répétant : « Mani... Mani... Mani! » les prenant pour des Anglais. Mais on apprend très vite à dire *non* aux squelettes en Inde. Le guide indien les avait mis en garde dès leur arrivée :

— Si vous commencez à donner un bonbon ou même un sou, vous êtes perdus. Ils sont cinq cent mille mendiants ici : ils vous mettraient en pièces.

Mais comme il faisait nuit et qu'on ne voyait pas d'autre enfant alentour, Alex glissa cinq roupies à la petite fille qui s'en empara comme une pie, les fit disparaître sous ses linges, puis s'assit par terre pour les regarder gravir la passerelle. Le *Moana* resplendissait de tous ses hublots éclairés, image presque intolérable du luxe. L'Occident dispensait là ses banals bienfaits, de l'autre côté de cette passerelle qui séparait deux mondes : quarante mètres de luxe sur douze, avec un salon climatisé, un maître d'hôtel qui attendait pour servir une dernière collation et un lit moelleux préparé pour chaque corps. Des alcools leur offrirent l'évasion; des pilules leur assurèrent un bon sommeil. Le spectacle de la misère les avait mis à plat.

Yves, Tibère et Betty partaient trois jours plus tard pour Bénarès où ils voulaient filmer une crémation. Ils rejoindraient le bateau dans une quinzaine de jours à Ceylan.

Le *Moana*, lui, quitterait Bombay dès que le commandant serait en possession des autorisations nécessaires. Le médecin du port avait annoncé qu'il tenait à prendre le pouls de chacun des membres de l'équipage avant de délivrer l'avis favorable. Il s'était annoncé pour 5 heures du soir. Il arriva à midi le surlendemain sans même concevoir que l'on pût s'en étonner. Armé de ce sourire sans gaieté qui semble faire partie de l'uniforme des fonctionnaires indiens, il posa son chronomètre sur une table et se mit à effectuer sa dérisoire vérification d'un air préoccupé, cependant qu'une vingtaine de lépreux évolutifs et d'affamés chroniques, accroupis sur le quai à quelques mètres seulement, regardaient fixement le spectacle sans manifester d'autre sentiment qu'une vague curiosité. De toute façon, la médecine, les médecins, cela ne les concernait pas. Pas plus que les apéritifs que l'on venait de servir sur le pont, accompagnés des amuse-gueule de rigueur, olives noires et vertes, sandwiches de pain de mie bien beurré, amandes salées, anchois, saucisson et pommes chips. Assez de calories pour faire vivre tout ce monde sur le quai pendant une semaine. Mais ils contemplaient calmement ce festin de leur regard hindou où ne s'allumait nulle convoitise puisqu'il n'existait aucune commune mesure entre la poignée de riz qu'un passant leur jetait sur le sol, ou la boulette innommable qu'ils achetaient aux marchands ambulants, et ces fri-fris ravissants, innombrables, exposés devant leurs yeux. C'est d'un vieux pardessus que peut rêver une mendiante en haillons sur le trottoir de Londres et non du manteau d'hermine de la reine d'Angleterre. Ils demeuraient là accroupis, leurs genoux pointus dressés à angle aigu, et ils ne quittaient pas les passagers des yeux.

— Moi, je ne peux pas rester là, dit Marion, excusez-moi mais je descends manger dans le salon.

— Ah la mauvaise conscience des intellectuels de gauche! dit Tibère en riant. Qu'est-ce que vous proposez? Qu'on leur jette des sandwiches sur le quai comme au zoo?

— Vous les verriez se battre, dit Jacques. J'ai eu le malheur de donner des gâteaux à des mômes hier... j'ai déclenché une bagarre sanglante et personne n'a pu en manger une bouchée.

— Il y a une seule attitude et elle est atroce, dit Yves : ne rien faire. Si vous croyez que notre médecin indien va se priver de petits fours parce que des affamés le regardent...

— C'est sans doute de la lâcheté, dit Marion, mais moi je m'en vais.

— Je vois que vous emmenez votre assiette, dit

Tibère. Ça ne vous coupe tout de même pas l'appétit!

— J'ai honte, dit Marion, mais quoi faire? C'est au médecin et aux fonctionnaires indiens de se battre, aux maharajahs et à leurs énormes femmes. Tous les riches sont gros ici, c'est horrible.

Les diverses formalités prirent plusieurs heures. Il fallait vérifier que le *Moana* emportait autant de bouteilles de vin et d'alcool qu'il en avait amenées, moins celles qui avaient été bues. Les fonctionnaires firent de minutieuses évaluations et visitèrent les caves et les armoires. Quand ils partirent, les lépreux regardaient toujours. De toute façon ils n'avaient pas d'autre domicile que le quai.

Vers le soir le bateau se trouva prêt à appareiller et Yves, Tibère et Betty quittèrent le bord, chargés de matériel. Marion pensait à la chanson anglaise *Ten little Niggers*. D'abord Ivan avait débarqué.. *and then they were eight*. Puis Patricia était rentrée en France, *and then they were seven*. Trois autres s'en allaient maintenant et ils n'étaient plus que *four*. Elle n'aimait pas quitter Yves, alors que lui avait toujours manifesté un goût pervers et enfantin pour les adieux. Il regardait s'éloigner la lourde masse du *Moana* : la femme de sa vie agitait le bras sur le pont arrière, la femme de la mort de l'autre. Qu'ils sont redoutables, les cœurs fidèles! Qu'elles sont terribles, les femmes qui vous aiment! Celles qui meurent et celles qui survivent. Depuis que Yang avait choisi de mourir, elle lui inspirait une sorte d'horreur. D'horreur pour l'amour s'il doit

mener à ça. Cette issue sinistre contaminait tous
les sentiments qu'il avait eus pour elle et tous les
sentiments qu'il pourrait avoir pour d'autres. Il
avait perdu l'innocence.

Yves attendit que le *Moana* disparût vers un
horizon brouillé où se confondaient l'eau jaune de
la baie et le ciel blafard dans l'odeur douceâtre et
sucrée de l'Inde. Il n'en éprouva aucune satisfaction : on lui avait gâché aussi la gaieté des départs.
Vieillir, c'est perdre ses facultés d'égoïsme et c'est
bien regrettable, songea-t-il.

Pendant les trente heures que mit le train à parcourir les douze cents kilomètres qui séparent
Bombay de Bénarès, Yves pensa beaucoup à sa
femme. Il ne pensait bien à elle que loin d'elle.
Dans le spacieux sleeping-car, souvenir délabré du
luxe britannique, rien ne fonctionnait plus, ni les
douches, ni la climatisation, ni l'eau dans les toilettes dépourvues par ailleurs de savon, de papier
et d'essuie-mains. L'unique porte du wagon était
verrouillée et gardée par un employé et c'est par
les fenêtres des compartiments seulement qu'on
pouvait acheter dans les gares des assiettes de riz
en sauce, des pièces de tissu ou des tapis brodés.
Deux portes de fer aux deux extrémités du wagon
de luxe interdisaient toute communication avec le
reste du train, livré aux Indiens et aux animaux.
Dans les General Compartments, les Indiens; dans
les Ladies Compartments, les femmes et les animaux. Les gares ressemblaient à des villages : des
familles entières y campaient en attendant de pou-

voir monter dans un train, avec leurs chèvres, leurs chiens pelés qui se tenaient toujours à bonne distance des coups, leurs baluchons, leurs enfants innombrables, se lavant à la fontaine, mangeant par terre, allaitant leurs nourrissons et regardant passer d'autres trains remplis à ras bord d'autres familles entassées, qui débordaient par les fenêtres ou pendaient en grappes aux portières.

Dans les campagnes grises et plates du Nord où rien ne pousse, toute la population semblait assise : sur le seuil des masures de terre, dans les champs, au bord des routes où parfois quelques cantonniers transportaient trois ou quatre pierres dans un couffin, et dans les petites écoles en plein air encloses de fil de fer, qu'on apercevait de loin en loin. Il faisait beau et froid : les Indiens grelottaient sous leurs chiffons. A proximité de chaque village, immobiles et perchés bas sur des arbres qui paraissaient morts, se tenait l'inévitable confrérie des vautours, sinistres silhouettes déplumées, l'œil faux, le bec crochu, le cou pelé, le plumage sale, si hideux qu'on n'arrivait pas à les imaginer faisant un nid, se bécotant, donnant naissance à de petites boules de duvet qu'ils soigneraient avec amour. Etrange malédiction que celle qui frappe les mangeurs de cadavres, les hyènes, les chacals, les vautours! On en veut moins au lion dévorant l'antilope qui bouge encore.

Yang ne ressemblait pas à une antilope bien qu'elle en eût la nervosité, les réflexes craintifs et cette tendance naturelle à la fuite en cas de dan-

ger. Elle ressemblait à un oiseau-mouche : l'œil
noir et très brillant dans lequel on lisait difficilement, les gestes vifs et imprévus, la gaieté subite,
et le mystère des oiseaux. Mais à quoi bon penser
à Yang? C'est avec Marion qu'il voulait vivre, une
Marion dont il savait maintenant qu'il ne fallait
pas toujours croire ce qu'elle disait, même quand
elle-même y croyait. Une Marion qui après tout
avait eu sa part de responsabilité dans l'Histoire.
Tout au début, quand il lui avait dit à Val-d'Isère
après les vacances de Noël : « Chérie, je voudrais
rester cinq ou six jours de plus ici avec Yang...
Mais bien sûr cela ne changera rien entre nous
deux », elle avait répondu : « J'ai confiance en
toi. » Et Yang avait dit plus tard : « Ça ne
m'étonne pas de Marion, c'est une femme exceptionnelle. » Alors on n'en avait plus parlé et la
situation avait été satisfaisante apparemment pendant deux ans, grâce à beaucoup de discrétion
de part et d'autre et à cet humour cynique où ils
excellaient tous deux et qui leur servait de refuge
et de garde-fou. Marion était une personne qui
répugnait à dire : Je souffre. Yves lui en était
reconnaissant; il n'aimait pas les gens qui exposent
leurs tripes au-dehors et cachent le cuir à l'intérieur.

   Pourquoi n'avait-il jamais rappelé à Marion
les termes de cette conversation à Val-d'Isère, qui
l'eût un peu innocenté? En fait, il savait pourquoi : il tenait à conserver la certitude diffuse
d'avoir dit la vérité sans ambages à sa femme.

Il n'avait pas envie de rechercher la vraie phrase :
« Chérie, j'ai envie de rester encore quelques
jours à Val-d'Isère puisque je n'ai pas de travail
avant le 10. Je crois d'ailleurs que Yang y reste
aussi... » Il savait pourtant que Marion ne voulait jamais comprendre à demi-mot. Si on lui laissait une échappée, elle y courait, elle était idiote
pour ces choses-là. Il aurait fallu lui parler d'une
manière répugnante : « Je compte coucher avec
notre amie ce soir même, ça ne t'emmerde pas
trop? » Encore aurait-elle éclaté de rire pour ne
pas y croire. Il n'avait pas voulu lui planter de
face ce couteau, car finalement elle aurait marché
avec, tout de même. Et il ne l'aurait pas supporté.
Alors quand elle avait répondu : « Mon chéri, j'ai
confiance en toi », il s'était hâté de la serrer dans
ses bras très fort et de traduire : « Tu peux
faire ce que tu veux puisque tu dis que cela ne
change rien entre nous. » Cela correspondait exactement à ce qu'il ressentait; donc à la vérité.

En somme chacun ce jour-là n'avait entendu que
ce qu'il voulait. Pourtant Marion s'était mise à pleurer dans ses bras, preuve qu'elle avait compris au
fond. Ce n'était pas une bonne nouvelle pour elle,
certes, mais il s'était juré ce soir-là qu'il ne la
laisserait jamais seule le soir et qu'elle s'en aperce-
vrait à peine. Une grande vague de tendresse
l'avait envahi maintenant que tout était aplani : il
lui avait fait l'amour là, au milieu des valises,
juste avant le train, tant il était heureux de pouvoir
aimer Yang pas plus tard que tout à l'heure, sans

pour cela la tromper ou la perdre, elle, sa femme.

Mais Marion avait raisonné autrement, il l'avait compris plus tard. Elle s'était dit qu'on ne couche pas avec sa femme quand on compte prendre une maîtresse le soir même. Alors que justement... mais peu de femmes comprenaient ces choses-là. En vingt ans de vie commune il n'avait pas réussi à la convaincre que deux amours peuvent coexister sans se nuire.

— On prend obligatoirement à l'une pour donner à l'autre, répétait-elle obstinément. Il en reste, d'accord, mais précisément ce sont des *restes*.

L'épicerie, toujours.

Avec Yang, il n'y avait pas eu de problèmes d'épicerie, jusqu'à cette lettre de Marion qu'elle avait refusé de lui montrer tant elle avait honte.

— Pourquoi ne m'as-tu pas dit la vérité pour ta femme? lui demandait-elle sans cesse, refusant d'admettre que dans une certaine mesure, qu'il jugeait grande, il avait été de bonne foi.

« La bonne foi ce n'est pas tout à fait la franchise, disait Yang de ce ton dur qui lui était venu. » Marion l'aurait cru, elle, et c'est pour cela qu'il lui serait pardonné. Ceux qui croient ont finalement raison.

Mais pourquoi expliquer tout cela à Marion? A quoi bon? On ne fait jamais rien comprendre aux autres. Pour lui l'amour ce n'était pas l'obsession de la chair, la passion, l'envie de l'une et pas de l'autre, mais ce bien-être merveilleux à vivre en harmonie avec un être. Avec deux êtres s'il s'en trouve deux. C'est ensemble qu'il aimait les avoir, qu'il se trouvait le plus heureux. Marion avait été scandalisée quand il le lui avait avoué. Mais aussi pourquoi avouer? C'est une tentation à laquelle il faut savoir résister. En fait un plaisir partagé reste entier pour chacun, Yves le trouvait même multiplié. Il se souvenait de certain voyage à trois en Italie... une perfection. Mais il n'aurait garde de le dire à Marion. Il ne lui avait pas dit non plus qu'à deux reprises autrefois il était tombé amoureux de Yang, très brièvement. Peut-être aurait-il dû se méfier? Plutôt crever. Après deux ou trois mauvaises nuits il avait pu juguler ces pulsions regrettables. Il ne voulait pas se compliquer la vie et jamais, jusqu'à sa quarantaine, il n'avait été la proie d'un sentiment incontrôlable. Il jugula donc, sans se rendre compte que ces élans se déposaient au fond de lui, attendant leur heure. De plus, il n'aimait pas l'idée de Marion dans le rôle de la femme qui accepte douloureusement. Heureusement elle avait manifesté un chagrin très tolérable. Il rectifia honnêtement : elle avait manifesté son chagrin d'une manière très tolérable pour lui. Se jugeant libre puisqu'il avait obtenu l'accord de sa femme, il s'était installé tranquillement dans l'autre amour. L'impunité donne de l'assurance, et de l'assurance à l'innocence, il n'y a qu'un pas.

Marion allait sûrement guérir tout doucement, puisqu'on lui avait enlevé ce corps étranger qui la faisait souffrir. Et puis en l'occurrence, les événements lui avaient donné raison... enfin, l'événement. Cela aide ce genre de personne. Elle n'avait exercé aucun chantage sur lui, sinon en étant elle-même, contre qui elle avait tant lutté d'ailleurs. Le pire des chantages parce qu'involontaire.

Yves ne réclamait plus qu'une seule chose : l'indifférence. Il avait besoin de camarades qui ne soient pas des amis, de pays qui ne soient pas le sien, de vieilles dames qui ne soient pas sa mère, de villages qui ne ressemblent pas à Kerviniec, de problèmes qui ne le concernent pas. Il se sentait inapte à tout sentiment et l'idée de l'amour l'effrayait davantage que le choléra.

Bombay l'avait profondément troublé. Bénarès, cette expression suprême de l'hindouisme, allait l'engloutir. Il se sentait inconsistant et prêt à se dissoudre dans toute philosophie qui voudrait l'accueillir.

Le taxi déposa le matériel de cinéma et les bagages au Clark's Hotel et comme d'habitude conduisit les voyageurs directement sur les Ghâts. Il y avait peu de touristes en cette saison. Deux ou trois couples d'Américains seulement étaient installés comme des voyeurs sur des chaises disposées en rang sur une péniche, leur appareil photo sur le ventre, braqué vers l'admirable rive gauche du fleuve où allait se dérouler le spectacle. Yves se joignit à eux. L'Inde jusqu'ici lui avait paru assise.

A Bénarès, on était couché. On, les malades, les mendiants et les cadavres, c'est-à-dire la majorité de la population. Bénarès, c'était Lourdes dans un pays où la foi est absolue, la misère immense, les infirmités innombrables, la population débordante.

L'opérateur, l'explorateur et la jeune fille Betty s'assirent sur leurs chaises dans leurs beaux costumes de toile, avec leurs belles caméras, leurs belles idées occidentales sur l'aide aux pays sous-développés et leur âme très occidentale au bord des lèvres, et la barge se mit à descendre l'immense courbe du fleuve le long de ces degrés de pierre qui courent sur des kilomètres et par lesquels la ville tout entière vient communier avec le Gange parmi les palais effondrés, infirmes et mutilés comme les gens, et qui glissent peu à peu eux aussi dans l'eau sacrée. Le long des temples délabrés dont les colonnes s'engloutissent dans la boue de la rive, sur les marches de cet immense escalier qui protège la ville des crues, Bénarès se déverse à longueur de journée dans son fleuve où l'on immerge avec la même piété les vivants et les morts.

Personne ne répare, personne ne songe à remettre une pierre sur l'autre, à retenir cette toiture qui glisse, aspirée et récupérée par le Gange comme les habitants; tout croule, les volets pendent à leurs gonds, les murs s'affaissent dans l'indifférence générale, c'est comme ça et c'est comme ça aussi qu'on agonise sur les marches, les pieds ou la tête dans l'eau, sans déranger ni émouvoir personne puisqu'on est là pour ça et qu'agoniser c'est encore vivre — ou mourir, c'est la même chose.

La première stupeur passée, et elle passe vite dans cet univers qui n'est ni à leur portée ni à leur mesure, les touristes se contentent de lever le pied pour éviter le mourant qui jute là sur le pavé, contemplent, intéressés, la jeune lépreuse qui serre entre ses mains informes un bébé en langes terreux qui boit la lèpre à son sein, ou jettent un regard à peine surpris à la petite fille qui mendie, pieds et mains proprement coupés par des parents prévoyants, pour qu'au moins cette enfant super-flue serve à nourrir les autres enfants déjà surnumé-raires. Les interprètes expliquent cette nécessité sans indignation et les touristes donnent effective-ment une pièce de plus à cette enfant-là, en prime à son atrocité.

Au centre de la place où débarquaient les pas-sagers des cars, une vieillarde mourait, la face tournée vers le ciel, toute droite, les yeux ouverts, allongée sur la chaussée et obligeant les rares voi-tures à faire un détour pour la laisser mourir tran-quillement. Elle avait une vraie tête de grand-mère avec de beaux cheveux blancs, seulement le visage un peu plus brun que celles de chez nous. Près d'elle, on distinguait un tas, une sorte de vieux couvre-pieds d'où s'élevait une mélopée incessante : une voix de femme bien timbrée tenait un interminable discours entrecoupé de rires et d'imprécations.

— Enfin, dit Tibère, c'est un gramophone? Ne

me dis pas qu'un être humain tient sous ce chiffon?

— C'est une naine ou une cul-de-jatte, ou les deux à la fois, dit Betty. Ici tout le monde a une difformité ou deux.

Les bûchers du Ghât des crémations leur semblèrent presque rassurants. Au Manikarnika Ghât, on ne brûlait que des morts morts qui ne vous adressaient plus la parole. Ficelés sur un brancard pour leur dernière baignade, enveloppés d'une mousseline qui, mouillée, moulait atrocement leurs formes, ils attendaient leur tour côte à côte les pieds dans le fleuve, tandis que les précédents bûchers achevaient de se consumer.

— C'est en période d'épidémie qu'il faut voir ça, dit le guide. En été.

Les familles bavardaient alentour ou versaient un peu d'eau sacrée puisée de leurs deux mains dans l'ouverture béante des bouches mortes qu'un intouchable dégageait des tissus. L'eau grise débordait l'horrible récipient, le menton saillait, ridicule; un chien jaune flairait un morceau de pied mal calciné et secouait la tête parce qu'il s'était brûlé. Sur un des bûchers une forme qui commençait à brûler se dressa soudain sous l'effet des flammes comme un homme qui s'assied dans son lit; on le rabattit d'un coup de bâton. Pendant qu'ils défilaient, tranquilles sur leurs chaises, un homme vint, s'accroupit sur les marches et ouvrit un petit paquet qu'il avait apporté. Il en tira un enfant qui paraissait avoir un an; mais en Inde, il fallait réviser les critères bons pour les pays où l'on mange : on

voit debout sur leurs jambes des enfants à qui l'on
ne donnerait pas six mois et dans les bras des
mères des fœtus qui parlent. Le thorax de l'enfant mort ressemblait à une carcasse de poulet
mangé, mais son ventre était énorme. L'homme,
que personne ne regardait, attacha une pierre
au cou de son fils puis il refit le paquet, monta
dans une barque et alla jeter le petit corps au
milieu du fleuve où passaient majestueusement
parmi les couronnes de fleurs et les branches
mortes des charognes indéfinissables. Les
corps n'ont pas droit au feu en dessous de deux
ans.

Et le premier soir tomba sur la plus terrifiante
des villes et d'une surprenante beauté pourtant,
sur les Hindous qui poursuivaient leurs occupa-
tions riveraines de vie et de mort parmi les palais
agenouillés dans l'eau opaque et verdâtre du
Gange, sous une lumière toute dorée par le désert
de l'autre rive, et qui se fondaient peu à peu dans
l'obscurité avec leur fleuve si chargé de sacré
que même les étrangers se sentaient saisis devant
lui d'un respect religieux.

Dès le lendemain, Yves se mit en quête d'un
mort. Cela lui paraissait déjà naturel. Il lui en
fallait un dont la famille acceptât qu'il fût filmé
sur son bûcher. L'interprète affirma que la chose
était possible. Après quelques tractations, il fut
effectivement introduit chez des parents qui
n'avaient pas de quoi acheter le bois du bûcher
de leur fils.

— Ce sera cinq mille francs, dit l'interprète. Le prix du bois.

On tomba d'accord. Le père reconnaissant lui serra longuement la main.

— Vous voulez le voir? dit la mère qui était enceinte et tenait un nouveau-né dans les bras.

Yves crut difficile de refuser. On le fit passer dans un appentis minuscule et sans fenêtre où gisait sur un grabat un adolescent qui leva sur lui des yeux immenses dans un visage jaune et décharné.

— Vous le voulez pour quand? demanda l'interprète.

— Je compte tourner à partir de demain, dit Yves. Mais où est le mort?

— C'est lui, dit l'interprète. De toute façon, pour ce jeune homme c'est une question de jours. Alors c'est vous qui dites quand vous le voulez.

Le jeune homme fixait sur lui le regard de l'Inde. Il avait le corps de l'Inde, maigre et délié, et la fièvre collait à ses tempes ses cheveux bleutés et lisses. Le père semblait inquiet de ces hésitations, il questionna l'interprète dans un coin de la pièce.

— Le père a peur, dit l'interprète, que son fils ne fasse pas votre affaire... Vous comprenez, si vous n'achetez pas le corps, ils n'auront pas de quoi le brûler. Et leur fils sera exposé à une mauvaise réincarnation.

Yves ne pouvait détacher son regard des yeux anxieux du jeune homme qui ne comprenait pas

la raison de la présence de cet étranger à son chevet. Encore une fois à quoi pouvait servir la logique ici? Et même le cœur?

— De toute façon, il est tuberculeux, ajouta
l'interprète pour le décider.

— Dites qu'on ne fasse rien surtout. Je... je
reviendrai plus tard, j'ai d'autres plans à tourner
d'abord, balbutia Yves qui ne se sentait pas l'a-
plomb de négocier ce marché d'où dépendait pourtant la sérénité d'une famille et, qui sait, le bonheur
du mourant. L'interprète eut un regard de répro-
bation et exprima au père ses regrets. Yves salua
le jeune homme qu'il était venu acheter et s'enfuit.

Bénarès *by night* était presque aussi animé que
le jour. Les mêmes gens attendaient l'issue heureuse en bavardant. La vieillarde n'avait pas fermé
les yeux; le couvre-pieds glapissait toujours. Quelqu'un avait posé à côté des choses à manger dans
un morceau de journal. Au fond de la place des
gens faisaient la queue devant un des innombrables
cinémas tandis que quelques bûchers fumaient
encore sur le Ghât des crémations. Sous des parasols ou des kiosques misérables ouverts au vent
sec et froid de la nuit comme aux moussons de
l'été, des sâdhus étaient accroupis, depuis dix ou
vingt ans, dans la position même où Yves les avait
vus le matin, couverts de cendres, les yeux clos.
Parfois un minuscule brasero alimenté par quelque
fidèle les réchauffait d'un côté. Des passants déposaient à leurs pieds gris des offrandes, un brin
de nourriture, de quoi alimenter leur cerveau

sinon leur corps qui ne réclamait plus rien.

La petite fille aux moignons attendait le dernier car de l'American Express, avec les autres haillonneux, poussant une bille du bout de son poignet lisse et brun, riant et criant avec eux tout en guettant d'un regard de faucon le prochain arrivage. Dès que le car déboucha sur la place, elle changea d'expression et courut à genoux reprendre la pose, ses mutilations bien en vue.

Multiplié à trop d'exemplaires le malheur prend vite une dimension abstraite, il ne touche plus le cœur. Yves et Betty n'osaient plus parler, comme il arrive parfois au sortir d'un théâtre où l'on vient d'entendre un texte bouleversant. Il ne pouvait pas être question de révolte ou d'indignation ou de raisonnements; l'Inde échappait à tous les critères et remettait tout en question.

Filmer en quelques jours quelques images de cette ville paraissait dérisoire, voire sacrilège.

Au Clark's Hotel, séparé de l'odeur de la ville par d'immenses et luxuriants jardins pleins d'oiseaux, des serveurs en turban rose et gants de fil blanc percés, déposèrent dans leurs assiettes sous le nom de poulet au curry un peu de boue du Gange où flottaient des morceaux de chair filandreuse qui ressemblaient à des cuissots d'enfants.

— Coulis d'Indien à la Nantua, annonça Tibère.

Dans les verres, la bière indienne était trouble et de la couleur du Gange et dans les assiettes, le riz, collé et grisâtre, rappela à Yves le choléra dans le terrible roman de Giono, avec tous ces morts sur les chemins, noirâtres et la bouche remplie d'une sorte de riz. Il n'avait pas pu manger de riz pendant des semaines!

Avant de regagner les immenses chambres de cet ancien palais, il fallait pourtant préparer le plan de tournage. Ils travaillèrent tard tous les trois. Dans la pénombre du bar voisin, les serviteurs en turban rose dormaient par terre, allongés tout habillés sur la moquette. Pour être plus à l'aise ils avaient enlevé leurs gants de première communiante. Perchés sur les banians du parc, des singes ou des perroquets, ou des monstres peutêtre, poussaient des cris aigus et inquiétants qui empêchèrent longtemps Yves de dormir sous sa moustiquaire.

Dans la chambre où Tibère était venu la rejoindre, Betty n'avait pas envie de faire l'amour.

— Excuse-moi. Tout ça m'a coupé l'appétit, dit-elle.

— Tu as tort, dit Tibère. Il faut se raccrocher aux valeurs sûres.

— Tu ne m'aimes pas, je ne t'aime pas, c'est aussi une chose sûre, non?

— D'accord, si tu veux, dit Tibère conciliant. Mais c'est un bon exercice en attendant mieux...

— J'aime bien le sport; pas la gymnastique, dit Betty.

— L'Inde te rend méchante, mon ange. Moi tu vois j'appelais ça de l'art. Mais si pour toi c'est Une-Deux, Une-Deux, je m'en voudrais d'insister.

Et Tibère s'inclina pour lui baiser la main. Elle le retint par le cou.

— Reste tout de même dormir avec moi, tu veux bien? Ça m'a fichue par terre, cette journée. Et puis je suis crevée.

Tibère s'allongea près d'elle et disposa avec soin les pans de la moustiquaire.

— J'irai chez le coiffeur demain, c'est tout, dit-il d'un air résigné.

Betty éclata de rire et s'installa au creux du garçon, lui tournant le dos.

— Plie tes jambes dans les miennes, dit-elle. Mets ton bras sur moi. Là. Comme ça je crois que je vais pouvoir dormir.

— Pendant qu'on y est, je passe ta jambe autour de mon cou, tu lèves gracieusement une main en l'air, tu poses l'autre où je pense et nous formons une figure hautement hindouiste et religieuse!

— Je me sens justement d'un athée, ce soir! Mais toi, je t'aime bien, murmura Betty en se serrant contre lui. On devrait pouvoir dormir avec ses amis comme ça, par affection. C'est bon.

A l'abri de Tibère, elle ferma les yeux et réussit à oublier Bénarès.

C'est finalement par le truchement d'un brahmane sensible au whisky qu'Yves et Tibère purent obtenir de filmer une crémation, dissimulés dans une barque pontée, dans laquelle on avait percé

une minuscule ouverture. Ils passèrent là des journées étouffantes, attendant pendant des heures
qu'un mort voulût bien entrer dans le champ,
accroupis dans un espace minuscule et anxieux
à l'idée d'être découverts. A l'heure du déjeuner le
brahmane leur glissait des beignets indéfinissables.
Ils tournaient les yeux malgré eux vers les bûchers
où tout n'était pas réduit en cendres ou vers ces
lépreux auxquels il manquait toujours un morceau... Ils sortaient à la nuit de leur abri sous la
protection du brahmane que l'abus de whisky désa-
cralisait de jour en jour. Ils avaient honte; mais
pour une photo on damnerait un saint.

Eux aussi abusaient du whisky car l'alcool au
goût sûr constituait leur point de repère, le soir.
Les douces certitudes de leur Europe envolées avec
les fumées humaines qu'ils avaient respirées tout
le jour, ils ne les retrouvaient que dans l'alcool.
Puis ils se faisaient masser dans leurs chambres par
un Indien et prenaient un bain dans les vieilles
baignoires britanniques dont les tuyauteries
avaient depuis longtemps rendu l'âme et dont l'eau
sale s'écoulait directement sur le sol carrelé vers
une grille d'évacuation d'où s'exhalaient des relents d'égout. Ils s'endormaient enfin d'un sommeil
peuplé de monstres après avoir visité le lit et la
moustiquaire et écrasé cinq ou six de ces insectes
hideux qui ne figurent dans aucun manuel décent
et dont l'Inde semble détenir le secret.

Le Nouvel An arriva sans rien changer à la vie
et à la mort de Bénarès. La vieillarde agonisait

toujours, seulement un peu plus parcheminée. La naine qui habitait le couvre-pieds monologuait d'abondance. Les sâdhus sous leurs kiosques s'assagissaient et se désincarnaient chaque jour un peu plus. Les Indiens se lavaient les dents dans le Gange ou y récitaient leurs prières, dans l'eau jusqu'au ventre, ou y mouraient. Seuls quelques groupes d'Anglaises sans âge et sans homme tinrent à célébrer le Happy New Year au Clark's, faisant craquer des crackers venus d'Angleterre, criant *Youpee,* chantant *God save the Queen,* mangeant le sacré pudding et trinquant à la chance qu'elles avaient eue de ne pas suivre leurs maris sur le bûcher.

Travaillant beaucoup, mangeant peu et n'ayant plus aucun contact avec leur civilisation, Yves et Betty, sans trop s'en apercevoir, se laissaient entraîner dans un vertige où la vie se fondait si naturellement avec la mort que leurs activités quotidiennes, leurs soucis de métrage, de lumière, d'objectifs, de nombre de plans à assurer chaque jour, devenaient dérisoires et sans importance. Le soir en buvant du whisky, ils commentaient Shankara ou les Upanishads, cherchaient à démontrer à Tibère que l'univers n'est qu'illusion et que la connaissance du vrai n'apparaît qu'avec la destruction concertée de l'individu. Du fond de l'Inde et des bouteilles d'alcool, Paris leur paraissait minuscule, ridicule, prétentieux; ils se demandaient comment ils avaient pu attacher tant d'importance à la réussite, courir sans cesse, se battre, se passion-

ner pour des écoles littéraires et des systèmes poli-
tiques, alors que le bonheur suprême s'acquiert évidemment dans la paix de l'indifférenciation. Tibère
n'était pas atteint du même mal. Ayant voyagé
un peu partout en tant qu'opérateur d'Actualités,
il avait vu juste assez du monde entier pour en
avoir tiré une conclusion définitive et globale qui
lui tenait lieu de philosophie.

— D'accord, mes enfants, on n'est pas ici au
pays de la Vache qui rit, mais faut pas croire que
vous venez de trouver *la* vérité. Elle est partout, la
vérité, moi je vous le dis. J'ai filmé les mêmes
miracles, les mêmes pèlerinages, les mêmes sor-
ciers, qu'ils s'appellent des saints ou des fakirs
ou des gourous, chez les bouddhistes, dans la
brousse africaine, à Séville, à Londres ou au Tibet.
Alors faut pas vous laisser escroquer. Shiva,
Mahomet, Jésus, c'est le même homme! Et finalement, sauf dans les détails, c'est la même philosophie. Mais vous voulez que je vous dise la différence ici? (Non, Yves et Betty ne voulaient surtout pas des gros sabots de Tibère dans leurs déli-
cates méditations; mais il continuait, enquiquinant
comme un Français.) A part les pères chartreux
sous leur parapluie avec leur corps couvert de
cendres — à propos, vous remarquerez que dans
la religion chrétienne aussi les ermites se cou-
vraient de cendres; et le mercredi des Cendres,
hein? Tout est pareil, je vous dis! — à part ceux-là,
ce qu'il faudrait aux Indiens, c'est un steak Tar-
tare tous les jours pendant quelque temps : ça leur

donnerait peut-être l'envie de tuer leurs vaches soi-
disant sacrées au lieu de laisser mourir de faim
leurs enfants.

Betty prenait en grippe le bon sens de Tibère,
son cynisme, son refus de s'intéresser aux idées
mais Yves lui en était presque reconnaissant. Sans
le whisky et les visions simplistes de Tibère, il
serait peut-être resté à Bénarès ou quelque part
en Inde, comme le cousin d'Alex, pour savoir,
pour comprendre. Un mois? Un an? Qui peut dire?
Ici le temps non plus n'avait pas la même valeur.
L'Inde était entrée dans son existence à une période où il se sentait disponible, en mutation. Mais
il y avait Marion bien sûr. Il pensa à elle comme à
une patrie un peu lointaine mais qui vivait en lui.
Il ne pouvait dire à quel point il l'aimait. En tout
cas pas comme un fou. C'était mieux que ça. Il
détestait faire les choses comme un fou. Il avait
aimé Yang un peu trop les premiers temps, cela
l'avait rendu malheureux. Une patrie, on ne doit
pas se demander si on l'aime, simplement on sait
qu'elle vous attend quelque part et qu'on vit moins
bien ailleurs.

En quittant Bénarès huit jours plus tard pour
rejoindre Colombo en avion, Yves eut l'impression d'échapper à des sables mouvants. Sur la route
de l'aéroport, dans le taxi qui s'ouvrait à coups de
klaxon un chemin entre trois cents millions d'Indiens, pour la première fois, il eut peur d'avoir
un accident. Y avait-il seulement des médecins
dans cette ville où tout le monde venait pour mou-

rir? S'il restait encore un peu à Bénarès, il serait
englouti. Avec une certaine complaisance, il s'imagina finissant sa vie sur un trottoir quelconque, un
peu mutilé comme tout le monde, absolument
étranger à son ancien univers, bien amaigri, sans
soucis d'argent, plongé dans une spéculation délec-
table et en fuite perpétuelle vers l'Absolu.

Tibère et Betty se disputaient férocement près
de lui. A cause de l'Inde. A cause des sculptures
érotiques des temples, qu'il n'interprétait pas
comme elle. A cause de Bouddha, Vishnou, Kali,
Jésus et compagnie. C'est à cause d'eux que Betty
voulait rompre.

— Je me sens incapable d'aimer sérieusement
quelqu'un qui n'a pas les mêmes idées que moi sur
les problèmes fondamentaux.

— Tu aimes un homme pour ses idées poli-
tiques, toi? interrogea Tibère d'un ton ironique.

— Pour quoi voudrais-tu que je l'aime? Pour
ses fesses? Je trouve que tout se tient : si on ne
voit pas l'Inde de la même façon, on ne sera pas
d'accord sur la liberté non plus, ni sur la vie, ni
sur rien. On fait l'amour avec des idées, pas seulement avec des organes.

Tibère rigolait. Son métier n'était pas de penser.
L'amour non plus ce n'était pas de penser. C'était
de reprendre haleine dans une vie trop dure, c'était
le remède à l'absurde, l'escale, le repos, la beauté.
S'il fallait en faire une tribune... Une femme ou
une autre, c'était peut-être toujours la même pour
lui, se disait Betty, comme un dieu ou un autre?

Yves se sentait renaître peu à peu en écoutant ces discussions bien françaises et à mesure que le DC 4, produit de sa civilisation, l'emportait loin de l'Inde. A mesure que le cadre étroit de la carlingue le ramenait à lui-même et à des problèmes plus intimes, l'immense et insoluble continent se rétrécissait peu à peu sous lui et s'estompa bientôt dans une brume salutaire.

CHAPITRE IX

BOMBAY-CAIRNS : 5 650 MILLES

Le *Moana* descendait vers le sud le long de l'Inde interminable sur un océan jaune et boueux d'où montaient des relents fades. Une sorte d'apathie s'était emparée des survivants du groupe. Eux aussi, comme des Hindous, demeuraient assis de longues heures sur le pont, à l'ombre de la tente, à somnoler en observant vaguement l'horizon monotone. Le soir Iris ne pouvait s'empêcher de parler d'Ivan, cherchant à comprendre, s'imaginant que si elle trouvait *la* raison, *l'*erreur commise quelque part dans son éducation, elle supporterait mieux son absence.

— De mon temps, dit Jacques, les asociaux, les fortes têtes partaient aux colonies, c'était commode et ça leur faisait les pieds!

Il se servait ainsi d'un stock d'expressions ridicules qui donnait un tour démodé à sa conversation.

— Mais c'était une punition, dit Iris. Les parents les chassaient et leur coupaient les vivres... Nous,

nous n'avons jamais imposé aucune contrainte à
Ivan. Résultat? Il s'en va tout de même.

— Respecter la liberté des jeunes, c'est une
foutaise, dit Jacques. Notre génération s'est bien
fait avoir : la liberté c'est déjà à peine supportable
pour les adultes...

Jacques se piquait d'être un homme de gauche
sans se rendre compte que toutes ses réactions ins-
tinctives, y compris son comportement à l'égard des
femmes et de l'amour, étaient essentiellement droi-
tières. Depuis le départ de Patricia, il se délivrait
d'une certaine agressivité contre la vie et les insti-
tutions, qui constituait par avance une justification
à ce qu'il se préparait à faire, il ne savait encore
quoi, mais il allait le faire, et ce serait bon.

— Je commence à croire que les psychiatres
sont des êtres nuisibles, reprit Iris. S'ils ne nous
avaient pas donné des complexes à nous, à force
de vouloir les éviter à nos enfants on aurait continué
tranquillement à les fesser, à les dresser, à refuser
de les comprendre. C'est ça, éduquer, non? Comment peut-on réussir une éducation quand on n'est
jamais sûr d'avoir raison? Résultat, mon fils est
un raté.

— Mais non ce n'est pas un raté, dit Alex qui
se sentait beaucoup plus indulgent depuis que
l'aspect physique de son beau-fils ne venait plus
l'irriter quotidiennement. Dis-toi que tu lui paies
des études en Inde comme d'autres envoient leur
fils à Oxford!

— Ce n'est peut-être pas plus mal, dit Jacques.

Dans l'enseignement d'aujourd'hui, on ne leur apprend plus à penser et on oublie de leur apprendre à vivre.

— L'école n'est pas faite pour apprendre à vivre mais pour apprendre à apprendre, dit Alex. C'est très différent. Eux, ils veulent des recettes toutes faites, la vie en sachets déshydratés... il n'y aurait qu'à ajouter de l'eau! Ivan s'imagine que Bouddha ou Shankara sont restés assis à rêvasser toute leur vie. Il ne veut pas se rendre compte que méditer, c'est aussi un travail. Faire le vide en soi, c'est l'aboutissement d'une vie de recherche spirituelle. Lui il s'assied en position de lotus, l'œil fixe, le cerveau bloqué, et il croit que c'est arrivé!

— Comment tout cela va finir? dit Iris. Et moi qui vient d'avoir cinquante ans, qu'est-ce qui me reste dans la vie? L'amour? La philosophie hindoue? Vous m'imaginez à mon âge sur les routes?

Elle eut un ricanement. Comme chaque fois qu'elle pensait à la vieillesse, elle allait devenir agressive. Alex s'arma de compassion.

— Tu reproches à Ivan d'être vide, mais toi, mon petit, en dehors de l'amour, il semble que tu ne voies rien qui puisse te rendre heureuse?

— Tu vois, tu l'avoues : je suis en dehors de l'amour maintenant.

— On n'est pas dehors ou dedans, reprit patiemment Alex, on est *avec*. Pour faire des choses. D'autres choses. L'amour réduit à lui-même, les yeux dans les yeux, c'est bon pour les jeunes ou les imbéciles.

— N'étant plus jeune, dit Iris, je vois ce qui me reste.

— Presque toutes les femmes sont imbéciles pour ça, dit Marion.

— Enfin, mon petit, tu ne vas pas passer le restant de tes jours à sangloter après ton premier amour?

— « Le restant de mes jours! » Tu as de ces expressions, dit Iris. Autant mourir tout de suite. Et ne me cite pas l'infirme du Reader's Digest, entièrement paralysée et toujours le sourire.

— Tu n'es pas paralysée du tout, mais tu ne souris plus jamais, je ne trouve pas ça mieux.

— Toi, tu as de la chance, dit Iris d'une voix où perçait la rancune, tu aimes tout, la pêche, la chasse, l'histoire ancienne, les gens, le bateau, le mauvais temps...

— Ce n'est pas de la chance, c'est une technique pour être heureux. Toi tu refuses tout et tu restes à contempler tes rides, c'est sinistre!

— Je ne te le fais pas dire, constata Iris. Décidément tu as le mot pour rire aujourd'hui.

— Mais si justement, tu me le fais dire. Je penserais beaucoup moins à ton âge si tu n'en faisais pas une maladie. Ça m'est égal que tu n'aies plus vingt ans puisque je ne les ai pas non plus. Ça ne m'est pas égal que tu en sois malade.

— J'en suis malade parce que tu ne m'aimes plus comme avant. Et tu ne m'aimes plus comme avant parce que j'ai cinquante ans.

Iris éprouvait une satisfaction morose à répéter

son âge à tous ses interlocuteurs et se réjouissait de leur gêne. Il fallait qu'ils paient, eux aussi.

— Je ne t'aime plus comme avant parce que je ne baise plus comme avant. Voilà! Tu me l'as fait dire ça aussi. Tu es contente? Je t'aime comme maintenant, comme je suis et comme tu es. J'ai des cheveux blancs, merde!

Une fois de plus, on y était. Jacques s'absorbait dans l'épluchage d'une poire. Marion ne savait que dire. Comment consoler une vieille d'être vieille sinon par des mensonges? Iris, elle, se sentait mieux comme chaque fois qu'elle parvenait à atteindre Alex, à lui faire reconnaître sa déchéance à lui. C'était presque la seule intimité qu'elle avait encore avec lui. Le seul pouvoir, en tout cas.

— C'est horrible de vieillir, Marion, vous verrez ça, dit-elle comme pour s'excuser. C'est comme si on vous poussait dans le dos. Et les hommes, eux, restent en arrière et vous regardent dégringoler. Et quand on est dans le trou, ils ne vous regardent plus jamais, mais ils vous répètent que ce n'est pas si terrible que ça. Evidemment, les tempes grises, ça ne les a jamais gênés. Enfin Jacques, soyez franc : vous auriez envie de faire la connaissance d'une femme « aux tempes grises »?

Jacques sirotait sa pipe, habitué aux crises d'Iris, plus que jamais imperméable aux mélancolies féminines. Tout ça c'étaient des histoires d'organes. Elles n'avaient pas les mêmes que nous. D'ailleurs hystérie, ça vient d'utérus. Ses propres organes lui donnaient toute satisfaction. Il avait trouvé

Bombay admirable. La famine en Inde? Eh oui...
Vaste problème. Et qui dépassait nos compétences.
Il prit une voluptueuse inspiration et rajusta le
coussin derrière sa tête. Iris se leva pour aller
refaire ses yeux.

Dans sa chambre, elle tira le rideau, ferma le
verrou et s'allongea sur sa méridienne. Jacques
aussi était un salaud, un gentil salaud qui allait
visiblement laisser sa femme vieillir toute seule.
C'était écrit sur son front, dans ses yeux joyeux,
dans sa façon de regarder les filles mais de ne
jamais écouter ce qu'elles disaient. Pleurer l'alan-
guissait toujours, lui laissait une impression de
vide. Personne ne viendrait la tenir dans ses bras,
la caresser un peu aujourd'hui; elle était toute seule
au milieu de la mer d'Oman. Tiens... Quelle coïncidence! Alex? Elle n'oserait jamais lui parler de
ça. Depuis quand n'avaient-ils plus... D'ailleurs,
il ne lui avait jamais demandé ce qu'elle aimait.
Au début on trouve tout divin. Et après, il est
trop tard, on a pris des habitudes, on n'ose plus.

Dans ces cas-là, elle ne se mettait pas sur son
lit. Tout habillée sur un divan elle recréait mieux
ses phantasmes, le décor dont elle avait besoin.
Elle pouvait mieux s'imaginer prise à l'improviste
par un inconnu ou bien attachée, les jambes fixées
aux montants du lit, comme dans *Histoire d'O,* et
visitée par des brutes auxquelles elle prêtait parfois un visage familier. Alex n'avait jamais voulu
lire *Histoire d'O.* Il n'était pas drôle. Elle choisit
ce jour-là le visage de son gynécologue, qui lui

servait souvent. Sa table d'examen rappelait le lit
du délicieux supplice. Lui était sanguin et poilu, il
faisait les choses vite et mal, sûrement, pressé
par le temps et la cliente suivante qui attendait
au salon à l'ombre d'une dizaine de glaïeuls en
feuilletant *la Vie catholique illustrée*. Elle aimait
les imaginer brutaux et rapides, cela compensait
l'effet déprimant du self-service. Elle fit surgir le
visage du médecin penché au-dessus d'elle, les
avant-bras nus et un peu trop musclés dont les
poils vous frôlaient les cuisses au passage car il
portait pour consulter des blouses à manches
courtes. Son regard inexpressif de professionnel,
sa main rêche et trop souvent lavée posée sur le
ventre doux...

— Mais docteur, qu'est-ce que vous faites?

Elle imagina les mots crus qu'il lui disait, des
mots moches : « Toutes des salopes, hein? Ça en
veut? » Il la méprisait. Elle était méprisable. Alex
aussi la méprisait, mais moralement; cela n'avait
pas d'intérêt.

— Vous n'allez pas me laisser comme ça, docteur... s'il vous plaît...

Alex n'aurait jamais compris ce besoin d'abais-
sement qu'elle ressentait. Ni qu'elle préférait que
l'homme reste habillé. Alex retirait toujours ses
affaires d'abord et les pliait soigneusement sur une
chaise, jamais pressé. Surtout que sa monnaie ne
tombe pas de sa poche, ça le rendait fou. Puis il
arrivait en tenue adéquate. Pour *ça*. *Ça* devenait
comme de se laver les dents.

Malgré toutes ses manigances, elle ne parvenait pas à faire durer le plaisir très longtemps. Même avec les plus salauds, elle dépassait rarement dix minutes. Dérisoire. Et voilà, c'était déjà fini, et aucune épaule où mettre sa tête; et cette insatisfaction toujours. Que faire de ses journées quand l'amour ne dure que dix minutes? Est-ce que beaucoup de femmes font ça? se demandait Iris à chaque fois. Comment ne pas faire soi-même ce que les autres ne veulent plus faire? Au moins ce soir, elle n'ennuierait pas Alex de tendresses intempestives. Elle serait plate, calme et grise; elle aurait cinquante ans, correctement. Elle lirait le livre de Victor Ségalen, tiens, sur la civilisation polynésienne, qu'Alex voulait tant lui faire lire. *Les Immémoriaux,* ça s'appelait. A hurler de rire.

Elle remonta mélancoliquement son pantalon et s'aperçut que la peau de ses cuisses commençait à ressembler à du papier de soie : dès qu'on appuyait dessus, elle se froissait en petits plis minuscules autour du point de pression. Elle enfonça son pouce un peu partout, pour voir : c'était pareil. Tout pour être heureuse, en somme. En fermant son pantalon, elle se pinça la peau du ventre dans sa fermeture Eclair, encore une chose qui n'aurait pas pu arriver autrefois, du temps où elle avait ce ventre merveilleux dont elle profitait si peu. Maintenant ce n'était qu'une poche molle qui pendait un peu quand elle se baissait, creuse sur les côtés, en forme de poire, misérable besace déformée par l'usage. La peau vieillit exactement comme les espadrilles, se dit-elle, la toile finit toujours par se distendre et ça bâille. Elle n'avait pas encore eu le courage de renoncer aux maillots deux-pièces, se disant chaque fois : l'année prochaine. Mais elle surveillait sans cesse sa position : jamais à quatre pattes, ne rien ramasser à terre ou alors sur le côté, s'asseoir très vite et allonger les jambes, lever les bras le plus souvent possible... Un homme pouvait-il deviner quelles contraintes incessantes s'impose une femme qui veut encore être aimée pour qu'il ne remarque pas le désastre qui s'installe? Ces efforts humiliants qui vous font perdre le temps et le goût et la dignité de vivre.

Elle s'était fait tirer la peau deux ans plus tôt, le grand jeu : les pattes d'oie, le rictus, le double menton. Opération très réussie. Elle avait rajeuni de dix ans, tout le monde le disait. Mais Alex n'avait pas manifesté plus d'empressement. On n'a jamais vu un homme retomber amoureux de sa femme, même si elle redevient exactement comme il l'a aimée. Ce qui prouve que l'amour n'a aucun sens; que c'est la plus douloureuse des conneries.

Iris s'accouda à sa fenêtre. La mer d'Oman s'étendait vers l'ouest à perte de vue, bête comme l'éternité. Vers l'est, quelque part dans la poussière de cet immense continent, Ivan était en train d'attraper le choléra ou de fumer des saletés pour s'échapper encore plus loin d'elle et de lui-même. Et Alex, malgré son vieux sexe qui ne démarrait plus qu'à la manivelle et pas par tous les temps, lui, c'était le ravi de la crèche! Enfin, il le disait.

Mais préférer les livres, le bridge ou les voyages, personne ne ferait croire à Iris que c'était un choix délibéré. L'amour, c'est tout ce qui permettait de survivre dans ce monde absurde, cruel. Elle repensa à Jean-Claude, un ami d'Ivan qu'elle avait aimé quelques mois, son premier « jeune », le seul d'ailleurs. Son souvenir lui fit un creux à l'estomac qui s'épanouit en ondes concentriques avant de devenir une aspiration douloureuse au plus profond d'elle-même. Une femme, c'est désespérément creux. C'est un creux avec de la chair autour. Mais il fallait pourtant vivre avec cette absence sculptée dans sa chair.

Ce fut à Colombo qu'Alex regarda pour la première fois Betty. Dans l'euphorie retrouvée, en buvant du pouilly-fuissé au *Mount Lavinia* pour fêter le retour des cinéastes, en dégustant des huîtres et des crabes farcis qui ne sentaient pas l'eau du Gange, au bord d'une plage qui ressemblait enfin à leurs rêves des mers du Sud, il remarqua soudain que Betty avait de vrais yeux de jeune fille, tels qu'il les concevait du moins, très pâles comme sur ces vieux daguerréotypes où les femmes beiges semblent toujours exquisément douces; et puis un menton pointu mais des joues très rondes et un teint qui ne hâlait pas plus loin que l'abricot. Il n'aimait pas toutes ces femmes noires de la Côte d'Azur et leur course hagarde au bronzage. Iris devenait violine. Il préférait ses plages de peau blanche, la vraie, celle qui ne ressemblait pas à du cuir de chaussure. Mais Iris s'obstinait à rouler son bikini et à descendre le soutien de sa lourde gorge jusqu'au bouton, qu'elle avait noir aussi et très grenu. Au fond, il n'avait jamais aimé que les femmes châtaines et les seins roses. Les seins de Nausicaa. Il avait épousé Iris à cause d'un préjugé, parce qu'il répétait bêtement comme tout le monde que le charme slave était irrésistible. Pauvre universitaire victime du pouvoir des mots, il était tombé comme une mouche devant cette femme dont l'accent faisait lever en lui la nostalgie d'une Russie aujourd'hui perdue. En elle il avait épousé en vrac la Cerisaie, la steppe, la magnificence orthodoxe, les isbas, les grelots des traîneaux dans la neige et puis Tolstoï; l'âme russe, en un mot.

Tout cela l'avait très vite effrayé. A l'usage, il n'était pas équipé pour les grands espaces ni pour ces femmes qui sont une tragédie pour elles-mêmes et qui s'y complaisent. Mais il lui était resté fidèle jusqu'ici par affection, par faiblesse aussi et parce que c'était sa nature de ne pas chercher ailleurs.

Betty parlait de l'Inde avec passion. Depuis longtemps il n'avait pas ressenti le désir d'embrasser une bouche; non pas de l'embrasser d'ailleurs, de l'effleurer, de promener ses doigts sur le visage rond et pointu, dans le cou très mince sur lequel bouclaient de petits cheveux beiges, tout simples et pas très abondants, comme ceux des très jeunes enfants. Elles sont émouvantes, ces jeunes filles qui ont un très long cou!... Qu'est-ce que cela lui rappelait? Ah oui : l'Exposition coloniale... ces Noires très belles avec des colliers superposés qui haussaient démesurément leurs têtes et les faisaient paraître toutes petites. Nom d'un chien! Betty n'était peut-être pas née quand il avait vu l'Exposition coloniale! Il n'était lui-même qu'un jeune homme, mais tout de même...

— Quel âge avez-vous au juste, Betty? demanda-t-il.

— Vingt-six ans, dit Betty. Je suis née en 33.

— Vous êtes née l'année de mon premier mariage, dit Iris comme si elle eût deviné les pensées de son mari.

Iris lui fit pitié. Il était devenu un piètre mari pour elle. Il mit tendrement son bras sur l'épaule de sa femme. Le pouilly-fuissé l'emmenait sur des sentiers imprévus.

Ceylan leur apparut à tous comme un paradis. Ses cocotiers, cousins nobles des palmiers, ses jardins humides pleins d'orchidées aux formes d'oiseaux, ses bungalows bien construits, les fesses dodues des enfants — ils avaient oublié la rondeur d'une fesse d'enfant — tout paraissait heureux, facile et les réconciliait avec l'idée de bonheur. La présence anglaise resplendissait ici sous forme de millions, de milliards de « nice cup o'tea » qui mûrissaient sur la totalité des collines de l'île, admirablement cultivées et uniquement dédiées à cette tâche sacrée : remplir les théières anglaises. Et indiennes.

La laideur avait fait son apparition ici, avec la richesse. Les femmes ne cachaient plus leur maigreur sous d'admirables saris de coton ou de soie tissés à la main; ici elles étaient grasses et rieuses, avec de lourds derrières de famille nombreuse, empaquetés dans des mètres de nylon d'un rose hideux, fourni à gogo par l'industrie soviétique et qui leur donnait l'allure de voyantes hindoues pour bazar de Pigalle. Le plastique criard, bon marché, invincible, s'était infiltré partout et Ceylan semblait inondé de cadeaux Bonux jusque dans les sanctuaires de Bouddha qu'éclairaient des lampes de cuivre surmontées d'abat-jour en plissé soleil, ou bien des tubes fluorescents qui assassinaient proprement le mystère. Seules les robes safran des prêtres étaient encore en coton et leurs visages intelligents sous le crâne nu donnaient envie de devenir bouddhiste.

Le *Moana* ne fit qu'une brève escale à Ceylan : il s'engageait maintenant dans la plus longue étape du voyage sur une des mers les plus étouffantes du globe. Mais tout était si soigneusement prévu à bord pour faire oublier aux passagers les distances et les aléas d'une navigation, qu'ils franchissaient des océans sans s'en apercevoir, flottant dans ce léger ennui qui nimbe les croisières de luxe, retrouvant leur brosse à dents dans le même verre chaque matin, faisant leur courrier à la même table, mangeant, qu'il fasse beau, qu'il fasse laid, les mêmes nourritures congelées venues d'Europe dans la même salle à manger où régnait la même tem-

pérature artificielle, si bien qu'ils finissaient par
avoir l'impression de rester sur place et que
c'étaient les continents qui venaient à eux, se dis-
putant l'honneur de défiler devant leurs chaises
longues au rythme paresseux des voyages en mer.
Quand une ville leur plaisait, ils l'accrochaient au
passage et la maintenaient au bout de leur ancre,
le temps de descendre. Puis ils la relâchaient et la
ville s'écartait doucement pour laisser place à une
autre. L'Asie avait ainsi succédé à l'Afrique, sans
rien changer à la vie quotidienne ni intime du
Moana. Marion trouvait décevant que pareil voyage
laissât si peu de marques. C'était une pensée
naïve mais tenace. Faire le tour du monde, ce rêve
énorme qui habite tant de cœurs, pouvait se réduire
à cette balade pittoresque qui ne changeait rien
de fondamental en elle ni en eux? Elle s'en plai-
gnait souvent à Yves. S'ils avaient attrapé la dysen-
terie à Aden, déchiré leur grand-voile au milieu
de l'océan Indien, été jetés en prison à Bénarès,
s'ils avaient eu faim ou froid ou peur, ils auraient
enfin vécu ce voyage au lieu de le regarder. Mais
Yves ne se sentait pas concerné, en partie parce
qu'il travaillait, lui, en partie parce qu'il passait
des heures chaque jour sur la passerelle auprès
du commandant à s'initier au maniement de
ce lourd cachalot blanc qu'était le *Moana,* et
aussi parce que la simple présence de la mer,
quel qu'en fût le contexte, suffisait à justifier son
existence.

— Enfin, tu ne peux plus te plaindre, dit-il un

jour à Marion. La mer est toujours calme ici, il fait beau tous les jours.

— Ce n'est pas du beau temps quand il fait beau tous les jours : c'est *le* temps, répondit Marion avec son habituelle mauvaise foi.

Contrairement à Yves, elle supportait mal de se trouver à la fois si solitaire et si peu seule. A haute dose, la présence d'Iris l'irritait, qui poursuivait éternellement la même conversation avec tous ses interlocuteurs et que rien ne parvenait à délivrer d'elle-même. Même l'Inde n'avait qu'effleuré sa conscience, théâtre où se jouait sans relâche un drame unique, son drame à elle dont elle vous invitait à être le spectateur impuissant. Heureusement la présence de Jacques lui apportait un sentiment très doux. C'est le privilège de certaines vieilles amitiés d'échapper aux jugements, aux critiques et aux vicissitudes. Jacques pouvait professer des opinions ignobles, se conduire mal, exprimer les idées mêmes qui avaient le pouvoir de hérisser Marion, tout cela n'avait aucune importance puisqu'il était hors concours. Ce qu'elle n'aurait jamais admis chez un nouveau, elle l'écoutait chez lui avec une complaisance amusée et d'autant plus de plaisir qu'elle savait s'offrir ainsi un luxe rare : l'indulgence. Il était bon aussi de se dire qu'à tout moment il suffisait de mettre sa main sur celle de Jacques un peu longuement et qu'il répondrait : présent!

Il avait reçu des nouvelles de France à Colombo. Patricia avait été opérée et tout s'était bien passé.

Son fils aîné avait un plâtre de marche et il retournait au lycée. Mais toutes ces nouvelles ne semblaient pas le concerner tout à fait.

— Je suis comme un gosse en vacances, avait-il dit à Marion. Je ne veux même pas penser à la rentrée des classes. J'aurai l'impression de retourner à l'internat.

— Mais tout de même, qu'est-ce que tu vas faire? disait Marion.

— Je te dis que je ne veux pas y penser, répondait Jacques. Je me sens incapable de prendre une décision et d'un autre côté l'idée de recommencer mon ancienne vie... autant me flinguer. Alors, je ne sais pas. On avisera quand on sera au pied du mur.

— Mais enfin, Patricia? insistait Marion. Tu l'aimes encore?... Ou pas du tout?

— Aimer Patricia, ça veut dire quoi?

Aimer Patricia, ça voulait dire être mort. Etre père. Etre dentiste. Etre responsable. Gagner beaucoup d'argent.

— Je te ferais bien l'amour, dit Jacques que tous ces souvenirs faisaient frissonner.

— Parce que tu n'as personne d'autre à bord, dit Marion. Attends les îles du Pacifique, tu ne me feras plus rien du tout!

— Tu sais que je t'aime toujours? dit Jacques.

— Mais oui, je sais. Un peu.

— Un peu pendant si longtemps, ça fait beaucoup!

— Ça nous fait plaisir de nous dire ça de temps à autre, répondit Marion, mais tu sais bien qu'on ne vivrait pas ensemble huit jours de suite, même pas la semaine des Quatre Jeudis... rappelle-toi...

— Je ne te parle pas de vivre, je te parle d'aimer.

— Dans ce cas je t'aime aussi, jeune homme.

— Alors? dit Jacques.

— T'es un vrai bébé, lui dit Marion en embrassant sa tempe dorée; prêt à faire n'importe quoi parce qu'il est désœuvré. C'est bien autre chose que de l'amour que nous avons entre nous.

Ils restèrent épaule contre épaule penchés sur la rambarde arrière à contempler le sillage violent du bateau. Je me jetterais plutôt là-dedans que de rentrer gentiment rue du Mont-Valérien à Saint-Cloud, se dit Jacques qui n'avait pas le moindre désir de mettre fin à ses jours. En attendant il avait envie de tout; de toutes les femmes de l'univers sauf la sienne, le monde est mal fait tout de même, de pêche, de chasse, de voyages, de jeunesse surtout, c'est ça, de jeunesse. Et qu'est-ce qui l'empêchait d'avoir vingt ans et toutes les femmes du monde sinon Patricia?

Dans la mer d'Arafura, très vite la chaleur devint suffocante. Sur une eau absolument lisse et luisante comme du mercure, le *Moana* soulevait à grand-peine un peu d'écume qui flottait longtemps dans son sillage. A l'horizon, on devinait dans une brume de chaleur les îles de la Sonde couvertes de jungles épaisses et surmontées d'une calotte de nuages de la même forme qu'elles.

Au sud de Singapour, on bascula dans l'hémisphère austral et il fallut se livrer pour marquer le passage de la Ligne à ces pitreries auxquelles les marins, qui sont tous superstitieux, tiennent si férocement. Les machines furent stoppées, des feux de Bengale allumés et l'équipage hideusement déguisé en « Neptune et sa suite » surgit en hurlant des chaloupes qui avaient été descendues à la mer, pour enduire les passagers de Ketchup en prononçant les formules rituelles du baptême de l'Equateur.

Ce fut ce soir-là qu'Alex trouva pour la deuxième fois que Betty était belle. Elle portait pour cette cérémonie un sari blanc brodé d'or qui accentuait son aspect virginal. Ses omoplates saillaient un peu sous la soie, ce qui émut Alex. Elle n'avait pas de bijoux, ce qui lui plut, et ses yeux pâles semblaient mélancoliques, ce qui l'encouragea à lui parler. Mais il se sentait vieux et il était de la vieille école, alors il se contenta de lui décrire Bali où ils ne pouvaient aborder à cause de la situation politique et de s'abriter derrière Baudelaire, Loys Masson, Supervielle... Il cita des poèmes sur les Tristes Tropiques, bien qu'il eût un peu peur de lui paraître ridicule. On pouvait difficilement dire des vers à une femme de plus de trente ans, pensait-il dans son manque absolu de psychologie, et Betty n'était plus tout à fait une jeune fille... Il craignait de faire scolaire, mais au fond il adorait la scolarité et Betty l'en rapprochait. Il ne lui dit rien de précis mais pensa à elle une partie de la nuit comme à la fille qu'il aurait voulu avoir. Du moins s'en persuada-t-il.

> *La première est toute d'argent*
> *Et son nom tremblant c'est Pâline...*

se répétait-il attendri, ne pouvant s'empêcher d'appliquer les vers suivants à Iris avec une réelle et vaine compassion :

> *Et la septième s'exténue*
> *Une femme, une rose morte...*

Il ne savait pas encore que lui aussi venait de franchir une ligne.

Deux poissons volants entrèrent cette nuit-là par la fenêtre de sa chambre et atterrirent tristement sur la moquette, grandes sardines aux ailes de libellule.

La température continua à osciller entre 30 et 40 degrés : le ciel restait lourd et gris, la mer grise et lourde, le soleil invisible mais pesant et les passagers, épuisés à ne rien faire, se traînaient dans une matière opaque, intermédiaire entre l'air et l'eau. C'était aussi une matière intermédiaire entre l'amitié et l'irritation qui figeait leurs rapports dans une mauvaise humeur chronique, état que les couples connaissent bien, mais moins bien les amis qui sont rarement condamnés à une promiscuité incessante. Pourtant on s'éloignait visiblement de l'Equateur et la mer d'Arafura se fondait peu à peu dans la mer de Corail, plus vive et plus bleue.

Au terme de seize jours et dix-sept nuits d'une navigation désertique, la vue d'une terre, enfin, leur rendit miraculeusement le goût d'eux-mêmes. C'était une petite île bien verte et toute fraîche, avant-poste de l'énorme continent austral et après toute cette eau chacun voyait s'approcher avec reconnaissance ce petit morceau de solide où il pourrait enfin poser le pied sans le truchement d'un bateau.

Une pirogue à moteur venait de se détacher de Thursday Island pour leur amener un pilote. Depuis Port-Saïd, ils avaient toujours été convoyés dans les ports par des pilotes au teint plus ou moins olivâtre. L'indigène qui gravissait maintenant l'escalier de coupée présentait aux gens qui le regardaient d'en haut un dessus de tête d'un roux éclatant. Ainsi il avait fallu arriver aux Antipodes pour retrouver cette couleur ardente, venue de si loin, ce bastion blanc, et de quel blanc, le plus fragile, le plus transparent, incongru dans un hémisphère normalement voué au jaune, au rouge et au noir.

Le commandant connaissait bien cette partie du monde : c'était maintenant, passé le cap York qu'allait commencer selon lui la sublime navigation, dans une des zones les moins fréquentées et les moins fréquentables du globe, mais d'une beauté qui serrait le cœur parce que rien n'avait changé là depuis les navigateurs fabuleux, Torrès, Entrecasteaux, Cook et Lapérouse, mangé pas très loin de là justement. Le *Moana* allait descendre vers le sud entre la côte australienne à droite, montagneuse et totalement vierge, et la Grande Barrière de Corail à gauche : trois mille kilomètres d'îles pour tous les goûts et dont chacune était un paradis, boisées ou nues, à plages ou à rochers, crochues et sauvages ou douces et hospitalières, basses ou élevées, quelques-unes légèrement habitées et qui délimitaient le périlleux et interminable défilé qu'avaient suivi les découvreurs du XVIIe sur leurs navires trop lourds et peu maniables, munis d'équipages décimés par le scorbut, au milieu d'écueils dont le moindre n'était pas la présence de Canaques aux intentions inconnues, jusqu'à cette passe enfin, ce détroit qui les délivrait de l'enfer paradisiaque et auxquels ils réussissaient parfois à donner leur nom en échange de leur salut.

Il aurait fallu s'arrêter. Mais pourquoi ici plutôt que là? Et puis Tahiti où Yves devait tourner la principale partie de son film était encore loin. Et puis la chaleur de la mer d'Arafura avait éprouvé Iris. Elle ne voulait plus quitter sa cabine malgré l'insistance d'Alex, déclarant à ceux qui tentaient de la convaincre, qu'elle avait déjà vu une bonne partie du monde et qu'une île en valait une autre.

— Je suis bien de votre avis, disait Tibère : la

plus belle île du monde ne peut donner que ce
qu'elle a!

Iris haussait les épaules : Tibère l'irritait encore
plus que tous les autres. Une journée sublime,
qu'était-ce pour elle après tout, qui pouvait en
toutes saisons s'en « payer » une, partir aux Cana-
ries ou aux Bahamas ou ailleurs, partout où des
journées sublimes étaient signalées? Ni un miracle,
ni un cadeau. Mais une simple décision à prendre,
une chose toujours possible qui reposait dans
son compte en banque sous formes de billets
de banque parmi d'autres choses possibles, des
maisons, des bijoux, des tableaux, toutes les
choses de la terre. Les îles, les temples, les fêtes,
ce n'étaient que des billets de banque interchangeables.

Tous les rêveurs portent en eux leur île des mers
du Sud. C'est en longeant la Grande Barrière
qu'Alex reconnut la sienne et il ne put lui résister :
le *Moana* jeta l'ancre. C'était bien elle, toute ronde,
avec un sable incandescent de blancheur que personne n'avait foulé depuis des siècles, il en était
sûr... Des cocotiers la couronnaient : de quoi manger, boire, se vêtir et s'abriter. Des coquillages
vides, de ceux que l'on vend, si chers et si tristes
dans les vitrines des naturalistes à Paris, des bois
flottés qui semblaient signés des plus grands noms,
des squelettes blancs de bêtes inconnues, d'une
matière ennoblie par le sel et le soleil, jonchaient
la plage incurvée en forme de bras ouverts. On
n'avait pas le droit de se baigner autrement que

nu ici, nu comme le soleil et le sable, nu comme l'eau.

La chaloupe aborda le rivage à l'aviron : Alex refusait de mettre en marche le moteur aux abords de son île où même le silence était plus beau qu'ailleurs. Ils se baignèrent, presque respectueusement. Le crépuscule n'existe pas sous les Tropiques, le jour s'éteint d'un seul coup. En quelques brèves secondes les couleurs s'escamotent et le paysage s'argente avant de devenir gris et blanc sous les étoiles qui s'allument vite.

> *La première est toute d'argent*
> *Et son nom tremblant c'est Pâline,*

se redisait Alex tendrement en regardant Betty, et elle seule, qui entrait dans la mer en soulevant une écume brillante et qui semblait née de cette île, de son île, aussi pure qu'un cocotier, qu'un coquillage, qu'une goutte d'eau. Ce fut la dernière fois qu'Alex la trouva belle. Ensuite il eut envie d'elle et ne la jugea plus : c'était l'épée Pâline, il en avait le cœur fendu.

Du pont supérieur du *Moana,* Iris observait la scène de loin, se demandant pourquoi elle avait envie de mourir. En tout cas sa place n'était pas sur cette île. Elle ne voulait plus se baigner nue d'abord; et plus le paysage était beau, plus elle s'y sentait déplacée. Les arbres n'ont jamais l'air trop vieux, ni les poissons, ni les bêtes sauvages, pensait-elle, pourquoi les humains seuls étaient-ils affligés de ces longues et laides vieillesses qui s'étendaient sur la moitié de leurs vies? Et pourquoi les vieux hommes semblaient-ils toujours moins dégoûtants, moins répréhensibles? En dehors de leur brève période de papillon, le monde n'était pas fait pour les femmes, et par une cruelle inversion du cycle habituel, elles commençaient papillons pour se retrouver soudain métamorphosées en chenilles et privées de ces ailes et de cette beauté, si précieuses. Encore les vraies chenilles ont-elles l'obscur pressentiment du papillon... Iris ne ressentait que honte et terreur à l'idée de ce qu'elle allait devenir. Elle se passa la main sur le ventre dans un geste devenu habituel chez elle : mou et doux comme une chenille. Des seins de chenille. On l'écraserait un jour sans faire attention, comme une chenille. Il ne restait plus qu'à se cacher, comme les animaux dont personne ne veut.

CHAPITRE X

LE CAHIER GALLIA

Parcourir 11 000 milles, changer d'hémisphère et arriver très exactement aux antipodes de Paris pour débarquer dans la ville la moins poétique, la moins exotique, la moins au bout du monde qu'on puisse imaginer dans ses rêves les plus mornes! Produit du croisement d'une bourgade préfabriquée du Middlewest et du plus déshérité des bourgs français, Cairns n'offre aux rares visiteurs qu'une série de blocs monotones séparés par des rues qui se croisent à angle droit, et dont chacun comporte son magasin pour Ladies où pendent à des cintres des robes sans style et sans âge et sa chapellerie où s'élèvent en piles sages des centaines d'Anzaks beiges à larges bords, modèle imposé pour aventurier. Des crémeries qui ressemblent à des cliniques, des bistrots qui ressemblent à des crémeries, rien à acheter, pas un produit local ou artisanal hormis les « Souvenirs de la Grande Barrière », blocs de corail teints en vert pistache ou en rose avec un mauvais goût très sûr et vendus

dans les bureaux de tabac sous l'atroce dénomi-
nation de *curios*. Dans les rues, quelques rares
Tasmaniens qui ont survécu aux parties de chasse
à l'homme du siècle dernier. Contraception réussie
à coups de fusil.

L'intense chaleur qui régnait dans ces rues im-
pitoyables d'où l'on avait banni toute verdure pour
que cela fût plus net, nous poussa tout naturellement vers un bar de l'avenue principale.

— *Six beers, please,* articula Alex.

Le patron, un colosse bouffi qui se prenait pour
un homme, s'approcha d'un air rogue et déclara
qu'en Australie on ne servait pas d'alcool aux
dames, ni aux mineurs d'ailleurs.

— Et aux chiens? demanda Tibère.

Les dames déclarèrent qu'elles boiraient dans
le verre de leur mari. Le patron précisa que les
femmes et les mineurs n'avaient pas non plus le
droit de s'asseoir dans les bars, même sans consom-
mer. C'est la loi, dit-il d'un air satisfait. Tout ce
qu'elles pouvaient faire, c'était d'aller attendre sur
le trottoir torride que ceux qui possédaient un ap-
pendice entre les jambes eussent satisfait leur soif lé-
gitime. C'est la première fois que j'ai regretté de ne
pas être un travesti : j'aurais soulevé ma jupe, baissé
ma culotte et posé mon organe sur la table en
disant : « Une bière pour lui, s'il vous plaît. »

Betty essaya le sourire parisien. Mal vu dans ce
pays.

— Dans puritain, il y a une putain coupée en
deux, dit cet imbécile de Tibère.

Iris qui n'avait pas coutume d'être tenue en échec par ceux qu'elle considérait comme des subalternes entra en fureur et dit à l'aubergiste que la France se mettait l'Australie tout entière au cul! Le visage du despote australien se colora aussitôt d'une vertueuse indignation qui le renforça dans le sentiment que le législateur ne s'était pas trompé en interdisant la bière à ces animaux-là. Les animaux se retrouvèrent donc sur le trottoir car le garçon refusait de servir les humains avant que les bouches féminines ne fussent hors de portée.

— Allons, allons, femmes, dit Tibère, jovial, en sortant du bar quelques minutes plus tard, des moustaches de mousse aux lèvres, ne vous frappez pas : j'ai appris que les Noirs non plus n'étaient pas admis ici!

— L'Australie, vu! décréta Iris. Si on rentrait à bord? Sinon je vais tuer quelqu'un...

Mais nous tenions à goûter au célèbre bœuf australien, qui après le bœuf de Kobé qu'on masse tous les jours dans son pré pour l'attendrir, fournissait, paraît-il, la plus belle viande rouge du monde.

— Curieux qu'on vous autorise la viande rouge, dit Tibère. Ça rend combatif. Moi je conseillerais des pâtes...

Le joyeux hôtel Impérial nous offrait sa façade de caserne, nous entrâmes. Dans l'immense réfectoire carrelé comme une salle d'hôpital, une tablée de vieilles Australiennes, coiffées de capelines ruisselantes de cerises et d'oiseaux-mouches, et chaussées d'escarpins pastel, piaillaient comme des petites filles. Rien de tel que les vieilles Anglo-Saxonnes pour former des clubs où elles se conduisent comme des pensionnaires enfin échappées du couvent! Le menu indiquait **Tournedos Rossini,** juste ce dont nous rêvions.

— *Underdone,* avons-nous précisé au major-dome. *Very red, please.*

— *Not like zat,* ajouta Tibère en indiquant du doigt les lamelles grises, plus fines que du papier Job, qui flottaient sur une sauce farineuse dans les assiettes des Australiennes de plus en plus excitées par leurs jus de fruits.

C'est pourtant « zat » qu'on nous a mis dans nos assiettes, un zat dont le seul point de référence possible en Europe — je parle du continent bien sûr — serait de la viande séchée des Grisons oubliée un an derrière un radiateur.

— Cette fois, mes enfants, on fout le camp, dit Iris. On va en face.

En face, c'était la Nouvelle-Calédonie, la nôtre, où l'on parlait français, mangeait français et où les Françaises pouvaient étancher leur soif sans penser à leur sexe.

Nous comptions lever l'ancre le soir même, aussitôt après avoir ramassé notre courrier poste restante. On ne voulait plus la voir, cette petite ville carrée et les palétuviers de sa rivière qui faisaient semblant d'être exotiques. C'était oublier les règlements qui ont réussi à rendre la plaisance presque aussi déplaisante que l'automobile : il fallait attendre la visite médicale, qui ne pouvait plus avoir lieu maintenant que le lendemain au plus tôt.

Le fonctionnaire australien qui nous visita seize heures plus tard refusa de s'intéresser à nos pulsations, contrairement à son confrère indien, mais observa minutieusement nos mains, écartant nos doigts les uns après les autres à la recherche d'une éruption éventuelle.

— Docteur, j'ai un drôle de bouton à l'aine, lui dit Tibère, en français. Ce serait un bubon pesteux, je n'en serais pas étonné...

— Oh Tibère, je vous en prie, interrompit Iris. Pas de plaisanterie qui risquerait de nous faire rester ici un jour de plus.

Heureusement le médecin de Cairns n'avait pas reçu d'instructions concernant la peste et il ne parlait pas le français. Il signa notre élargissement.

— Commandant, mon chéri, nous partons ce soir même, dit Iris au commandant qui entrait au salon.

— Ça m'étonnerait, dit le commandant et il lui tendit le bulletin spécial que venait de diffuser la Radio de Sydney.

— Avis de cyclone, lut Iris à haute voix. Pression au centre : 945 millibars. Vents soufflant en ouragan jusqu'à 200 milles nautiques de l'épicentre. Force maximale 14...

— Soit 80 à 90 nœuds, précisa le commandant.

— ... La dépression se forme dans l'intérieur surchauffé de l'Australie et se dirige à environ

20 nœuds vers le Queensland, en se creusant.

Le Queensland, c'était nous. Si nous restions dans le port, expliqua le commandant, même si nous ne cassions pas nos amarres, tous les bateaux risquaient d'être précipités les uns sur les autres. Nous ne pouvions pas fuir vers l'est à cause de la Grande Barrière. Il ne restait donc qu'une solution : trouver pas trop loin une baie déserte, abritée par des îles de la forte houle qui ne manquerait pas de se former, et suffisamment vaste pour que le *Moana* pût s'affourcher sur plusieurs centaines de mètres de chaîne pour amortir les coups de rappel. En mettant les moteurs à plein régime, bout au vent, nous avions de bonnes chances de tenir sur nos ancres. Le cyclone marchant à 20 nœuds et nous à 15, il nous restait tout juste le temps de filer vers le sud.

— Et si nous nous installions à l'hôtel Impérial avec le matériel, pour le protéger? insinua Tibère.

— Plutôt crever, dit Iris.

Nous n'étions pas inquiets, non, mais nous avons trouvé brusquement qu'il régnait une touffeur bizarre! Vers le nord-ouest, il s'était formé dans un coin bien délimité du ciel un nuage d'encre qui faisait pleuvoir des hallebardes que le soleil éclairait par le travers comme sur les images de première communion les rayons du Sacré-Cœur. Dans ces régions du monde, le ciel semble si vaste qu'il s'y déroule souvent plusieurs histoires à la fois.

La nuit tombait et nous allions tout juste appareiller quand on apprit que le cyclone descendait maintenant sur nous à 25 nœuds et qu'en consé-quence il nous rattraperait avant que nous n'ayons rejoint Heyman Island, le refuge choisi par le commandant. Le drapeau rouge venait d'ail-leurs d'être hissé à l'entrée du port : nous étions bloqués. J'en ressentis une satisfaction sournoise comme le mauvais enfant qui souhaite dans une vie trop bien réglée un accident, pour voir... J'ima-ginais un *Moana* couché sur le flanc, le salon per-dant enfin sa dignité, les hideux fauteuils de notre chambre flottant à la dérive, les cuisines dévas-tées, et nous dans une chaloupe gagnant une île où il faudrait manger des anatifes et chercher du bois pour faire du feu. Là enfin je pourrais mon-trer ce que je savais faire! On se complaît volon-tiers dans l'idée qu'on serait un merveilleux Ro-binson.

Mais hélas, le lendemain matin, le baromètre avait remonté. Nous commencions à regarder le commandant de travers. Alors? Cet ouragan? On avait le programme, on voulait le spectacle.

— Les cyclones, disait le commandant avec un regard rancuneux vers les dames présentes, sont comme les femmes : imprévisibles.

Le nôtre n'avançait plus qu'à 3 nœuds et venait encore de changer de direction. Mais il pouvait à tout moment rebrousser chemin ou bien au con-traire venir tournoyer au-dessus de nous pendant trois jours. Il ne restait plus qu'à attendre les caprices du monstre, bloqués dans le port le plus

ennuyeux du pays le plus ennuyeux du monde. Et
nous ne pouvions plus débarquer à Cairns sous
peine d'avoir à subir une deuxième visite médicale!
Alors puisque nous nous trouvions réduits à l'état
de prisonniers, nous avons décidé de nous réunir
au parloir pour lire ensemble le courrier que nous
venions de recevoir de France, comme on se par-
tage le colis envoyé par la famille entre détenus
d'une même cellule. Pour ma part j'avais appris
une nouvelle que j'estimais désolante : Dominique
m'écrivait qu'elle était enceinte. C'est tout juste si
elle n'ajoutait pas comme quand elle était petite :
« C'est pas de ma faute, je l'ai pas fait exprès. »
    — L'annonce faite à Marion, en somme, dit
Tibère.
    Et c'est vrai qu'au siècle de la fission de l'atome
un enfant continue à arriver d'une manière aussi
imprévisible qu'un cyclone, une rougeole ou une
opération du Saint-Esprit! Putain de sort, comme
on dit à Toulouse. On dirait que les femmes ne
croient pas aux spermatozoïdes, que même aujour-
d'hui les filles ne peuvent pas attendre pour remplir cette fonction physiologique qui semble seule
capable de leur donner le sentiment d'exister! C'est
à croire qu'en les mariant, on les mène au taureau.
L'insémination suit immédiatement la cérémonie
nuptiale comme si elle en était le but inavoué.
En tout cas, cette fois, pour Dominique, les études
sont terminées. Tu ne seras jamais médecin, ma
chérie, mais il te reste la vraie vocation de la
femme, ce métier au nom plus accablant encore

que la chose qu'il représente : tu seras ménagère, ma fille.

Nous en avions souvent discuté avec Dominique et elle était bien d'accord, *avant*... Et puis voilà, toutes ces Amazones continuent à tomber enceintes à la première sollicitation comme si le ventre primait le cerveau. Les histoires de pollen et de pistil, il n'y a que cela de vrai, hélas. L'intelligence, les études, les théories de liberté et d'égalité, pour les filles ce ne sont que les pétales : ils tombent dès qu'ils ont servi leur but, attirer le pollen d'une manière plus sophistiquée que l'odeur d'une chatte en folie ou d'une chienne en chaleur.

— Mais alors, la pilule? a dit Iris. Il est médecin, Frédéric!

— Mais Toulousain, ai-je dit. Au sud de la Loire, on n'aime pas beaucoup que les femmes travaillent ou qu'elles aient le temps de s'occuper de leur personnalité. On préfère les mammas...

Les putains et les mammas, voilà un monde où chaque chose est à sa place, définie par le Seigneur. La ravissante fille que l'on épouse, on n'a qu'une idée, la transformer au plus vite en mère de famille à varices pour qu'elle reste à la maison. C'est là qu'est sa place, et son *vrai* bonheur.

— Dominique a quel âge? demanda Iris.

— Vingt et un ans juste, l'âge où l'on devrait avoir le droit de penser à soi, de finir ses études par exemple.

— Tout de même, dit Jacques, tu exagères. Si Dominique est heureuse comme ça? C'est Patricia

qui a voulu arrêter ses études quand on s'est
mariés. Et je ne l'ai jamais vue plus heureuse
qu'avec un bébé dans les bras. Elle n'a jamais
regretté de n'avoir pas fini son Droit.

— Sa vie n'est pas terminée, a dit Iris, perfide.

J'aurais aimé injurier Jacques un peu, dont les
idées me donnent des boutons, lui envoyer quelques coups de pied dans le ventre pour qu'il voie...
L'atmosphère chargée d'électricité m'y encoura-
geait, mais Yves, qui a horreur des discussions dès
qu'elles deviennent intéressantes, a proposé un
bridge. Et le sinistre jeu s'est abattu comme une
chape de plomb sur Alex, Yves, Jacques et Tibère,
les transformant pour plusieurs heures en sourds-
muets irrécupérables. Encore une journée de
foutue!

Le lendemain était un dimanche bien sûr, un
de ces dimanches australiens plus déserts que le
Grand Désert d'Australie et auprès desquels les
dimanches anglais semblent des Bacchanales. Il
faisait beau mais cet imbécile de cyclone ne bou-
geait plus. Alex et Jacques voulurent chasser le
wallaby, pauvre petit kangourou sans défense que
les Australiens poursuivent en jeep; mais ce kangourou va à la messe le dimanche sans doute
puisqu'on n'a pas le droit de le chasser ce jour-là.
Il ne nous restait qu'à faire comme les Australiens : pique-niquer dans une île voisine faite exprès
pour le dimanche et qu'ils avaient baptisée Sunday
Island avec une fantaisie désopilante.

C'était une île bouillie et aseptisée, nettoyée de

sa vermine, de ses indigènes et de leurs pirogues
à balanciers, une belle île avec hôtel de marbre,
vitrine sous la mer pour voir de près les coraux
et les serpents de mer sans se mouiller, beaux Australiens bien nourris et bien musclés, jeunes femmes
blondes aux nez soigneusement recouverts de
crème antisolaire car leurs peaux n'avaient pas été
prévues pour ces régions, magnifiques enfants roses
et blancs, réclames pour l'Occident, gais, insup-
portables, heureux. Brioches, buns, pain de mie,
jambon en boîte et jus de fruit en conserve au
pays de l'élevage et des fruits frais. Pas un animal
nuisible sur terre, même une mouche. Les antipodes d'Aden! Seule la mer ne pouvait encore être
garantie et des écriteaux mettaient en garde contre
les requins.

Le soir, on commença à trouver le temps long;
le bridge sévissait sans interruption. C'était la première fois que notre bateau ne se comportait pas
comme un train et qu'il était obligé de tenir compte
des éléments... l'occasion où jamais de me mettre
au bridge... eh bien ce serait : jamais. Le bridge
et le rugby... des préjugés qui m'étaient chers. Et
puis j'avais Proust, autrement intéressant. Mais
sous ce ciel électrique, dans la mer de Corail, le
long de cet absurde continent peuplé d'un habitant
au km², attendant un cyclone qui s'appelait Godot,
comment apprécier Marcel Proust? Allons, ce n'est
pas encore cette fois-ci que je rattraperai le Temps
perdu. On ne peut lire Proust que dans un village
à clocher, avec une pharmacie, un notaire et des

blés autour. Je préférais grommeler pour énerver
Yves, me traîner sans cesse aux hublots pour
regarder un ciel zébré d'éclairs mais sans pluie,
et relire les journaux de France. On jouait *l'Œuf*
à l'Atelier, j'aurais bien voulu le voir. Les camélias devaient être en fleur en Bretagne. A terre,
je ne m'ennuyais jamais. Sur le *Moana,* j'avais
découvert l'ennui pour la première fois de ma vie.

Vers minuit, tandis que les bridgeurs entamaient
la revanche de la belle, le commandant apparut
pour nous annoncer que le cyclone venait de
ravager deux villes, Ayre et Bowen, après avoir
dévasté Heyman Island où nous aurions dû nous
trouver. Il s'éloignait maintenant vers le sud-ouest,
force 14. Nous étions libres : nous pouvions partir
demain.

Tout de même, le commandant tint à nous montrer à quoi nous avions échappé et ce qui restait
d'une ville après le passage d'un cyclone.

Nous n'avons pu arriver qu'au crépuscule dans
la baie de Bowen. Ça sentait très fort la terre
remuée et la verdure écrasée, même assez loin en
mer où nous avons dû mouiller car il n'y avait
plus de phare ni d'électricité sur toute la côte. Il
régnait un silence de mort comme si aucune ville
n'avait jamais existé là.

Au matin, nous sommes montés voir, mais il
n'y avait rien à voir. Bowen était aplatie au ras
du sol à l'exception de deux ou trois bâtiments
en dur, les banques, qui semblaient trôner intactes
et symboliques sur un chaos de tôles, de planches

et de verre brisé. Plus de restaurants, plus de fontaines, plus de magasins pour Ladies. Sur un éventaire en plein air une femme vendait des fruits et des biscuits. Aucun bateau ne flottait normalement dans le port : tous étaient renversés, coulés ou empilés les uns sur les autres ou encore échoués très loin dans les faubourgs de la ville, dans un jardin ou sur le toit aplati d'une maison. Mais les habitants semblaient très calmes, tout à fait résignés à leur cyclone annuel. Les environs offraient un spectacle de délabrement plus insolite encore : de la forêt qui entourait la ville ne restaient que des bâtons nus et noirs totalement dépourvus de feuilles. Une espèce d'hiver de fin du monde semblait s'être abattu sur toute la région.

Tibère avait amené sa caméra mais il n'y avait à proprement parler *rien* à filmer, sinon cette forêt de squelettes. Ces villes de bois et de tôles s'effondrent comme des cartes à chaque cyclone et ne font même pas de belles ruines.

— Les vents soufflaient à plus de 200 km/h dans l'œil du cyclone, fit remarquer le commandant. A ces vitesses-là, rien ne résiste, rien ne reste debout.

— La tombe était dans l'œil, dit Tibère.

— Décidément, dit Iris, qui voulait ignorer tous les calembours et bons mots de cet individu, l'Australie, c'est aussi laid après un ouragan qu'avant. Enlevez-nous ça, commandant, et emmenez-nous ailleurs.

Comme le cyclone nous avait également débar-

rassés des Douanes, de la Police et du Service de
santé et que plus un bateau n'était en état de
venir nous accoster, nous avons pu mettre le cap
sans tarder sur notre petite Calédonie, à mille
milles de là. Quatre jours de mer encore, cela me
semblait long, même sur la mer de Corail. Dès
qu'on perd de vue la terre, une vague ressemble
terriblement à une autre vague. « Tu parles comme
Iris », disait Yves qui, lui, ne s'ennuyait pas, car
il avait un abcès dentaire. Il avait saisi ce prétexte pour se réfugier dans la cabine conditionnée
où l'on entrepose la pellicule et il y entre-
posait sa dent malade et lui autour... c'est-à-dire
pas grand-chose car il est tout entier dans sa
dent.

Il n'a pas envie de me parler en ce moment, je
l'énerve. Parce que je refuse d'apprendre à jouer
au bridge — je préfère la belote qui, elle, ne
comporte pas ces rites quasi religieux — parce
qu'au lieu d'apprécier mon privilège d'être en Australie, je lui vante Kerviniec; parce qu'au lieu de
me réjouir du confort et de l'inaction qui me sont
offerts sur ce bateau, je regrette parfois ma vie
parisienne. Nous touchons ici tous les deux à un
problème crucial qui ressortit presque à un caractère sexuel secondaire. Yves s'irrite vaguement de
ne pas me trouver en perpétuelle béatitude puisque
je n'ai plus de cuisine à faire, ni de courses, ni
de corvées d'aucune sorte. Ce n'est pas que je
haïsse ces activités; ce qui m'abat, c'est qu'elles
fassent inéluctablement partie de mon lot. Et que

je vogue dans le Pacifique, même pour quatre
mois, ne change rien à mon lot. Il m'attend! Cette
fatalité entraîne ses victimes à des réactions injustes
certes, mais justifiées. Chaque fois qu'Yves m'a
dit au cours de ces vingt années : « On ne dîne
pas à la maison ce soir, tu es contente? Comme
ça tu n'auras rien à préparer », j'ai pensé à la
suite sous-entendue : « Mais demain bien sûr, tu t'y
remets. » Ces heures de liberté n'ont rien à voir
avec *la* liberté, ce sont des congés, et qui ne sont
jamais des congés payés comme ceux des autres
travailleurs.

— Prends quelqu'un pour t'aider, me dit le plus
tolérant des compagnons quand je lui expose pério-
diquement mon point de vue sur la femme qui travaille au-dehors et au-dedans.

Et je ne parviens pas à lui expliquer que cette
commodité ne change pas fondamentalement le
problème. *Faire faire* par quelqu'un d'autre, c'est
encore *faire,* puisque c'est à votre place qu'on agit
et que c'est *vous* qui restez titulaire et responsable!
Or la seule vraie liberté, c'est l'*irresponsabilité.*
C'est ce qu'ont fort bien repéré même les plus
tolérants des compagnons qui n'hésitent pas à apparaître comme des maladroits ou des retardés dans
leur foyer, se réfugiant dans une adorable incom-
pétence, demandant s'il faut mettre les couverts
à poisson alors que vous êtes en train de faire frire
des merlans, ou prétendant ne pas se rappeler,
une vie durant, où vous rangez l'ouvre-boîtes...
alors que, sitôt franchie la porte, ils redeviennent

de brillants ingénieurs ou des champions du mana-
gement. Les meilleurs d'entre eux estiment avoir
décroché leur bâton de maréchal s'ils s'occupent
des alcools ou mettent le couvert le dimanche. Le
mettraient-ils tous les jours, que cela ne changerait rien à l'irréductibilité essentielle des conditions
féminine et masculine. Car un salarié, même aug-
menté, ne devient pas un patron. Et quand le
patron dit : « Je comprends bien vos problèmes,
allez... », il se gourre. Il ne peut pas plus comprendre la condition prolétaire qu'un humain de
sexe masculin ne peut saisir ce que représente l'esclavage domestique et maternel d'un humain de
sexe féminin; non pas en corvées ou en nombre
d'heures, cela, c'est l'anecdote; mais en atteinte à
l'individu et en modification irréversible de sa personnalité.

D'autant plus que tout concourt à vous faire
accepter votre condition comme une fatalité biolo-
gique. Nos amis s'extasient beaucoup moins sur le
fait que je travaille, sans pour cela être stérile ou
incapable de faire cuire un œuf, que sur le fait
qu'Yves fasse parfois la cuisine. Alors là, c'est
l'extase!

— Comment vous? Un homme aussi intelligent? disent les yeux des maris de nos amies, qui
n'ont daigné se pencher sur la confection d'un plat
qu'avec l'apparition du barbecue dans leurs rési-
dences secondaires, méthode de cuisson qui ménage un alibi à leur vanité parce qu'elle évoque le
retour à la caverne du chasseur préhistorique,

jetant sur le foyer, où s'activent humblement ses
femmes, le bison qu'il vient d'abattre.

Bref Yves a eu le malheur de me dire gentiment : c'est formidable, hein, pour toi, de n'avoir
aucune corvée domestique pendant si longtemps
et je lui ai répondu qu'il n'y en avait plus que
pour cinq ou six semaines au plus et que j'allais
retrouver la maison en fichu état avec Pauline,
alors il a répété un peu moins gentiment cette fois :
oui mais pour le moment c'est formidable, non? et
j'ai dit *bof,* parce que j'avais envie d'être de mauvaise humeur ce jour-là et il m'a demandé avec
une gentillesse qui continuait à décroître si je
regrettais d'avoir fait cette croisière et j'y ai dit
que j'avais toujours eu horreur de vivre en parasite
oisif et il a fait remarquer d'un ton franchement
glacial qu'à Paris je me plaignais d'être condamnée
aux travaux forcés et j'y ai répondu je ne sais plus
quoi mais sûrement quelque chose d'énervant mais
il n'a rien répliqué parce que hélas les discussions
tournent toujours court avec lui, et il est parti se
mettre au frais sous un prétexte décent, l'abcès,
et nous sommes en froid depuis. Mais je crois que
cela l'arrange. Il ne faut pas oublier que depuis
un an Yves est un homme qui a le cœur dans le
plâtre et cette compagnie permanente à laquelle
nous sommes soumis à table, à terre, à bord et qui
me pèse terriblement à moi, constitue pour lui une
barrière utile contre ma présence trop réelle en
face de l'absence de Yang. Nous avons rarement
des moments de vraie intimité. Or tout est une

question de moment chez lui : il faudrait lui sauter
dessus comme un tigre...

— On verra ça plus tard, si tu veux bien, dit-il
sur un ton mourant chaque fois que je tombe mal,
me jetant le regard d'un blessé à une chiffonnière
qui viendrait pour le fouailler avec son crochet
douteux.

Mais un jour, il va sortir de ce plâtre, comme
nous finirons par sortir de cette Grande Barrière,
longue comme trois fois la France, et dont la
beauté, comme la misère en Inde, a fini par nous
lasser. Si nous avions deux îles comme celles-là
quelque part sur les côtes françaises, seulement
deux! Quel rush et quel éblouissement! Mais cent
mille paradis et nous voilà blasés, jouant aux
cartes, lisant ou ronchonnant au lieu de nous em-
plir les yeux de ces chefs-d'œuvre que nous n'avons
aucune chance de revoir pourtant. La marge est
bien mince entre le trop et le trop peu chez
l'homme, entre l'admiration et l'ennui.

Peu à peu, nous changeons d'eau : le vert jade
de la mer de Corail aux fonds de sable se dilue
dans le bleu marine du profond Pacifique et la
houle se fait majestueuse et ample, annonciatrice
d'un grand océan. Nous avons franchi le Tropique
du Capricorne et le thermomètre est descendu à
28°, point le plus bas atteint depuis trois semaines.
Est-ce cette fraîcheur relative ou l'arrivée prochaine en France qui nous ranime et nous rassemble dans une gaieté et une amitié retrouvées?

Le 21 février, très haute sur l'horizon, entourée

d'un immense collier d'écume blanche et rugis-
sante, elle nous apparaît enfin, notre Nouvelle-
Calédonie, si loin de sa mère patrie. Nous souhai-
tons tous naïvement qu'après ce long périple en
terres anglaises le premier Français rencontré
n'emprunte pas la forme d'un douanier aviné,
débraillé et vétilleux. Je la retrouve, cette crainte
que ce qu'on aime ne se montre pas sous son meilleur jour, comme du temps où Pauline et Dominique jouaient leur morceau au Récital annuel
de l'école devant le pire public, les parents des
autres!

— Un vrai amour! s'écrie Iris en le voyant monter à bord, notre premier Français, un petit gars
rondouillard, portant un béret basque et parlant
avec les mains... et l'accent du Midi. « La caricature dépasse la réalité, on l'aurait dessiné comme
ça! »

Le port de Nouméa aussi on l'aurait dessiné
comme ça, avec sa promenade ombragée, ses cafés
à terrasse, ses santons familiers, le douanier, le facteur, le marin, le gendarme et les badauds. Le commandant avait déjà fait escale à Nouméa à plusieurs reprises et pour fêter son retour ses amis
lui avaient préparé une aubade canaque : une
dizaine d'énormes négresses en « robes-mission »,
vastes caracos antisexe dessinés par les bonnes
sœurs, groupées sur une estrade, hurlaient des
cantiques parmi le fracas des moteurs et les cris
de joie.

— Vous voyez, Iris, dit Yves, la caricature

continue à dépasser la réalité, comme en témoigne
le chant harmonieux de ces troublantes vahinés!...

L'assaut commença tout de suite, comme dans
toute île du Pacifique à l'arrivée d'un bateau.
Toutes les femmes qui avaient pu venir au port
envahissaient le pont et les cabines, embrassant
tout le monde sur la bouche à tout hasard, ça fait
toujours plaisir, sous prétexte de chercher la bouche
du commandant et celles des marins qu'elles
connaissaient. Seules les chanteuses canaques, soli-
dement maintenues à terre par deux religieuses qui
veillaient au grain, continuaient à glapir, puisqu'on
leur interdisait de manifester leur joie d'une
manière plus charnelle.

Une heure plus tard, il ne restait plus personne
à bord hormis les malheureux qui étaient de garde.
Quelqu'un avait signalé des escargots à l'ail au
Marsupilami... quelqu'un d'autre nous avait tous
invités à déjeuner, à dîner, à coucher... nous cou-
rions sur le quai, excités comme des enfants à la
sortie de l'école. Il nous fallait au plus vite du
brignolet croquant, du bourgogne, du camenbert.
Nous gémissions : « Ah, dans la vitrine, des
baguettes... Oh, regardez, là, un vrai bistrot... Eh,
toutes nos petites Dauphines! » comme des débiles.

Au restaurant, on les a eus, nos escargots à l'ail,
dans de grandes coquilles pointues et beiges; mais
dedans c'était bien la même bête, sa chair grise et
neutre irradiée de parfums. Et le pastis à la terrasse. Et les bonnes histoires du patron. Et puis
je ne sais quoi dans l'air, l'odeur des frites peut-

être, mais qui sentait français. Tout de même, sur l'eau, on n'est jamais chez soi! Chacun se regardait attendri : c'est nous, tout ça?

— Hé petite, là-bas, la mère patrie? Tu es vraiment notre mère, tu sais, et ici c'est la maison. Et rien de tel que la maison pour réconcilier les familles.

CHAPITRE XI

NOUMEA-TONGA : 1 104 MILLES

— Mes enfants nous abordons au pays de l'érotisme, annonça Tibère en posant un pied conqué-
rant sur le quai de Nouméa. Je sens que la vraie
vie va commencer.

— Attends la Polynésie française pour ça,
répondit Alex. Les Canaques passent pour être la
race la plus laide du globe.

— Et puis pour l'érotisme, coupa Iris, il faut
être un intellectuel pourri, c'est bien connu. Ici,
il paraît que c'est l'amour réduit à sa plus stricte
expression : le machin dans le machin et pas de
fioritures ! J'ai lu ça dans T'sterstevens.

— Eh bien on s'en contentera, dit Tibère joyeu-
sement, hein Jacques ? Nous, on n'est pas des intellectuels, justement !

Et ils se mirent à gambader sur le quai, manifestant à l'envi le bonheur que l'on trouve à débarquer sur un nouveau territoire de chasse sans
épouse préliminaire.

— Mon pauvre chéri, dit Marion à Yves.

— Comment ça? dit Yves.

— Ben... parce que ça commence.

— Quoi donc?

— L'Océanie! Un des endroits du monde où on a le moins besoin de sa femme.

— J'ai toujours besoin de toi, même quand je ne devrais pas, tu me l'as assez reproché! Mais c'est vrai que je suis un pauvre chéri, parce que tu ne pourras pas t'empêcher de me le faire payer, quoi que je fasse ou ne fasse pas! Je le sais parfaitement.

Marion lui passa un bras autour de la taille.

— Et figure-toi que je suis prêt, ajouta Yves de cette voix grise dont il disait les meilleures choses.

Elle le serra plus fort. Mais prêt à quoi, se demanda-t-elle tout bas? A se priver? A se cacher? Ou à supporter héroïquement la jalousie de sa femme? D'ailleurs, elle se sentait prête, elle aussi : on ne vient pas en Polynésie pour faire la police des mœurs. De toute façon, on n'était encore qu'en Mélanésie.

Afin de « combler l'ennui d'une trop longue navigation » comme disait le commandant qui aimait les euphémismes, il avait réuni ce soir-là chez des amis à lui toutes les filles jolies et les femmes faciles que comptait « la colonie ». C'étaient les mêmes d'ailleurs : comment ne pas aimer la facilité sur cette Côte d'Azur en miniature, dans cette petite ville de province mais sans province autour, où l'on vit coupé de ses bases,

loin des familles, des vieux qui surveillent la vie
des autres derrière leurs rideaux, délivrés du souci
de sa respectabilité dans un pays où l'on ne vieil-
lira pas, où l'on s'ennuie un peu, où l'on a généralement de l'argent et toujours le plus délicieux des
climats? Et pour ceux qui passaient, c'était la
même chose : Nouméa paraissait si loin de la métropole qu'ils se sentaient protégés par la distance
aussi bien que par un masque.

Il faisait très sombre chez les amis du commandant, dans la paillote qu'ils avaient construite eux-
mêmes au fond du jardin pour abriter leurs stu-
pres, comme ils disaient, et qu'ils avaient décorée
de filets, de coquillages et de lampions. Au fond,
un énorme aquarium, où respiraient des anémones
vénéneuses et des poissons-monstres qui vous
regardaient fixement, diffusait une lueur verte
d'outremonde. Il faisait très alcoolisé aussi. Marion
buvait pour se donner du courage; Yves buvait
parce qu'il aimait le punch tahitien; Jacques parce
qu'il était vivant; Tibère par habitude; Iris pour
oublier le passé, le présent ou l'avenir indifféremment. Alex seul ne buvait pas pour mieux regarder
Betty. Il s'étonnait du déplaisir qu'il éprouvait à
la voir dans les bras de ces Français « de la colonie » à l'affût de corps nouveaux. Par nature, il
n'avait jamais apprécié ces abattoirs à plaisir et
l'excitation de dix heures à l'aube chez Un tel,
R.S.V.P. De plus, il ne savait pas danser. Vers
une heure du matin, il y avait déjà plus de corps
couchés que debout. Il alla s'asseoir près de Marion

qui avait l'air de s'ennuyer et regardait de son
œil limpide et froid les filles et les femmes se
défaire peu à peu de leurs vêtements et de leurs
pudeurs. Elle observait Yves, parfaitement intégré
déjà à ce nouvel aquarium, buvant les boissons
locales, allant sur le balcon contempler les étoiles,
la main négligemment posée sur l'épaule d'une
fille demi-nue, revenant parler de Paris avec une
autre, se passionnant pour la pêche sous-marine
avec Toto, le maître de maison, préparant le punch
avec la maîtresse de maison qu'on surnommait
Lolotte, une drôlesse aussi.

— Rien que ces noms! dit Marion qui cherchait
de quoi alimenter ses humeurs misanthropes. Ces
soirées-là, c'est la mort des couples; on ne devrait
plus sortir ensemble à nos âges.

— Yves préfère sûrement que vous soyez là, dit
Alex.

— Disons que cela ne le gêne pas, rétorqua
Marion. Moi, ça me gêne qu'il soit là pour faire ce
que je voudrais; et ça me gêne de le regarder faire
ce qu'il veut! Vous voyez que je suis mal partie
pour m'amuser.

— Yves vous intimide encore, dit Alex. Moi je
trouve ça merveilleux.

— C'est pénible aussi. Je ne peux pas vous
expliquer... quand il n'est pas là, je peux soudain
raconter des histoires, flirter, dire des bêtises si ça
me chante... mais de le savoir dans les parages me
fige dans un personnage sourcilleux et pas drôle
du tout, je m'en aperçois... Mais quoi faire?

Une fille pinçait une guitare dans un coin, un garçon allongé sur ses jambes; ils avaient l'air heureux et n'entendaient pas *la Comparsita* que quelqu'un venait de mettre sur le tourne-disques, un tango de la jeunesse d'Alex. Iris dansait collée à Toto qui avait entré sa main dans l'échancrure de son décolleté. Alex dit :

— C'est là-dessus que j'ai appris à danser, dans un cours ridicule qui s'appelait « Georges et Rosy », je crois, ou quelque chose comme ça. Mais je n'étais pas doué apparemment : je ne peux toujours pas vous inviter à danser, même un tango!

— C'est de la timidité, dit Marion.

Ils se levèrent en souriant et elle l'aida à s'aiguiller sur le bon rythme.

— Vous qui êtes une personne dure, dit Alex, qu'est-ce que vous pensez d'un homme de mon âge qui se sent tout à coup ému et désarmé devant une jeune fille?

— Je pense que vous avez besoin d'être heureux, Alex. Et d'aimer. Parce que être aimé, au fond, ça n'a aucun intérêt. Vous êtes comme moi pour ça, je crois. Aimer, c'est magique. C'est ça qui est exceptionnel. Alors quand ça arrive, on est prêt à payer très cher ou à faire payer très cher aux autres...

Oui, c'est magique, se dit Alex. Et c'est idiot et je n'y comprends rien : cette petite fille n'a rien de commun avec moi. *La Comparsita* avait le don de le noyer dans une nostalgie atroce. Le disque s'arrêta et ce fut pis. Il sortit sous prétexte de prendre l'air et trouva Betty dehors, accoudée à la balustrade de la véranda qui courait autour de la paillote.

— C'est exactement comme ça que je m'imaginais une nuit tropicale, dit-elle, ces parfums... cette douceur... J'avais justement envie de voir la mer de plus près. Vous m'accompagnez, Alex?

Ils descendirent sur la Corniche. Une brève averse venait de tomber : la chaussée luisait, l'air semblait divinement pur et le silence aussi après le bruit des gens et de la musique. La mer bruissait très doucement. Alex ne disait rien. Il était de nouveau ce jeune homme timide qui promenait sur la Corniche de La Baule un amour indicible pour une jeune fille au long cou. Une jeune fille qu'il avait aimée en silence pendant deux étés, regardée se fiancer avec un autre, puis l'épouser et ne pas être heureuse. C'était la même jeune fille aujourd'hui, insouciante et brusque, mais lui était devenu vieux, très vieux, et il n'avait jamais su parler à ces jeunes filles-là, celles qu'il aimait. Et aujourd'hui il était trop tard; il ne lui restait plus qu'à les regarder. Il ne se sentait pas le droit de dire à Betty la seule vérité de cette nuit : qu'elle était belle et qu'elle réveillait en lui des ardeurs mortes. Alors il lui racontait l'île Nou, les requins qui servaient de gardiens aux forçats, les communards qui avaient vécu ici, Rochefort, Louise Michel et puis... Et puis il y eut un silence et Alex s'entendit prononcer :

— Vous êtes très belle, Betty.

— Vous trouvez? dit Betty. Moi je ne m'aime pas tellement. J'aurais voulu être une femme genre Louise Michel, vous voyez? Pas jolie mais avec des yeux fascinants... et cette flamme! Mais les hommes n'aiment pas ces femmes-là... ils les admirent mortes.

— Et vous trouvez que c'est plus important d'être aimée? reprit Alex qui ne voulait pas s'éloigner d'un sujet de conversation aussi doux.

— Pas du tout. C'est surtout que je n'ai pas la personnalité de Louise Michel. Alors je fais comme tout le monde. Des bêtises, souvent.

— Tibère? demanda Alex.

— Oh Tibère et d'autres. J'ai vingt-six ans, vous savez.

— Et moi cinquante-deux. Très exactement le double, précisa Alex qui se maudissait de sa maladresse. Ça doit vous sembler affreusement vieux, cinquante-deux ans?

— Pour quoi faire? dit Betty avec un sourire. Pour vous embrasser?

Avec une douceur qui démentait son ton ironique, elle posa la tête sur l'épaule d'Alex.

— Vous n'êtes pas heureux, vous non plus, n'est-ce pas? Et cette nuit est tellement belle... et on est plus seul encore quand c'est beau...

Alex la tenait dans ses bras sans l'embrasser, la gorge serrée, la bouche dans ses cheveux. Comme il ne la voyait plus, il lui dit :

— Ce n'est pas parce que la nuit est belle, Betty. Ni parce que je ne suis pas heureux; il y a

si longtemps déjà, je m'étais bien habitué. C'est
parce que c'est vous.

Il sentait contre lui les petits seins de Nausicaa.
Il se retint de les prendre dans sa main, il voulait
les promener contre lui d'abord. Il avait envie de
pleurer. Quelle connerie, pensa-t-il, espérant que
le terme abattrait cette émotion qui montait en lui
de très loin. Alors, sa vie n'était pas terminée? Il
restait en lui tout ce pouvoir, tout ce désir, toute
cette tendresse? Tout doucement il se détacha
d'elle pour la regarder. Il avait le temps. On a tout
son temps quand on est vieux.

    — *La première est toute d'argent*
      Et son nom tremblant c'est Pâline...
vous m'avez tout de suite fait penser à ces vers.
D'Apollinaire, ajouta-t-il très vite pour ne pas
courir le risque d'une question... Vingt-six ans
entre eux, c'était déjà un fossé assez large.

Il la reprit dans ses bras. Déjà il avait eu peur
de perdre cette chaleur, à peine trouvée. Comment
avait-il donc vécu toutes ces années? Betty trem-
blait un peu contre lui. C'était le froid de l'aube
prochaine, sûrement. Il se sentait son père et son
fils à la fois et il avait également peur dans les deux
rôles.

    — Betty, commença-t-il, je suis un idiot...

    — Ne dites rien, s'il vous plaît, dit Betty.

Il lui fut reconnaissant de cette phrase et il ne
fit plus un geste. Il sentait sa respiration dans son
cou et il tenait sa bouche serrée contre le front
dur de Betty, remuant à peine les lèvres. Elle releva

doucement la tête et se posa sur sa bouche. Une source venait de renaître en lui : il était dans ce jardin de La Baule et la jeune fille disait enfin oui et il l'embrassait enfin pour la première fois. Il entendit les vagues de l'Atlantique sur l'immense plage et le bruit du vent dans les pins. Il était enfin arrivé au bout de ce très long amour et il ne voulait plus quitter cette bouche. Il ne pouvait rien imaginer de meilleur que de tenir Betty ainsi contre lui et ils restèrent longtemps allongés sur la plage de corail, sans bouger, très serrés, allant dans l'obscurité de leurs corps à la rencontre l'un de l'autre.

Quand il regagna le *Moana*, il était 6 heures. Il entra dans sa chambre sans allumer.

— Alors? Bonne soirée? cria Iris.

Faut-il que quelqu'un joue ce rôle horrible, pensa-t-il avec pitié.

— Et toi? répondit-il d'une voix douce.

— Moi? Je me suis tapé Toto.

— Toto?

— Oui, le maître de maison, le plus vulgaire de tous.

— Eh bien, si ça t'a fait plaisir, dit Alex.

— Moins qu'à toi en tout cas.

— Ecoute Iris, dit Alex doucement, je ne me suis tapé personne, moi, cette nuit. Je me suis rappelé des moments de ma jeunesse, je me suis laissé aller à rêver, c'est tout. Betty a la moitié de mon âge, tu penses bien que ça ne peut pas être sérieux entre nous.

— Mon cul, dit Iris. Si un garçon de vingt-cinq
ans m'aimait, ça ne pourrait pas être sérieux. Mais
avec une fille, tout est possible. Tu es un naïf. Et
un salaud en plus, ajouta-t-elle avec un tremblement dans la voix.

— Ecoute mon petit, il est tard. Dormons, veux-
tu? C'est idiot de faire des histoires pour une nuit
où on avait tous un peu bu.

Alex s'allongea près d'Iris qui le serra convul-
sivement dans ses bras.

— Je ne voudrais pas que tu me quittes, dit-
elle.

— Mais mon petit, il n'en est pas question, dit
Alex. Tu divagues. Allez, dors.

Yves rentrait de son côté avec une Marion que
ce genre de nuit rendait agressive et Jacques ramenait une métisse dont il attendait les plus vives
satisfactions et qui valait à elle seule qu'il eût survécu. Elle lui semblait irrésistible avec ses cheveux
crêpelés, son corps riant et ces fesses surtout,
noires et bombées et dures comme une croupe de
biche. Les femmes sont divines dans leur diversité.
Elle ne portait qu'un paréo. Jacques glissa sa main
blonde sur le petit sexe dur et frisé et elle se mit à
rire avec des yeux allumés. L'amour c'était ça : de
joyeuses ripailles et non pas cette cérémonie dans
le noir, chargée d'implications quasi religieuses et
d'où le rire était banni comme un sacrilège. Le
visage de Patricia quand elle jouissait lui apparut
soudain. Il évitait généralement de regarder sa
femme pendant l'amour, sans trop savoir pourquoi.

Un rapprochement lumineux se fit soudain dans son esprit : dans ces moments-là, elle lui rappelait sa mère quand elle revenait de la Sainte Table, le visage clos, l'air sévère, les yeux juste assez entrouverts pour retrouver le prie-Dieu... Petit garçon, il avait ressenti cette même gêne à voir défiler sa mère et toutes les dames pieuses, leur hostie collée au palais, manifestant avec affectation une extase qu'il jugeait hypocrite, voire ridicule. Patricia fermait ainsi les yeux quand la manne virile tombait en elle, mais elle ne jouissait que parce que Dieu l'avait bien voulu. Maintenant Jacques voulait rire en faisant l'amour et regarder dans les yeux une femme qui rirait de joie aussi.

Tibère resta coucher à terre avec une fille qu'il trouva hideuse au réveil. Mais c'étaient des choses qui arrivaient. Il suffisait de prendre une bonne douche.

— Et maintenant, dit le commandant trois jours plus tard, je ne vous demande pas votre avis : je vous emmène à l'île des Pins.

Sur la carte, un point noir à 70 milles de Nouméa, quelques milliers d'habitants. Sur la terre, une utopie née de l'imagination de Rousseau, un paradis précaire et révoltant, une île d'une beauté parfaite où quelques tribus canaques subsistent dans un bonheur primitif sous la double égide de la République française et de l'Eglise catholique.

Ici, tous les sauvages sont bons, partant pleins de
joie. Tout paraît idyllique, préservé, par un miracle
dont on ne s'aperçoit qu'ensuite qu'il est scan-
daleux. Mais l'est-il après tout? En tout cas le miracle existe et l'Eglise et la République marchent
ici la main dans la main comme sur une image
d'Epinal. L'Eglise sous la forme des Missions chrétiennes, la République sous celle de M. Citron qui
cumule les fonctions de gendarme et de résident.
Sa femme est postière. Les nèg' jouent aux bons
nèg' sans se faire prier semble-t-il, confits dans
une sorte de sagesse paresseuse soigneusement
entretenue par les autorités, qui ont rétréci leur vie
autour de deux ou trois activités indispensables.
Le travail forcé, l'argent, ce sont les signes de l'esclavage. Ici, pas d'esclaves, pas de travail, pas
d'argent. Dans l'unique Hôtel-Restaurant de l'île,
les servantes que Roques recrute à grand-peine
n'aspirent qu'à être renvoyées. De toute façon, à
quoi servirait leur salaire? Il n'y a rien à acheter, pas même d'alcool, la vente en étant interdite
aux indigènes. Seul le gendarme Citron peut boire
le pastis chez lui. Il n'existe pas de magasin puisqu'on trouve de quoi manger dans les arbres et de
quoi pêcher dans une des mers les plus poisson-
neuses du monde. Le café et les bananes poussent
tout seul. C'est le communisme dans l'abondance. Il n'y a pas d'orphelins : les enfants comme
le poisson et les fruits sont mis en commun. Si
un homme part pour Nouméa, son voisin cultive
son champ pour lui et garde son bien. Contre qui

d'ailleurs? Le gendarme Citron n'a jamais à sévir.

— Le m' Blanc, i cou' toujou', n' t'availle toujou'! disent les Canaques avec une pitié sincère et
cet accent qui ne ressemble à rien.

Ce matériau idéal, les Missions chrétiennes ne
l'ont pas loupé : c'est le triomphe de l'univers puéril
des bonnes sœurs. Personne ne parvient à l'âge
adulte ici. Serait-ce la clé du bonheur? Plus puissan-
tes que l'administration française incarnée en la personne de M. et de Mme Citron, les Missions se
sont chargées de l'Instruction publique. Elles gar-
dent les filles à l'école jusqu'au mariage, qui se
conclut par lettres uniquement, rédigées par les
bonnes sœurs car on apprend à peine à écrire aux
filles. Voyez l'Occident... A quoi ça mène, la culture? Elles ne savent pas très bien compter non
plus, à quoi bon? L'argent est mieux utilisé par
ceux qui savent. Ainsi pour la Saint-Frusquin,
Mathilde, laveuse à l'hôtel Roques, est venue retirer
deux mille francs CFA, plusieurs mois de salaire,
sur son magot gardé par les religieuses : c'est pour
donner au curé qui a fait un appel en chaire,
dimanche.

Il est fini le temps de la séduction, des construc-
tions d'écoles, de dispensaires. Maintenant qu'ils
tiennent les âmes, ils se moquent bien des esprits.
Un Frère a été blâmé l'an dernier, puis envoyé ailleurs, parce qu'avec les bénéfices de l'Ecole il
avait acheté une gamelle et une fourchette pour
chaque écolier. Pourquoi leur donner des goûts de
luxe qui ne sont pas dans leur nature, estime la

hiérarchie? Ils sont habitués à manger avec leurs doigts dans une grande auge au centre de la table : respectons leur tradition, et les troncs seront mieux remplis. Ceux de l'Eglise, s'entend.

Moralement, on les élève dans la crainte du m' Blanc et de la m' Métropole, Tour de Babel des m' péchés qui corrompt tout ce qu'elle touche. Ils n'apprennent aucun métier en dehors de celui de pêcheur, transmis de père en fils et ils ont oublié tous leurs arts. Le costume des filles a été créé par les religieuses, sortes de sacs à fleurs criardes tombant aux mollets et bordés au cou d'une petite dentelle-machine. Pendant leurs dix années d'école, elles apprendront la cuisine et exécuteront des ouvrages de broderie qui seront expédiés dans les ventes de charité de la Métropole où les bourgeoises, auxquelles on a eu l'imprudence de trop bien apprendre à lire, ne vont plus assez à l'ouvroir. Pas de ça, Lisette, dans l'île des Pins : tous sont scrupuleusement maintenus dans un paradis pour demeurés par des civilisés peu soucieux de leur ouvrir nos universités, et d'en faire ainsi les futurs chefs d'une révolte. Les gens sont ingrats, l'Histoire l'a prouvé.

Le gendarme Citron qui trouvait peu d'occasions d'exercer ses fonctions de Résident, offrit à ses hôtes de faire le tour de l'île dans son half-truck pour demander dans chaque village à ceux qu'on appelait encore « les chefs » d'organiser un « pilou » en l'honneur des visiteurs français. On leur avait laissé leurs insignes, leurs totems et leur

coiffure traditionnelle, aux chefs, leur panoplie de
sauvages en somme, comme on autorise un enfant
à garder son casque de pompier à table pour avoir
la paix. Mais toutes leurs danses avaient été interdites comme trop suggestives, sauf précisément
le pilou guerrier, les batailles ayant toujours paru
moins subversives aux Eglises que l'amour.

Sur la grande place des fêtes qui servait aussi
de terrain de football, des Canaques d'aujourd'hui
déguisés en Canaques d'hier avec des pagnes et des
plumes, jouèrent à bondir les uns sur les autres
en roulant des yeux terribles, au son d'un orchestre
de popinées [1] tapant sur de vieux chaudrons ou
bien frappant le sol au moyen des tuyaux de fibro-
ciment qui servent à l'adduction d'eau, tragique
symbole de la dégénérescence d'une race à laquelle
on a fait perdre jusqu'au goût de ses instruments
de musique. Pas même un tambour ni un tam-tam.
Les Canaques ne fabriquent plus le moindre objet
utile ou inutile, signe certain de leur mort. Tout
étant fourni par la mère patrie, l'art s'est éteint et
l'âme du peuple avec lui. Le paradis terrestre ne
contient plus que des hommes décervelés.

Les Canaques avaient mangé beaucoup de
m' Blancs au siècle dernier. Aujourd'hui ce sont les
m' Blancs qui les mangent à leur tour, mais tout
vivants.

Le soir du pilou, Alex et ses amis dînèrent

---

1. Nom donné aux femmes en Mélanésie, équivaut aux
vahinés à Tahiti.

chez Roques. Le long de la plage, les huttes de l'hôtel proposaient une nuit tropicale au bord du lagon, avec confort moderne, clair de lune et palmes doucement agitées par une brise parfumée à l'ylang-ylang, une nuit comme on les rêve l'hiver en France en contemplant le dimanche dans son lit, tandis qu'une pluie glacée bat les vitres, ces publicités de voyage si grisantes qu'on les jurerait fausses.

— Et si on se louait une hutte pour la nuit? proposa Marion. Ça doit être merveilleux de dormir là...

— Tout dépend de qui on met dans sa hutte, dit Iris d'une voix aride.

— Car contrairement à tout ce qu'on nous avait promis, nous ne sommes toujours pas au pays de l'érotisme, coupa Tibère espérant détourner le cours des pensées d'Iris. On nous a menés en bateau! Pas question de recruter la moindre Canaque ici, conclut-il en vouant aux gémonies les Missions chrétiennes qui retiraient toutes les jeunes filles de la circulation pour les délivrer du mâle et les priver de la Communion des seins.

Iris leva les yeux au ciel. Les jeux de mots de Tibère la mettaient en rage chaque jour davantage.

— En tout cas, dit-elle en se levant, hors de question de louer une hutte pour y mettre sa vieille Canaque. Moi je préfère rentrer à bord.

Alex la suivit en évitant de croiser le regard de Betty. Yves et Marion s'éloignèrent seuls vers le lagon au bord duquel s'alignaient une dizaine de paillotes.

— Et ta vieille Canaque à toi, ça t'intéresse de la promener au bord du Pacifique? lui demanda Marion. Sur les publicités, ce sont uniquement des jeunes couples qu'on voit gambader dans l'eau en se tenant par la main...

— On dirait que les discours d'Iris finissent par t'impressionner?

— Elle dit tellement de choses vraies, répondit Marion.

— C'est sa mentalité agressive et défaitiste qui les rend vraies.

— En tout cas, la vie va lui donner raison : elle va être répudiée au profit d'une fille qui sera aussi emmerdeuse qu'elle peut-être à cinquante ans. Betty n'a pas un caractère commode, hein... Mais comme dit Iris : tout dépend de l'empaquetage, pour un homme!

— J'ai horreur de t'entendre parler comme elle, dit Yves. En plus tu sais bien que pour moi l'âge n'a aucune importance. Rappelle-toi Mercédès...

— C'est vrai, de quinze à soixante-quinze ans; enfin... en progression très décroissante tout de même. A soixante ans, il faut être géniale! Mais toi tu es exceptionnel sur ce plan, regarde autour de toi... J'ai de la chance de vivre avec un anormal!

Ils longeaient la plage sous les cocotiers. Tout était d'une beauté indécente. De la case qu'ils avaient réservée, on entendait très loin vrombir l'océan sur le récif-barrière et, tout près, ce qui restait de lui après cette épreuve, de minuscules vaguelettes qui se brisaient en douceur sur le sable.

— Quelle merveille! dit Marion. Ça me rappelle la cabane que j'avais au bout du jardin chez mes grands-parents, surplombant la mer. J'avais peint mes citations favorites partout et j'avais mis sur la porte une phrase de Bachelard, que je trouve de plus en plus vraie d'ailleurs : « Il existe un principe pour rêver : c'est celui de la modestie du refuge. » La modestie du refuge, c'est d'une justesse... Le *Moana,* tu vois, ça tue le rêve, c'est trop imposant, c'est d'une richesse immodeste. Ici, j'ai envie de te dire des choses.

Yves la prit dans ses bras et ils restèrent sous l'auvent des palmes à regarder luire la mer.

— C'est drôle, pour Alex... je n'aurais jamais cru. A un moment je pensais que c'était toi qui allais tomber amoureux de Betty.

— Eh bien tu vois, tu penses trop, dit Yves. Ça ne m'a jamais effleuré. C'est bien, non? Tu es contente?

— Si tu n'en as jamais eu envie, ça n'a rien de spécialement « bien », déclara Marion.

— Bon, alors je vais te faire plaisir : je n'avais pas du tout envie de venir ici avec toi ce soir, mais je me suis forcé. Alors là, c'est « bien », hein? Tu aimes qu'on se force? Tu considères l'effort comme une preuve d'amour? Si je suis venu simplement parce que j'en ai envie, ce n'est plus intéressant?

— Tu m'enquiquines jusque dans les îles dé-

sertes, mon chéri, à pied, à cheval et en bateau, dit
Marion en lui passant les deux bras autour de la
taille et en le serrant pour lui faire mal.

— J'allais te dire exactement la même chose,
mon chéri, répliqua Yves.

Le lendemain matin, avant que le *Moana* ne prît
la route des Tonga, le Résident tint à faire visiter
à ses hôtes l'intérieur de cette île qu'il fallait bien
appeler heureuse, où poussaient à foison le santal,
le manguier, l'agave, le caféier et les étonnants
pins colonaires plantés ici par Cook, au temps où
les grands navigateurs avaient le souci d'être aussi
des humanistes et adjoignaient à leurs équipages
des savants, des dessinateurs et des botanistes. Dans
les villages, des femmes canaques, sans doute rému-
nérées par le Syndicat d'initiative, feignaient de
piler du mil dans une auge de bois pendant les
heures de visite, en échange de quoi, le soir venu
et les touristes partis, elles s'ouvraient une boîte de
singe qu'elles dégustaient sur une table de Formica
façon bois des îles dans leurs paillotes reconstituées.
Les villages étaient bien tenus, ordonnés, fleuris
comme des nécropoles.

— Est-ce que cette civilisation était en voie
d'extinction ou est-ce l'Occident qui l'a tuée? dit
Alex en remontant dans le petit autocar qui allait
les ramener au port.

— Victor Ségalen dit que les Polynésiens...

Le reste de la phrase d'Yves se perdit pour
Alex : Betty venait de glisser sa main sous la sienne.
Il ferma les yeux pour mieux la sentir. Ce qu'elle

venait de faire était terrible, le mesurait-elle? Il
allongea sa jambe le long de celle de Betty. Tous
ces gestes qu'il trouvait ridicules depuis longtemps
lui devenaient tout à coup nécessaires et délicieux.
Descendre du car lui fut un arrachement : il venait
d'entrer dans la jeunesse de l'amour, où tout
recommence, où personne n'est jamais assez vieux
ou assez mort pour ne pas éprouver comme si c'était
la première fois l'émotion des premiers contacts.

Il regarda Iris : tout était fait, vécu, usé de ce
côté-là et son cœur bondissait à l'idée de tout ce
qui lui restait à faire avec Betty. Il lui restait...
tout; tout était à revivre. La première nuit entière
qu'il passerait près d'elle... le premier réveil accueilli
par ses yeux d'eau... il lui montrerait l'Afrique
noire qu'il connaissait bien, Iris n'aimait pas les
nègres. Il retournerait dans les musées avec elle,
Iris détestait les musées et tout seul il n'y allait
plus. L'univers lui parut regorger soudain de
richesses parce qu'il les voyait avec les yeux de
Betty. Si on lui enlevait les yeux de Betty maintenant, si on lui enlevait du cœur son épée Pâline
il aurait l'impression de devenir un vieillard. C'était
la dernière croisée des chemins, qu'il n'espérait
même plus. Il comprit mieux ce que Jacques lui
expliquait depuis trois mois. Lui aussi était déjà
mort sans le savoir, un Canaque de l'île des Pins
qui continuait machinalement à faire des gestes
vivants. Naïvement il se persuada qu'il ne pourrait
plus vivre sans elle, oubliant que trois mois plus
tôt, il ne se savait pas malheureux. Il gravit derrière

elle la passerelle du *Moana* : désormais son existence avait la forme exacte de Betty.

Sur le quai de Konie le gendarme Citron et Madame agitèrent longuement leurs mouchoirs avant de s'estomper peu à peu aux yeux des passagers; seules les immenses silhouettes des pins de Cook demeurèrent longtemps visibles sur l'horizon.

Puis le *Moana* fut repris dans l'infini ballonnement de cet océan jamais pacifique; chaque objet retrouva son comportement aberrant, les tiroirs se remirent à s'ouvrir tout seuls, les vêtements à flotter à 45° des cloisons auxquelles ils étaient accrochés, les corps à rouler comme des saucisses dans une poêle dès que le dormeur perdait conscience et oubliait de s'arc-bouter sur les planches à roulis. Quant aux âmes, elles s'enlisèrent dans un nirvâna nauséeux qui avait du moins l'avantage d'abolir tout sentiment et de décourager toute discussion. Même le plus bel amour ne saurait résister au mal de mer.

CHAPITRE XII

LE CAHIER GALLIA

Samedi 7 mars.

Tout le monde en avait soupé du Pacifique quand nous avons franchi la barre majestueuse qui encercle d'un boa de plumes blanches ébouriffées l'île principale des Tonga, ce petit royaume insensé où règne une reine de 2,04 m, loin de toute terre habitée, à l'écart de la route des grands cargos, sans relation régulière avec le monde, visité seulement par des navigateurs plus ou moins solitaires. Nous pensions être accueillis avec des transports de joie mais à peine étions-nous engagés dans la passe que les Autorités tongiennes se sont précipitées à notre rencontre pour nous interdire l'approche de leurs côtes : il paraît que nul n'a le droit de débarquer ici entre 5 heures du soir et le lever du soleil, car l'archipel a été épargné jusqu'ici par un redoutable coléoptère qui fait des ravages en Océanie et qui ne vole que la nuit : le rhinocéros des cocotiers. Il pénètre dans l'arbre au moyen de sa corne nasale et lui mange la sève. En un an, le cocotier, ce bon à tout faire, qui fournit la nourriture, la boisson et l'abri, s'étiole et meurt. Le jour, heureusement, ces bestiaux dorment, cachés dans les anfractuosités des bateaux. Mais la nuit, nous devrons nous retirer à plus d'un mille de la côte, distance infranchissable pour le rhinocéros.

— Eh bien, laissons le *Moana* au large pour cette nuit et allons à terre avec vous, a proposé Alex, nous coucherons à l'hôtel.

Mais les Autorités ont répondu qu'il n'existait ni hôtel ni restaurant à Nukualofa, la capitale, aucun « touriste » n'y faisant jamais escale.

Alex et Iris désiraient rencontrer la reine et ont demandé aux Autorités de leur obtenir une audience. C'était oublier que Tonga, bien que royaume indépendant, avait connu la domination britannique dont l'héritage indélébile reste le dimanche britannique!

— Je regrette, dit le plus gros des fonctionnaires qui étaient tous des géants, vous ne pouvez voir la reine ce soir à cause du rhinocéros...

— Il se prend pour Ionesco, coupa Iris.

— ... et demain c'est dimanche, reprit le gros fonctionnaire, et nul ne peut transmettre la moindre requête à la reine ce jour-là. Il faudra attendre lundi pour formuler une demande.

— Dans ce cas, organisez-nous pour demain une partie de pêche, dit Alex gaiement.

— Pêcher un dimanche? Vous n'y pensez pas, s'écria le fonctionnaire indigné par nos mœurs. Toute pêche et toute chasse sont interdites sur l'ensemble du territoire. Et n'allez pas pique-niquer : il est interdit d'allumer du feu le dimanche.

— Eh bien foutons le camp, dit Iris. Il y a des milliers d'îles comme celles-ci dans le Pacifique.

— Impossible, fit l'Autorité. Le dimanche, nous ne pouvons vous fournir de pilote. Ni d'ailleurs le samedi après 5 heures, ajouta-t-il en consultant sa montre. Et vous n'avez pas le droit de sortir sans pilote.

— Mais nous venons d'entrer par la passe du Nord sans pilote, plaida le commandant. Nous avons d'excellentes cartes anglaises et...

— Alors vous aurez une amende pour être entré dans la baie sans pilote, coupa le fonctionnaire qui jugeait de plus en plus sévèrement notre comportement de sauvages.

— En somme, non seulement nous sommes prisonniers de cette île jusqu'à lundi, mais prisonniers sur ce bateau? demanda Iris.

— Vous pouvez faire un pique-nique *froid* demain sur un des îlots, ça c'est autorisé. Mais que je ne repère pas une canne à pêche ou un fusil sous-marin...

— Un pique-nique, fit Iris, amère. Mais il pleut sans arrêt dans votre pays!

Un beau grain équatorial bien noir se déversait en effet sur le lagon et noyait la côte plate d'où surgissaient d'immenses cocotiers aux troncs grêles qui agitaient leurs plumets dans le vent soudain levé.

— Il ne pleut que le soir, madame, dit le gros
fonctionnaire.

— Et jamais le dimanche, sans doute? ironisa
Iris.

Il eut la bonté de ne pas relever le propos et
nous indiqua où mouiller le bateau, à bonne distance de la côte à cause du « rhino ». La rade était
semée de « patates » à fleur d'eau et il fallut lou-
voyer parmi les écueils. Sur le récif une immense
épave se dressait tragiquement vers le ciel comme
un avertissement. Et soudain, au détour d'un îlot,
nous nous crûmes victimes d'une hallucination col-
lective : au milieu d'un jardin à l'anglaise planté
de cèdres et de sapins du Nord se dressait parmi
ses tourelles et ses clochetons... l'Auberge du Cheval Blanc!

— *The residence of Queen Salote,* nous dit respectueusement le pilote qui prenait notre stupeur
pour de l'admiration.

C'est devant ce décor d'opérette planté en plein
Pacifique que nous avons jeté l'ancre pour passer
la soirée et la nuit sous la pluie, en quarantaine.
« Ils » ont joué au bridge jusqu'à 2 heures du
matin. On aurait entendu un rhinocéros voler.

Dimanche 8 mars.

Et le dimanche anglais tomba sur le royaume
des Tonga. Quatre sectes religieuses se partagent la
population de Tongatabou, l'île principale et cette

diversité même assure le bonheur des Tongiens.
Car les 50 000 habitants sont convoités à la fois
par l'Eglise wesleyienne, l'Eglise protestante libre
de Tonga, l'Eglise catholique romaine et « autres
sectes », groupement comportant des mormons,
des adventistes de la VII° Heure et divers grou-
puscules dont chacun a mis son point d'honneur à
construire *son* église et *son* école et à chiper les
clients du voisin par des moyens hautement religieux tels que distribution de friandises, dorures
supplémentenaires sur les uniformes scolaires, innombrables tombolas et autres bimbeloteries qui
ont servi autrefois à acheter les corps noirs et qui
monnaient aujourd'hui ce qui reste : les âmes.

Il faisait beau comme l'avait promis le fonctionnaire de Sa Majesté. Sur le wharf, de petits mômes
tout nus et tout noirs s'amusaient à plonger dans
l'eau transparente du port, bras et jambes écartés.
Dans les rues de Nukualofa où les huit ou neuf
petites églises rivales se regardaient en saints de
faïence, les offices religieux se déroulaient tous en
même temps, portes grandes ouvertes afin que les
passants pussent mesurer la foi des ouailles au
volume sonore des psaumes que les fidèles étaient
invités à hurler plus fort qu'en face.

L'après-midi, les Tongiens dorment roulés dans
leurs nattes à l'ombre de leurs arbres admirables,
en attendant que passe le Jour du Seigneur et que
se réveille leur petite capitale aux rues désertes,
aux boutiques barricadées. Il n'était pas interdit de
marcher ou de louer une voiture et nous avons tout

de même pu faire le tour de l'île. Cocoteraies bien
débroussées, bananiers, orangers, pandanus, arbres-
de-fer au feuillage flou et gris, arbres à pain...

Voilà un royaume comme je les aime, qui pourrait vivre en économie fermée, un petit royaume à
la mesure humaine, le seul dont j'accepterais de
devenir la reine, s'il n'y en avait pas déjà une en
place sur le trône, et une énorme, nantie par surcroît d'une dizaine de solides descendants. Sans sa
barrière corallienne imaginée par un Dieu ému
devant sa création et qui a voulu protéger ce que
l'univers avait produit de plus beau, la houle du
Pacifique aurait depuis longtemps englouti ce petit
archipel à peine émergé des eaux, noyé ses soixante-
quatre mille habitants, y compris son point culmi-
nant, Saloté Tupou, sa reine de deux mètres. Mais
derrière son anneau de corail, l'exquis petit royaume
fait la nique au Pacifique et poursuit sa vie tranquille.

Iris a renoncé à débarquer. Elle souffre d'un
herpès mal placé et passe cette journée divine le
derrière dans une cuvette d'eau de permanganate.
Comme les cyclones, cet herpès porte un nom de
femme : il s'appelle Betty. Et toute la fortune d'Iris
et toute la beauté des Tonga ne peuvent rien contre
cette misère-là.

Au retour, Tibère a filmé quelques arbres morts
qui servent de dortoir à des chauves-souris aussi
grosses que des chats, drapées dans leurs ignobles
membranes comme dans des châles qu'elles auraient tirés jusqu'au cou pour dormir, et pendues

aux branches la tête en bas, fruits innommables
qui pépient et s'agitent sans arrêt.

Lundi 9 mars.

Il pleut sur mon royaume. Nous avons pêché
une énorme caranque ce matin. Iris va mieux mais
ne veut plus voir la « reine Salope ». Yves qui tient
à la filmer s'est présenté au Palais ce matin où un
petit secrétaire britannique l'a conduit chez le
« Premier », un jeune géant qui est le fils aîné de
Sa Majesté. Mais il pleut et quand il pleut, Sa
Majesté ne se lève pas. Personne ne peut même
entrer dans sa chambre. Et demain, s'il ne pleut
pas, Sa Majesté part en voyage officiel à 6 heures
du matin dans une île voisine rendre visite à ses
sujets. Trop tôt pour nos caméras.

Décidément ce royaume est bien contrariant et
je renonce à tenter un coup d'Etat sur Tongatabou.
D'ailleurs mes troupes se trouvent atteintes du
mal du Pacifique : Jacques a un furoncle à la che-
ville à la suite d'une de ces inguérissables blessures
de corail, Yves un deuxième abcès dentaire qui
n'est en réalité qu'une résurgence du premier et de
tous ceux qui le tourmentent depuis que je le
connais et qu'il refuse de se faire soigner, même
par Jacques; et Alex, curieusement, une éruption
d'acné juvénile dont le Pacifique n'est peut-être
pas l'unique responsable. Quant à Tibère, pour
la première fois du voyage, il est abattu.

— Depuis quelque temps, je n'ai même plus envie de faire l'amour, nous avoue-t-il avec inquiétude car il prend très au sérieux ses performances. Voilà trois jours que je n'y pense même plus!

— Oh trois jours, dit Iris, ce n'est pas encore inquiétant...

— Si. Pour moi, si. Je ne sais pas ce que j'ai : je dois être décalcifié.

— Attends Tahiti, dit Iris, tu vas le voir, ton calcium!

Le *Moana* était en train d'appareiller sous une pluie tropicale chaude et dense.

— Et c'est avec regret que nous quittons les Tonga, terre de contrastes, prononça Yves d'une voix de speaker pour documentaires.

— Pardon : terre de cons tristes, rectifia Tibère.

A peine avions-nous franchi la passe que le Pacifique a recommencé ses manigances. Tibère lui a montré le poing :

— Il paraît que c'est très mauvais, la mer, pour *ça*, a-t-il dit avec une réelle mélancolie.

Mardi 10 mars.

Quitté les Tonga et franchi le 180e degré de longitude, méridien mystérieux entre tous qui nous a obligés à retarder nos montres de vingt-quatre heures d'un seul coup. A force de les avancer, nous avions pris douze heures d'avance sur Paris, nous avons maintenant douze heures de retard et le

mardi 10 mars va succéder demain au mardi
10 mars d'aujourd'hui. Va comprendre!

Boissons glacées sur le pont. Ça roule mais,
comme dit Tibère, c'est moins pire que d'habitude.
Yves cuve sa douleur dans sa cabine et Iris la
sienne dans la sienne. N'ayant plus de terres à
regarder et la mer me sortant par les yeux, je
reporte mon attention sur les hommes, sur Jacques
surtout qui est devenu spécialement beau depuis
quelque temps. C'est merveilleux d'avoir si mauvaise mémoire : j'ai complètement oublié que je
l'ai eu... je recommencerais bien. Les grands
espaces lui vont bien au teint. Rue Paul-Valéry,
il ressemblait à un grand cerf coincé dans une
chambre d'hôtel. Certains hommes s'accommodent
d'une chambre, ils ont le don de la peupler, alors
que d'autres deviennent irrésistibles dans la forêt
ou sur une île. Je trouve que nous rencontrons
beaucoup d'îles ces temps-ci!

Alex, lui, retombe en adolescence et se transforme à vue d'œil. Il se tient plus droit, éclate de
rire à toutes les plaisanteries de Tibère, même les
plus révoltantes, s'enthousiasme pour n'importe
quoi, une île, une vague, le temps qu'il fait quelque temps qu'il fasse. Naïvement il croit détourner
les soupçons d'Iris en multipliant les preuves
d'attention à son égard : comment a-t-elle dormi
cette nuit? Digéré? Comment va son herpès? Moi
je me méfierais. Mais quel conseil lui donner? Je
sais seulement ce qu'elle ne devrait pas faire... si
elle le peut : « Gémir, pleurer, prier... » C'est pis

que lâche dans son cas : maladroit. Mais justement dans son cas, et c'est ce qui le rend insoutenable, tout ce que l'on peut inventer est mal. Au mieux, parfaitement inutile. Il ne nous reste qu'à assister au naufrage qui se déroule sous nos yeux, au ralenti, sans pouvoir porter secours. On entend des éclats de voix la nuit dans leur cabine. Le jour, en face de Betty qui joue la personne non concernée, Iris s'efforce de faire croire qu'elle ne prend pas cette petite fille au sérieux. A terre, les sentiments se diluent et la tension se relâche; mais pendant les navigations, prisonniers de ce bateau immense qui semble s'être rétréci aux dimensions d'une cellule, nous nous regardons de trop près pour ne pas nous prendre parfois en grippe.

En ce deuxième mardi 10 mars, nous sommes une fois de plus réunis sur le pont, hypocrites, avec nos envies rentrées, nos arrière-pensées soigneusement dissimulées, nos verres glacés à la main et nous feignons de manifester un vif intérêt pour ce méridien des 180 degrés.

— Il faudrait accomplir ses crimes ici, dit Tibère. Pour les alibis, ce serait champion. Le lundi 9 mars, monsieur le Président? J'ai passé la journée chez les Von Braun. Je ne pouvais donc pas assassiner mon associé dans son bureau!

— L'ennui, a fait remarquer Alex, c'est qu'on a choisi ce méridien-là parce qu'il ne coupe pratiquement aucune terre.

— Alors il faudra dire : Mais monsieur le Président, je ne pouvais me trouver le 10 mars sur la

jonque chargée d'opium de Phu Manchu puisque
j'étais sur le yacht de Lady Docker!

— Si nous écrivions tous ensemble un roman
policier? a proposé Iris. Ça ferait passer le temps
au moins. Et puisqu'il faut vivre une deuxième fois
ce mardi...

— Mais nous n'avons plus le temps, mes enfants
chéris : dans trois ou quatre jours, nous y serons
au pays de l'érotisme! S'il en existe un seul au
monde, c'est celui-là, a dit Tibère.

— *J'irai là-bas où l'arbre et l'homme pleins de*
[sève
Se pâment longuement sous l'ardeur des cli-
[mats...
a récité Alex, à qui l'amour a soudain enlevé toute
pudeur. Iris lui a jeté un coup d'œil féroce.

— L'arbre et l'homme, à la rigueur, a-t-elle
remarqué, mais pas la femme! Je me suis laissé
dire que les Tahitiens étaient introuvables. Qui a
jamais entendu parler des prouesses amoureuses
des Tahitiens? Encore une fois, nous allons bien
nous amuser, nous autres, je sens ça.

Mercredi 11 mars.

Temps gris. Cet océan est monotone et beaucoup plus embêtant que l'Atlantique avec ses
franches tempêtes. Le mal du Pacifique continue
à nous ronger. Clous et furoncles fleurissent et les
plaies ne se referment pas. C'est d'ailleurs dans les

îles de rêve que s'épanouissent les plus affreuses
maladies : à Tahiti, il paraît qu'au dernier stade
de l'éléphantiasis, les malades transportent leurs
parties monstrueusement dilatées dans une brouette.
Les boules, je les imagine, mais l'autre truc? Est-il
atteint aussi? Quelle punition de choix pour un
don Juan!

Jeudi 12 mars.

Fort roulis, ciel lourd.
Dans cette ambiance, le moindre fait divers est
accueilli avec avidité. Ainsi aujourd'hui, Iris s'est
trompée de tube en se lavant les cheveux et s'est
tartiné sur la tête du Veet dépilatoire. Certains
cheveux ont pris une curieuse frisure morte... d'autres sont partis avec le rinçage. Il en reste. Mais
cette mésaventure n'a pas arrangé son moral.

Vendredi 13 mars.

Le grand jour approche : c'est un peu comme
une présentation longtemps attendue entre promis : demain son père le Pacifique nous amènera
la personne, Vahiné Tahiti, dont nous avons tant
entendu parler. Trop peut-être. En tout cas, un fait
est sûr : seule de toutes ses sœurs polynésiennes,
Tahiti a résisté victorieusement à l'occupation
anglaise, aux pasteurs protestants puis aux mission-

naires catholiques, en refusant avec une constance
bouleversante d'admettre un point capital de la
religion chrétienne : l'acte de chair considéré
comme un péché. Cette résistance courageuse a
suffi à la rendre unique et stupéfiante pour nous
autres, pauvres enchaînés de la faute inexpiable.
Tous les autres péchés capitaux, d'accord. La communion, très intéressant; la Fête-Dieu, formidable.
Noël, très amusant... un peu moins que le 14-Juil-
let, mais enfin amusant. Un petit bébé, ça fait
toujours plaisir. Mais la notion du péché de la
chair, alors là, non! Ça, ça les faisait trop rire.
Pauvres missionnaires! Ou bien ils étaient malades,
ou bien ils *L'*avaient perdue dans une guerre. Non?
Pas perdue? Alors on allait les guérir. Pour leur
bien. Vous verrez comme vous vous sentirez mieux
après. Regardez-nous! Et puis votre Vie éternelle,
on veut bien, mais savez-vous si vous *en* aurez *une*,
là-haut, dans votre paradis? Ce serait trop dom-
mage de ne pas vous *en* être servis ici-bas, non?

Enfin des gens contents avec les organes qu'on
leur avait donnés pour vivre, avec le pays qu'ils
s'étaient choisi aussi. Il fallait être bien courageux
ou bien aveugle pour venir de si loin leur prêcher
le sacrifice, la chasteté et l'espoir en une autre vie
alors que celle-ci leur donnait tant de satisfactions.

Samedi 14 mars.

Petite, plus petite qu'on ne l'attendait, avec des
anneaux de nuages autour de ses sommets comme

des ronds de fumée, la voilà! On longe l'île sœur,
Moorea, dont les montagnes étroites et crochues
ressemblent à des doigts de sorcière... on franchit
la passe, l'îlot Motu-Uta dans le lagon, et c'est
Papeete, un petit port tranquille, touchant, mal
construit avec ses baraques délabrées dans un
désordre à la française. On imaginait un peu un
Saint-Tropez des Tropiques, ce serait plutôt un
Collioure mais sans château, serti dans une eau
d'aigue-marine au pied de montagnes couvertes
d'une riche fourrure verte qui s'escaladent les unes
les autres jusqu'aux pointes brumeuses, tout là-
haut, à 2 500 mètres. Il fait gris pâle, c'est la fin
de la saison des pluies.

Tout Tahiti est sur le quai... nous sommes tous
sur le pont : c'est une véritable arrivée d'amour.
Les majorettes du Pacifique nous attendent avec
des colliers de fleurs, des danseuses en moré nous
saluent du ventre sur une estrade, et tous les
Français de Tahiti sont venus là avec leurs vahinés.
Les marins du *Moana* en grande tenue blanche
terminent à grand-peine les manœuvres parmi les
fleurs, les baisers et l'enivrante odeur du tiaré.
Aucune marchandise ne fait plus plaisir ici qu'un
arrivage d'hommes. Tout le monde a des amis à
Tahiti, ou des amis d'amis, on se tutoie tout de
suite, on s'embrasse, on rit. Les majorettes nous
fourrent de force les colliers rituels, impossible d'y
échapper. J'ai horreur qu'on me déguise et je ne
sais pas porter ça : ce n'est joli que sur des seins
nus à vingt ans et je ne remplis aucune des deux

conditions. Les filles de paille ont déjà gagné le pont supérieur où elles se sont mises à danser au son de deux ou trois tambours de bois apportés par un Tahitien tandis que sur le quai la colonie française nous fait des signes comme si nous étions les plus chers des amis. Moins de Françaises ici qu'à Nouméa pour des raisons qui ne peuvent échapper à personne! Les Mélanésiennes sont laides, épaisses, avec des cheveux qui ressemblent à de la barbe. La beauté des Polynésiennes en revanche a incité les fonctionnaires assez imprévoyants pour avoir amené leurs épouses légitimes avec eux à les renvoyer dans la métropole au plus vite. La plupart des hommes sur le quai, même les plus vieux, sont avec des filles splendides. Elles portent toutes des cheveux longs, des paréos rouges, verts ou bleus à fleurs blanches, et sont faites d'une chair appétissante qui n'a jamais vu le métro, l'usine, le bureau, le train de banlieue.

Sur le port, près des goélettes ou des ketches où habitent des familles de navigateurs vagabonds, un blême mannequin parisien, débarqué par l'hydravion du matin, se fait photographier pour *Marie-France*. Au milieu d'un cercle de Tahitiennes demi-nues, aux belles jambes solides, qui la regardent en rigolant sous cape, elle présente une robe-sac beige, déhanchée et le fémur déboîté comme il sied aux mannequins, l'œil soigneusement vidé de toute expression, le visage lugubre et la clavicule agressive. Un énorme cabas orange pend au bout de son bras maigre et une cloche orange enfoncée

jusqu'aux yeux lui cache l'admirable paysage. On
joue à ça, à Paris? C'est vrai, nous l'avions un peu
oublié depuis quatre mois. Et pourtant, il va falloir
les remettre en rentrant dans nos civilisations, ces
sacs, ces perruques, ces fonds de teint livides, ces
faux cils. Nous aurons la bouche jaune ou violette,
si on nous l'ordonne, nous nous arracherons tous
les poils si on nous le dit, et nous y passerons
toutes, tôt ou tard, si grotesque que tout cela nous
paraisse vu du milieu du Pacifique.

A peine débarrassée des colliers, je me suis
retrouvée le soir même affublée d'une couronne de
fleurs. Ravissante, parfumée, d'accord... mais ça
m'énerve, cet uniforme pour s'amuser. Nous ressemblions, nous les Parisiens, à ces fêtards des
boîtes de nuit qui se croient obligés de mettre des
chapeaux en papier parce que c'est le Réveillon.
Elles, les Tahitiennes, étaient à leur place, à leur
aise, à leur avantage. La couronne de tiarés, c'est
leur coiffure nationale.

Il se trouve que je n'aime pas les fêtes, ni la
franche gaieté, ni les danses que je ne sais pas
danser (et je n'en ai appris aucune depuis dix ans)
ni les chansons reprises en chœur, ni la familiarité
qui ne repose pas sur une vraie sympathie, ni bien
sûr les filles trop séduisantes et les regards que les
hommes leur jettent. Or une « bringue » à Tahiti,
c'est tout cela réuni. Il y avait du punch tahitien
dans des soupières, un *Chop Suey* tout fait que
deux filles étaient allées chercher « chez le Chinois » qui fait tout ici, y compris vendre de l'eau

chaude à des Tahitiennes qui n'ont pas le courage
d'allumer leur réchaud, et une grande bassine de
riz tiède et collé. Il ne restait qu'à passer aux choses
sérieuses : s'amuser!

La bringue avait lieu chez Roger, un cinéaste
français qu'Yves avait connu au temps des explo-
rations polaires et qui vivait maintenant à Tahiti
avec Toumata, une vahiné pas très jolie, c'est rare.
Il arrivait du monde de tous les villages voisins
pour s'amuser, toujours le même attelage : des
mâles uniquement blancs accouplés à des filles
uniquement tahitiennes. Pas un seul couple homo-
gène, sauf les malheureux du *Moana*. Et dans toute
cette assemblée, deux Tahitiens seulement, mais
qui n'étaient pas en circulation : deux Tahitiens
utilitaires, rivés à leurs guitares.

Tout de suite la maîtresse de maison, beaucoup
plus maîtresse que maison, s'est enroulée dans un
vrai paréo qui laisse voir les seins, et s'est mise
à danser le tamouré avec une petite métisse chinoise toute fine qui m'a rappelé Yang. Tout le
monde chantait, la bouche pleine de riz, se levait
pour danser, jouait de la guitare, servait du punch
et se régalait de vivre. C'était un peu des Folies
Bergère dans l'innocence et la spontanéité, où
tout le monde jouait son rôle pour le plaisir, des
Adam-et-Eve qui n'auraient pas entendu la malédiction du Seigneur et qui continueraient à vivre
heureux et à manger la pomme en paix! La séduction des vahinés vient de là, de cette générosité
dans l'amour, de ce que l'on devine de toutes

les races déposé en elles, la violence d'un Norvé-
gien sur cette fille presque blonde, le plaisir des
Français, des Américains, des Chinois, celui des
rouquins, des marins, des aventuriers, des paumés,
des fonctionnaires, importants ou miteux, dont
aucun ne fut si laid ou si vieux qu'il n'ait pu s'offrir
ici l'illusion d'être Don Juan... Tous ces plaisirs
pris et donnés, ils se lisent à livre ouvert sur ces
filles merveilleusement diverses; cheveux luisants
et raides pour les hybrides de Chinoise, ou bien
ondés comme ceux de Dorothy Lamour, plus rarement crépelés, jamais crépus; peaux allant du jaune
le plus lunaire, celui de Yang, au Teintécire acajou
clair. Et ces bras ronds, ces hanches rondes, ces
jambes faites pour nager, pour courir, pour danser,
pour serrer un corps d'homme...

Betty avait décidé d'apprendre les difficiles mouvements du tamouré et s'exerçait en riant avec
Toumata et Terii, reins à reins. Moi, je n'osais
déjà pas danser la rumba à vingt ans! Le tamouré
doit se danser le ventre nu. Le paréo s'attache très
serré au dernier arrondi des hanches, au plus bas
qu'il puisse s'accrocher sans tomber. On voit la
zone exquise : du bas des côtes au bas du ventre,
sa douce forme de guitare, la peau brune et
bien tendue et ces mouvements moins lents et
sinueux que dans les danses arabes, plus vifs,
plus gais, plus animaux aussi, superbement animaux.

— En fin de compte, me glissa Iris, nous
sommes là uniquement pour voir nos compatriotes,

et plus précisément nos maris, s'exciter sur d'autres femmes que nous!

Sa couronne de tiarés blancs et de fleurs de flamboyant rouges entrelacés de fougères, que Toumata l'avait suppliée de garder sur la tête, lui donnait un air de vieille clownesse; elle le sentait de l'intérieur. Aucune femme n'avait cinquante ans ici. Qu'est-ce qu'on en fait, des vieilles, dans cette île? Elle cherchait des yeux l'heureux Alex. Mais de toute façon, qu'auraient-ils eu à se dire? Quant aux autres Français, ils avaient justement quitté leur pays pour ne plus vivre avec des dames qui ressemblaient à Iris! Comble d'infortune Iris avait des problèmes, cela se voyait comme son âge au milieu du visage. On n'aime pas beaucoup les problèmes dans les îles; on se moque de tout ce qui est ennuyeux ou difficile.

Roger aussi frise la cinquantaine, il est plus âgé qu'Yves. Mais c'est un homme. Ses organes sexuels lui donnent tous les droits, à Tahiti comme en Australie. Robinetterie extérieure au lieu d'être encastrée, et on peut boire dans les bars du monde entier, se permettre un gros ventre, un crâne luisant ou une haleine de vieille pipe sans pour cela être privé de filles-fleurs ni même d'amour sincère. C'est tout à l'honneur des filles d'ailleurs : pour elles, la peau n'est pas l'essentiel. Venu tourner par hasard un film à Tahiti il y a trois ans, Roger n'a pas eu le courage de repartir. D'un côté, trente ans de boulot dans le cinéma qui font vieillir doublement, un appartement miteux à Levallois, un talent qui n'arrivait pas à s'imposer, une femme secrétaire dont il avait fait le tour et était revenu, deux enfants dont elle s'occupait bien mieux que lui pour la bonne raison qu'il n'avait jamais eu le loisir d'essayer... De l'autre, la pêche sous-marine, la vie au grand air, et quel air, un faré [1] au bord de l'eau, de petits travaux par-ci par-là comme assistant des nombreux films qui venaient se tourner dans les îles de la Société, un climat de rêve, une fille toute neuve assortie de la possibilité d'en changer sans drame... Quoi d'autre sinon le plus désespérant des sens du devoir aurait pu l'inciter à choisir la France? Pourtant Toumata était laide, comme si Roger n'avait pas osé tout s'offrir à la fois. Il s'était trouvé une Tahitienne un peu Canaque, lourde, avec un gros nez et une grosse peau, sans rien de la noblesse d'allure et de démarche des autres. Très soûl, vautré sur des coussins, il avait laissé glisser sa couronne en avant et contemplait, l'œil fixe, ces corps charmants qui oscillaient, offrant l'image de l'épave qu'il deviendrait sans doute dans dix ans, s'il restait ici.

Ne sachant pas très bien où aller après dîner, je me suis assise près d'Iris. Après tout, je n'avais que cinq ans de moins qu'elle et je me sentais moi aussi une personne déplacée ce soir.

— Existe-t-il un pays où les quinquagénaires

---

1. Maison tahitienne faite de bois et de lianes avec un toit de palmes.

ne soient pas déjà considérées comme mortes?
m'a-t-elle demandé d'une voix funèbre.

— Nice! a crié Tibère qui passait par là et qu'un
début d'ivresse rendait cynique.

— Le salaud! a dit Iris. Mais il a raison. Qu'est-
ce que je fiche ici? Ça m'intéresse modérément,
moi, de voir gigoter des ventres de femme.

Elle a prié Alex de la raccompagner à bord, ce
qu'il a accepté avec un empressement suspect.

Je n'osais pas dire à Yves : rentrons, je m'ennuie.
Ç'aurait été inhumain. Inhumain aussi d'aller me
coucher toute seule avec de la crème inutile sur la
figure et Proust, tome VII, tandis qu'Yves évolue-
rait parmi ces nymphes spécialisées en volupté.
Alors? Oh vous, les femmes américaines, comment
tenez-vous le coup, ici? Et vous, les hommes, comment réagiriez-vous s'il existait pour nous des îles
heureuses où des garçons de toute beauté ne son-
geaient qu'à nous combler quels que fussent notre
beauté, notre fortune, notre âge?

— C'est ton marrri? me demande soudain une
grande merveille à queue de cheval en désignant
Yves du doigt. Tu me le prrrêtes? Le mien est à
Borra-Borra, poursuit-elle avec cet accent de paysan bourguignon qu'on s'attend si peu à voir
sortir de ces bouches de déesses.

Elles font toujours ça, m'explique un Français,
c'est un test : et si les épouses manifestent quelque
mesquinerie, alors c'est l'attaque de la diligence :
elles s'y mettent à tour de rôle et il est rare que
l'une d'elles au moins ne vienne pas à bout des plus

fermes principes. C'est aussi pour cela qu'on voit
ici si peu de Blanches. Quelques-unes sont restées
à Tahiti, mais toutes seules, par amour pour le
pays. Pratiquement aucune n'a réussi à y conserver
un mari de sa couleur et aucune n'a épousé un
Tahitien, ces Arlésiens du Pacifique.

— Tu vois, j'ai pas ma plaque, m'explique une
autre divinité qui porte un de ces prénoms tahitiens
qui font rêver : Vahirea. Et elle ouvre gentiment
ses lèvres rieuses sur des gencives nues.

— C'est Robert qui m'a payé le dentiste, alors
chaque fois qu'il s'en va dans les îles, il met la
plaque dans son coffre : il croit que ça me gênera
pour faire l'amourrr, le pauvre!

Elle rigole en ouvrant grand sa bouche, ravie
du tour qu'elle joue à son tané [1].

La bouche close, elle est plus belle qu'une biche,
que le plus beau mannequin, que toutes les miss
du monde, avec ce cou souple et incurvé comme
un tronc de cocotier, ses cuisses de même, ses yeux
bridés et pourtant grands et cette chevelure qui
tombe à ses genoux. Et elle a vingt ans. Mais ce
choc chaque fois qu'elle ouvre la bouche et laisse
passer cet accent de paysan et ce vocabulaire de
corps de garde entre ses gencives! Tout le romantisme du monde quand on les voit, et quand on
les écoute, les plaisanteries salaces, l'obscénité
joyeuse. C'est à prendre ou à laisser, tel quel. En
général, on prend.

1. L'homme avec qui l'on vit.

— Tu veux qu'on rentre? est venu me proposer Yves qui lisait sur ma figure.

— Mais pourquoi toi aussi? ai-je dit.

— Parce que je travaille demain à 8 heures.

— Mais si je n'étais pas là, je sais bien que tu resterais toute la nuit.

— Bien sûr, mon chéri. Mais tu es là.

Je n'ai pas voulu me donner le ridicule de lui demander une fois de plus ce qu'il préférait dans l'absolu. De toute façon, je resterai toujours persuadée que c'est quand il est sans moi qu'il est vraiment lui-même. Là-dessus, je suis incurable.

— Quelle drôle de soirée, a dit Yves. Comment as-tu trouvé? C'est encore plus tahitien que je ne l'imaginais.

— Ben... des ventres et encore des ventres. Sublimes, ravissants... mais qu'est-ce que tu veux que j'en fasse?

— En somme, on rentre, j'ai compris.

— Mais toi? ai-je insisté. Tu ne vas tout de même pas refuser à Maeva ou à Vahirea de faire l'amour avec elles? Je n'en ferai pas une maladie, tu sais. Tu ne me crois pas?

— Non, mon chéri, a dit Yves très tranquillement.

— Ah bon. Et c'est pour ça que tu rentres avec moi?

— Non, mon chéri, a dit Yves.

— Mais j'ai changé, tu sais.

— Moi aussi, a dit Yves.

— Mais je n'ai pas envie que tu changes! Ce

n'est pas parce que tu me plais comme ça, mais parce que j'ai peur que tu sois pire autrement. Surtout si tu changes en bien...

Je sais ce que j'ai après tout et je commence à m'habituer à peu près. Et puis Yves n'est pas équipé pour s'améliorer : sous ses apparences tranquilles, il est construit comme un jeu de jonchets. Si on déplace une pièce, tout peut se détraquer. J'ai toujours eu peur de le toucher. Cet humour, cet équilibre, cet amour de la vie que j'aime en lui, je suis sûre qu'ils ne tiennent qu'à un fil. Et je ne sais pas très bien lequel. Je me sens d'une redoutable solidité à côté de lui, à la fois vulnérable parce que je refuse de me défendre, ridiculement sensible à ses moindres faits et gestes, mais indestructible. Quel boulet il traîne! Et quel étrange appareillage nous rend peut-être indispensables l'un à l'autre?

En sortant du faré, nous avons vu Jacques qui se baignait sur la plage noire avec trois filles. Ses cheveux étaient presque phosphorescents sous la lune. Il me plaît, il m'attendrit, il ne m'aurait pas fait souffrir, j'aurais très bien su le manier, mais jamais je n'aurais tenu vingt ans avec lui. Pas cinq ans. Jacques nous a fait un signe joyeux : il a trouvé son paradis : on adore les blonds aux yeux bleus ici; encore plus si possible que les bruns, les roux, les châtains ou les chauves.

Lundi 16 mars.

Déjeuné à l'hôtel des Tropiques sous des rafales
de pluie. On n'a pas manqué de me dire que c'était
rare à cette saison. J'ai ricané. Puis c'est la tournée
chez les nouveaux amis : un pot chez un nommé
Jean-Claude, allongé dans le plâtre, et dans le
faré duquel tout le monde entre en criant Hou-Hou
puisqu'il n'y a ni portes ni fenêtres mais seulement
des stores de lianes qu'on fait descendre du côté
où l'on veut se protéger. Les fleurs mouillées em-
baument, d'immenses cocotiers ombragent la plage
et l'on voit à cinquante mètres le récif de corail où
marchent des pêcheurs de langoustes, de l'eau jusqu'aux genoux. Puis on va chez l'Amiral. Hou-
Hou, un autre pot. Puis chez le photographe qui
ferme sa boutique pour venir boire avec nous et
nous présenter dans un des cafés du port l'attraction de Tahiti : la seule Tahitienne qui ne fasse
pas l'amour seulement pour le plaisir! On la sur-
nomme la Goélette parce qu'elle fait 6 nœuds à
l'heure et tout le monde paraît ravi de la plaisanterie, y compris elle. A chaque station on récolte de
nouveaux amis et tout ce monde s'entasse dans
des trucks et il y a toujours une guitare quelque
part et quelqu'un pour chanter et ça repart et la
journée se passe comme ça et tout naturellement on
se retrouve tous ensemble le soir pour dîner sur le
Moana, Vahirea sans sa plaque, Roger et Toumata, Terii la petite Chinoise, le photographe et

sa vahiné, un nommé Zizi qui est dentiste à Papeete
avec la sienne et plein d'autres vahinés non attri-
buées et puis « le Matou », un céramiste marié à
une ravissante Tahitienne, mais marié-marié lui,
comme on dit ici, c'est-à-dire à l'Eglise et à la
Mairie, depuis dix ans déjà. Sa femme, Faréhau,
a cinq enfants de toutes les couleurs, y compris
d'ailleurs celles du céramiste, un blond aux yeux
bleus, mais elle a toujours l'air et les manières
d'une jeune fille. Faréhau semble une vedette
parmi elles, peut-être parce qu'elle dirige la meilleure troupe de danseuses de l'île, peut-être parce
qu'elle est mariée-mariée et qu'elle le reste malgré
des aventures nombreuses dont on sent qu'elles ont
été mises au point au cours de récits successifs.
Ils ont abouti à ce poème parlé que toutes ses amies
connaissent par cœur et dont elles applaudissent
les meilleurs passages :

— Au début de notre mariage, dit Faréhau,
quand je dansais le tamouré, le Matou, il était
fâché. (Elle adresse à son mari un sourire désar-
mant.) Surtout quand j'allais au bateau le danser
pour les touristes. Alors il boudait. Moi, ça me
faisait rire. Et comme c'est fatigant de bouder
tout seul, encore plus que de travailler, alors on se
réconciliait. Et maintenant, le Matou, il boude
plus jamais... C'est pas la peine!

— Au commencement aussi, il voulait toujours jouer sur les disques du Bach et du Mozart.
Aué! Ça m'ennuyait! Je croyais toujours que
c'était la messe. Et puis la femme française du

Procureur, elle avait organisé des trucs exprès pour écouter Bach; on pouvait pas chanter, il fallait seulement écouter! Je crois on appelle ça des concerts. Heureusement, il y en a plus maintenant : la femme, elle est repartie en métropole. (Tout le monde se tord de rire à ce souvenir.) Le Matou, il me faisait sans arrêt des recommandations : « Remue pas tes jambes... Fais pas claquer tes doigts... Ne parle pas pendant la musique. » Aué! J'aime pas Bach. Mais Mozart, je peux écouter de temps en temps maintenant sans faire claquer mes doigts.

En réalité, Faréhau n'aime qu'une chose dans la vie : la danse. Et l'amour bien sûr, mais c'est la même chose.

— Vous aimez les cocktails, vous? demanda-t-elle à Iris qui a sans doute à ses yeux une tête et un âge à cocktails. Une fois le Matou il m'a emmenée. Il m'avait encore fait plein de recommandations : pas rire trop fort, pas parler tout le temps, pas boire beaucoup. Et on restait là debout à parler et moi j'attendais toujours qu'on danse. Et les dames elles faisaient que me parler de mes bébés et de la bonne qui était bien ou pas bien et de leurs maladies... Je trouvais pas ça intéressant d'écouter leurs maladies! Et je demande au Matou devant la dame qui invitait : « Alors? Quand on danse? » Et il me fait les gros yeux et me dit qu'on danse jamais à un cocktail. « Alors qu'est-ce qu'on fait, j'ai dit, on fait juste que parler? » Le Matou il était pas content. Et on n'a fait que parler. Et les

hommes ils parlaient que de leur travail, c'était
pas intéressant. On a parlé et on est parti. Aué!
J'aime pas les cocktails.

Vahiréa, couchée aux pieds de Tibère, lui souriait largement de sa bouche édentée. Elle l'avait
séduit la bouche fermée : quand elle se mit à
parler, il était trop tard, les choses vont si vite ici!

— Ah, disait-elle à ses voisins, l'air ravi; qu'est-
ce qu'il m'a fait mal au vagin hier soir, aué! Je
peux plus marcher.

Et ces mots dits par les vahinés deviennent charmants parce que pour elles tout est beau qui vient
de la nature, même les mots désignant les organes
féminins, qui chez nous paraissent laids ou vaguement dégoûtants, quand ils ne sont pas devenus
tout simplement une injure. A Tahiti, tout est du
gâteau et surtout ce qui sert à l'amour.

Terii parlait de ses enfants. Elle n'avait nourri
que le premier, « parce que c'est ennuyeux de
toujours donner le titi ». Elle en avait fait un
deuxième, un blond si joli qu'elle l'avait donné à sa
cousine qui ne pouvait pas en avoir. Elle aurait
bien voulu qu'on lui en fasse un autre, mais un
blond aussi, si possible. Elle jeta un coup d'œil
engageant à Jacques.

Puis quelqu'un proposa une autre bringue pour
le soir, chez Zizi. Mais Yves et Tibère allaient au
cinéma Bambou voir les rushes de la crémation
tournés à Bénarès et qui venaient d'arriver par
avion. Tout le monde voulut les accompagner.

Retrouver l'univers hindou dans ce pays que

n'agitait nul tourment métaphysique et dont les habitants regardaient avec une commisération ironique les passions qui mènent ces fous d'Européens, que ce soit l'ambition, l'amour ou l'argent, semblait totalement irréel. Mais le climat tahitien n'avait pas encore déteint sur ceux du *Moana*. S'ils restaient, très vite ils deviendraient comme les autres Popaas[1], ne lisant plus un seul livre, ne s'intéressant plus à la politique, moins encore au devenir du monde, tout occupés de leurs liaisons, de papotages sur les liaisons des autres, de bringues, de pêche sous-marine et de tournées dans les autres îles pour d'autres bringues. Les rushes en cinémascope couleur étaient d'une terrifiante beauté. On avait un peu oublié déjà, on ne peut qu'oublier Bénarès : c'est insoutenable. Les vahinés ne le soutinrent pas d'ailleurs. Elles n'aimaient que les westerns et les matches de foot, au cinéma. Elles se sont mises à bavarder au fond de la salle et à rire sous cape comme des écolières quand le professeur est ennuyeux.

Après la séance, on s'est entassé dans des voitures qui marchaient au son de la guitare et on est allé boire un pot chez Zizi, qui vit avec Emilie, la sœur de Faréhau, aux environs de Papeete, au bord d'une plage toute noire. Quand on est arrivés, on s'est aperçus qu'il nous manquait Alex et Betty. Une heure plus tard, ils n'étaient toujours pas arrivés.

1. Etrangers, Européens en général.

— Enfin, a explosé Iris, c'est insensé, où est Alex? Il faut le chercher.

— Il faut jamais chercher un mari, a dit gentiment Faréhau en prenant Iris par l'épaule. Mais Iris s'est dégagée brutalement.

— Je n'ai pas vos idées. Ni vos mœurs.

— Ecoutez, Iris, a dit Yves qui ne supporte pas ce genre de scène, vous êtes fatiguée et je vais vous ramener à bord si vous voulez bien. Vous vous couchez avec un bon somnifère et vous verrez que demain tout ira mieux.

— C'est ça, on couche Mémé et puis on retourne s'amuser. Vous êtes tous des salauds, dit Iris qui s'assit par terre dans le jardin de Zizi et se mit à pleurer.

— Vous êtes sûre que vous ne voulez pas que je vous raccompagne? a répété Yves du ton glacial qu'il prend quand on ne se conduit pas comme il le souhaiterait, sans égard pour les motifs.

— Je suis sûre que je ne veux plus de cette putain sur mon bateau, a crié Iris. Et je ne veux plus rester dans cette île de putains.

— Dans ces conditions, nous descendrons tous ici, dit Yves. Moi je tiens à terminer mon film. Pour la dernière fois, vous voulez que je vous reconduise, Iris?

Il disait ces mots d'un air si féroce qu'on aurait cru qu'il proposait de la fusiller.

— Oui, ramenez-moi, a dit Iris d'une voix d'enfant. Et empêchez-moi de boire tant de punch, ça me fait voir la vérité de trop près.

Elle s'accrocha comme une noyée au bras d'Yves. Dans le faré de Zizi les filles heureuses continuaient à chanter dans leur douce langue pleine de voyelles :

> *Te manu Pukarua*
> *E rua puka manu*

reprenant en chœur le stupéfiant refrain que les touristes mettent quelque temps à oser comprendre :

> *Hata po po po*
> *Te haua ragoût pommes de terre*
> *Hata po po po*
> *Te haua ragoût pommes de terre.*

Mardi 17 mars.

Iris est restée barricadée dans sa chambre toute la journée. Betty s'en fout. C'est une petite chose dure, ou absolue peut-être, qui estime que ce problème ne la regarde pas, qu'il concerne Alex et sa femme et qu'elle rend plutôt service à Alex en lui fournissant l'occasion de sortir d'une situation fausse qui ne rendait personne heureux. Alex est totalement égaré. Lui qui s'est toujours arrangé du flou de son existence, est atterré, ou plus exactement snobé, par la dureté de Betty qu'il semble prendre pour la pureté intransigeante de la jeu-

nesse. « C'est une jeune fille d'Anouilh », nous
répète-t-il comme pour s'excuser. Il rôde, hagard,
frappe à la porte d'Iris qui lui crie merde, s'en-
ferme avec Betty, ressort plus hagard encore, au
milieu d'une horde de Tahitiennes qui vont et
viennent sur le *Moana* comme chez elles, très
curieuses de ce drame entre Popaas qu'elles n'arrivent pas à prendre au sérieux. On en trouve partout : au bar, dans les chambres où elles essaient
nos colliers avec ravissement, dans le salon à chanter ou à raconter comment Un tel fait l'amourrr,
dans les lits aussi, à danser.

Nous avons dîné à terre, chez le Matou cette
fois et Faréhau a dansé le tamouré admirablement
et puis toutes les filles se sont assises l'une derrière
l'autre sur la plage dans la nuit pour mimer un très
beau chant qui rappelait le temps des navigations
héroïques des Maoris. Et puis la guitare toute la
nuit et bien sûr Hata po po po, Ragoût pommes de
terre.

Quand je suis passée vers 2 heures du matin dans
le couloir devant sa cabine, Iris devait me guetter
car elle m'a appelée. Elle semblait plus calme.
Elle était couverte d'une triple couche de crème de
nuit qui la rassurait momentanément : tout le
temps que la crème travaillait, elle avait un répit,
le processus de vieillissement était stoppé. Du
moins la notice le disait. Trois valises étaient sor-
ties de l'armoire.

— Assieds-toi là, m'a-t-elle dit en me montrant
son lit. Je te tutoie, tu permets? J'en ai besoin.

Elle portait une chemise de nuit de nylon mauve avec des frou-frous. C'est méchant, le nylon. On voyait le départ de ses seins lourds. Un départ, vraiment : ça s'en allait vers le bas. Deux rides de chaque côté de la bouche. Ses beaux cheveux fous; ses mains maigres avec trop de bagues; ses yeux bruns tragiques; et petite et vulnérable avec tout cet argent qui la laissait misérable. Après tout, Alex n'avait que quatre poils gris sur son torse maigre. C'est triste aussi quatre poils gris. Et des veines bombées sur le mollet gauche; et d'épaisses dents étroites et serrées comme celles qu'on trouve encore collées à des mâchoires d'âne sur les plages parfois... mais celles d'Alex étaient marron et jaune à cause de la nicotine et un dentiste facétieux, qui avait dû commencer comme forgeron, avait laissé traîner sur sa devanture des crochets, des plaques de doublage et des plombages qui faisaient ressembler sa bouche à un dépôt de métaux non ferreux. Heureusement, il riait peu et étroitement. Pourquoi tous ces stigmates n'avaient-ils aucune importance chez lui?

— Tu vois, j'ai décidé de foutre le camp, dit-elle en indiquant ses valises. J'ai retenu une place dans l'hydravion pour demain. J'irai à New York chez ma sœur.

— Cela ne vous fait pas peur de laisser Alex... comme ça?

— De laisser Alex et Betty, tu veux dire? Si, ça me fait peur, affreusement. Moins que de rester là à les regarder. Qu'est-ce que tu veux que je

fasse? Leur ouvrir mon lit? Et si vous me quittiez
tous, tu m'imagines sur ce bateau toute seule en
face d'Alex? D'ailleurs Alex ne resterait pas avec
moi, je le sais. Quand un homme comme lui devient
idiot...

Elle déplaça ses oreillers pour que je ne remarque pas son envie de pleurer et alluma une ciga-
rette.

— Non, si j'ai une seule chance qu'il revienne,
c'est à condition de disparaître tout de suite. De
ne pas lui donner de raisons de me quitter. Et si
je reste, tu me connais, je lui en donnerai. Tu ne
penses pas que j'ai raison?

Je le pensais, oui, mais avoir raison, à quoi cela
la menait? A se faire abandonner, tout comme si
elle avait tort, en gagnant trois mois au maximum.
Mais Alex l'abandonnerait. Sauf si Betty mourait
ou le laissait tomber, il n'aurait, il n'avait qu'une
hâte : sortir de son existence qui lui semblait maintenant une prison et saisir cette jeune fille aux cheveux pour plonger en elle, pour boire sa vie. Iris
voulait partir sans mettre personne au courant, ne
pouvant s'empêcher de garder l'espoir que le choc
de son départ frapperait Alex et l'inciterait peut-
être à la rejoindre à New York. Même s'il n'y avait
qu'une chance sur un million.

— Ce qui me fait peur, c'est qu'Alex a toujours
tout fait sérieusement. Son coup de folie, il va le
prendre au sérieux aussi... cet imbécile, s'il croit
qu'il sera heureux avec une fille comme elle...

Elle s'abattit sur l'oreiller en sanglotant. Je me

suis forcée à lui caresser les cheveux en disant des choses auxquelles je ne croyais pas, que ce long huis clos à bord nous avait un peu détraqués, que Tahiti est un pays qui fait oublier les valeurs et que tout cela rentrerait dans l'ordre quand nous aurions retrouvé notre décor habituel. Elle répondait : « Tu crois? », toute prête, comme je l'avais été moi aussi, en des temps sinistres, à s'accrocher à des cordes pourries pour surnager un instant de plus.

— Mais toi, dit-elle, comment tu as fait pour supporter? Est-ce que tu as eu envie de fiche le camp quelquefois?

Eh bien non, jamais! Et je ne comprenais plus comment j'avais fait pour résister tout ce temps. Si j'avais pu me donner un conseil à froid, avec ma mentalité d'aujourd'hui, je me serais dit : « Ma vieille, ma pauvre chérie, tu vas te détruire, ce n'est pas tenable. Va-t'en, par pitié pour toi-même. » Avec l'arrière-pensée que cela obligerait Yves à se décider, en tout cas à mesurer ma place au vide que je laisserais. « J'ai reconnu mon bonheur au bruit qu'il a fait en s'en allant », dit Prévert. Il me semble aujourd'hui que ç'aurait été la solution raisonnable. Mais le raisonnable, quelle farce! Chaque malheur suscite peut-être la grâce très particulière qu'il faut pour le surmonter. Je me suis finalement adaptée le moins mal possible à l'événement puisque nous sommes toujours ensemble et heureux de l'être. Je ne pourrais plus agir aujourd'hui de la même façon : je m'admire et me

stupéfie rétrospectivement. Mais c'est peut-être autrement qu'il faudrait agir maintenant. Alors que
dire à Iris? De toute façon, on a si peu de choix.
Iris n'a pas la force de rester; elle a celle de partir.
Qu'elle aille où sont ses forces.

Je l'ai accompagnée le lendemain matin à Faaa.
L'hydravion décollait à 5 h 45 et nous avons pu
enlever les bagages et quitter le bord sans être
vues. J'avais prévenu Yves bien sûr. Je n'ai pas de
secrets pour lui, sauf les miens. Et puis j'aime bien
savoir ce qu'il pense de ces situations, même s'il
prend bien garde de ne jamais me laisser deviner
ce qu'il ferait à la place des autres. D'ailleurs le
jour venu, on ne fait jamais ce qu'on a prévu. Le
chagrin fout tout en l'air, le meilleur et le pire.

A Faaa, personne avec des colliers de fleurs.
C'était un enterrement à la sauvette et qui se faisait, comble d'amertume (après tout était-ce pire?),
par une aube si parfaite qu'elle semblait promettre
le bonheur à chacun. Iris ne pleurait pas. Elle avait
toujours adoré le drame et le coup de théâtre dont
elle était l'auteur lui faisait briller les yeux d'excita-
tation. Elle aurait voulu voir la tête d'Alex, le soir,
quand je lui annoncerais la nouvelle à dîner,
devant les autres, comme elle l'avait voulu. Tout
de même, l'argent permet de s'offrir des compen-
sations dans ces cas-là, je le lui ai fait remarquer.

— Mais tu ne veux pas comprendre que ça ne
change rien du tout, m'a-t-elle répondu. Au contraire. Personne n'a pitié des riches; on trouve ça
presque immoral qu'ils aient l'audace d'être malheu-

reux. J'aimerais mieux renoncer à ma fortune et avoir Ivan et Alex près de moi. J'ai tout perdu, moi !

— Vous pourriez aussi avoir perdu votre mari, comme la femme de Roger, et rester abandonnée, sans métier, à Levallois...

— Ne sois pas laïque et populiste, c'est un côté de toi qui m'énerve souverainement, a coupé Iris.

On appelait les passagers à destination des Samoa. Iris m'a glissé un paquet dans la main et m'a soufflé en m'embrassant :

— Tu diras à Alex que je ne lui écrirai pas la première. Il sait très bien que je n'ai pas changé, moi, et que je l'attends.

Je l'ai serrée dans mes bras. Je ne ressentais pas de vraie amitié pour cette vieille petite fille riche et moins de pitié que pour une autre, à cause de son immense fortune... c'est vrai que c'était injuste, elle avait raison. Mais je l'aimais par fraternité féminine, à cause de cette connivence que j'éprouve pour toutes celles qui ont été abandonnées depuis Bérénice et plus haut et qui ont trop cru à l'amour pour se prévoir des positions de repli.

— Je garderai un souvenir atroce de Tahiti, a-t-elle dit en me quittant.

Il y avait tout de même une couronne de tiarés : j'ai vu quelqu'un la jeter dans la mer en montant l'échelle et le lourd hydravion a décollé très lentement et la couronne flottait sur l'eau derrière lui et j'ai presque eu envie de pleurer mais c'était à cause de *Tabou,* un film qui me revenait soudain

en mémoire après tant d'années, à cause de la dernière scène seulement, j'avais oublié tout le reste,
qui m'avait laissé un souvenir déchirant, cet homme
qui nage jusqu'à mourir derrière le bateau de Tahiti
qui emporte la femme qu'il aime, et la couronne
qui flotte, toujours plus petite, pauvre symbole
des îles heureuses, qui va bientôt s'engloutir sans
laisser de traces. *Tabou!* Je l'avais vu à la Pagode.
Personne ne nageait derrière Iris. Ni fleurs ni couronnes. Dans la plus stricte intimité. Amen.

And then they were five.

CHAPITRE XIII

TAHITI : 1 040 KM², 28 000 HABITANTS

« L'art de vivre ne va pas sans le désespoir de vivre », se disait Alex en citant son auteur favori non sans une certaine complaisance, debout dans la chambre vide d'Iris. Mais le recours à cette littérature qu'il respectait et dont il escomptait de nobles effets ne parvint pas longtemps à endiguer le torrent de joie qui l'inondait : à l'heure même où Iris s'embarquait à Faaa, Alex qui n'était pas revenu à bord cette nuit-là, se réveillait auprès de Betty avec qui il venait de passer sa première nuit. Il se regarda dans la glace et ne se reconnut pas. C'était lui que Betty aimait, elle lui avait dit cette chose incroyable cette nuit même. Et lui, Alex, cinquante-deux ans, directeur de la Section africaine à l'Unesco, il venait de faire l'amour dans le sable comme un gamin! Et puis ils avaient loué une paillote à l'hôtel des Tropiques et ils avaient refait l'amour dans un lit tout au bord du Pacifique. Il se sourit dans la glace : « Eh bien, mon vieux », se dit-il à mi-voix, ne trouvant rien de mieux, dans son émoi.

Tout cela ne serait jamais arrivé à Paris avec
l'Unesco, les confrères, les voyages organisés, les
grands dîners à la maison, tout ce carcan d'habitudes souvent agréables et d'obligations pas toujours pénibles, qu'il était venu à considérer comme
le tissu habituel d'une vie quotidienne chez un
homme de son âge. « Je ne suis plus un jeune
homme », disait-il souvent, sans trop de regrets.
Il en était même arrivé à penser que la santé finalement était le plus précieux des biens. Fatale aber-
ration, réflexe de vieillard! C'était cette joie, le
plus précieux des biens. Une joie si violente et qui
en peu de temps lui était devenue si essentielle
que les considérations sur le malheur d'Iris ne pouvaient paraître que dérisoires. Je suis aussi précieux qu'elle après tout, se dit Alex, pourquoi me
sacrifier plus longtemps à une femme qui n'est pas
heureuse et à un bonheur que je me sens incapable
d'assurer? Au fond, « l'art de vivre ne va pas sans
le bonheur de vivre », conclut-il en rectifiant
Camus et, assez satisfait, il ferma derrière lui la
porte de la chambre de son ancienne femme.

Il n'avait jamais goûté encore aux joies douces-
amères de la culpabilité, de la lâcheté, à ces
moments supendus dans le temps où l'heure de
choisir et de faire du mal n'est pas encore venue,
où l'on peut jouir hypocritement en se persuadant
qu'elle ne viendra jamais et que tout s'arrangera,
alors que chaque jour, chaque joie, rend plus impossible de revenir en arrière. Tahiti l'avait aidé
dans sa mutation. C'est un peu grâce à la vocation

tahitienne pour le bonheur qu'il venait de découvrir l'égoïsme, ce vice indispensable à la santé, et l'envie aiguë de se faire plaisir remplaçait en lui pour la première fois la récompense morose que l'on est censé éprouver en se sacrifiant aux autres.

Jacques aussi venait d'accoucher d'une décision dont il portait le poids depuis des mois sans le savoir. Tahiti lui proposait un assemblage inespéré qui n'était pas loin de représenter son idéal : une société féminine enfantine, sensuelle et joyeuse qui lui assurait assez exactement le type de rapports qu'il souhaitait entretenir avec la portion femelle du genre humain; et parallèlement une fraternité de copains qui attachaient une grande importance à la forme physique, à la pêche sous-marine, à la chasse, au bateau, à la rigolade c'est-à-dire à la bringue et aux virées dans les îles sur des goélettes de fortune. On ne parvenait plus en France à bien séparer ces deux aspects. Jacques admirait Zizi, avec lequel il avait fait ses études à Paris autrefois, d'avoir su choisir tout jeune. Zizi en était à sa troisième femme, mais comme il n'était jamais marié-marié, ces liens-là n'avaient rien de pesant. Il vivait à Tahiti depuis quinze ans et l'idée de remettre onze mois sur douze un costume croisé, de rentrer manger une soupe aux légumes tous les soirs dans une salle à manger bien close, de se coucher avec un livre et bientôt des lunettes, en entrouvrant la fenêtre pour respirer de l'oxyde de carbone, de perdre son hâle, sa liberté, ses plages et de retrouver les percepteurs, les agents

de la circulation, les snobs et les intellectuelles,
lui paraissait au-dessus de ses forces. Jacques
l'écoutait raconter sa vie comme le désert reçoit
la pluie. La France était très loin mais enfin on
était tout de même sur le chemin du retour et l'angoisse commençait à s'infiltrer dans son cœur, ce
pauvre cœur qu'il ne fallait plus surmener! Il
n'avait jamais vraiment pensé au retour, par disci-
pline, se disait-il, pour ne s'occuper que de conso-
lider sa guérison. Mais ce Zizi qui lui parlait de
costumes croisés, de soupe, de salle à manger... ces
images lui faisaient mal à l'infarctus. On y penserait plus tard, beaucoup plus tard... si tout allait
bien.

C'est à Zizi qu'il s'ouvrit de son projet de rester
« quelque temps » à Tahiti comme il disait pudi-
quement. Son instinct l'avertissait que ce n'était
pas de ce côté-là qu'il trouverait une opposition
sérieuse.

— Mais, mon vieux Jacques, lui dit Zizi, c'est
enfantin! Moi j'ai un cabinet dentaire et je ne travaille pas toute la journée. Les dentistes, c'est pas
ce qui manque ici, il en arrive par tous les bateaux!
Mais toi, c'est pas pareil : je te file une partie de
ma clientèle, j'en ai trop. Je suis là depuis longtemps, tu comprends. Et tu as bien un peu d'argent,
toi?

— Mais ma femme? dit Jacques qui attendait
avec confiance le mauvais conseil de son ami.

— Qu'est-ce que tu crois? On avait tous des
femmes en France ou presque. Et pour toi, mon

vieux, c'est une question de vie ou de mort. Elle serait bien avancée, ta femme, si tu te tapais un autre infarctus au bout de trois mois!

— Je liquiderais mes actions, dit Jacques. Un immeuble à Cherbourg qui me vient de mes parents. Je laisserais tout à Patricia, bien sûr. D'ailleurs son père est riche. De ce côté-là, elle n'aura pas à s'en faire, conclut-il, l'air chafouin, en passant du conditionnel au futur.

Ils se gardèrent d'aborder les autres côtés. Ils avaient un peu bu au déjeuner, le soleil brillait pour tout le monde, et, vu de Tahiti, rien ne paraissait bien grave. Il faudrait qu'Alex explique bien à Patricia... Les enfants, il les ferait venir, ils passeraient ici les trois mois d'été, c'est ça qui les transformerait! Ils adoreraient Tahiti. Tout s'arrangeait en somme.

Et puis plus tard, eh bien on verrait. Peut-être. En attendant, tout allait changer pour lui. De la décision qu'il venait de prendre il attendait le Pérou, tout ce qu'il n'avait pas trouvé jusqu'ici, y compris cette utopie : un sens à sa vie. En tout cas, c'était une manière de mourir à son passé plus plaisante que le suicide ou une crise cardiaque.

Zizi et Jacques sortirent du restaurant chinois ravis l'un de l'autre. C'était cela, l'amitié virile, la vraie. Emilie et Terii les attendaient au Lafayette. On allait leur faire la surprise. D'un geste ample, Jacques désigna sa nouvelle patrie :

— Je crois que je ne repartirai pas avec le *Moana*, dit-il. Finalement, j'ai décidé de rester ici

un peu... on n'a pas le droit de quitter Tahiti si
vite, c'est trop beau.

— Aué! s'écria Terii, ravie.

Il parcourut des yeux son royaume et ne vit pas
qu'une île c'est aussi une prison. Il ne vit pas derrière la surface brillante l'ennui atroce que sécré-
tait cette petite ville un peu délabrée où se lisaient
la mollesse et l'insouciance d'un peuple dévitalisé.
Il regarda le corps délicieux de Terii et ne remarqua pas que son regard était vide et qu'elle ne
lui dirait jamais rien d'intelligent, et que l'intelligence lui manquerait, même chez une femme,
même à lui, un jour. Personne ne lui rappela que
Gauguin avait vécu ici des années de pauvreté et
d'amertume, persécuté par l'Administration, mé-
prisé par les Blancs et les indigènes et considéré
par tous comme le dernier des barbouilleurs. Il
ne pouvait pas savoir encore quel échec camouflé
sous la pacotille des Tropiques cachent ces Français vieillissants qui se sont laissé coincer trop
longtemps à Tahiti et qui ont perdu non pas le goût,
mais les moyens de s'en aller. Ils ne sauraient
même plus vivre ailleurs, ces vieux exilés désen-
chantés que trop de beauté a enchaînés, que trop
de facilité a détruits et ils ne constituent plus
depuis longtemps une attraction aux yeux des
Tahitiens. Ils parlent de plus en plus souvent aux
heureux qui passent en bateau de la France où
ils ne retourneront sans doute jamais car on ne
parvient pas à gagner beaucoup d'argent ici; on vit
avec peu, c'est déjà bien. Ils parlent de leur pro-

vince — « La Bourgogne, vous connaissez?...
C'est là que je passais mes vacances avec mes
parents et mes sœurs, dans une vieille maison en
pierre blonde comme elles sont là-bas... » A Tahiti,
les maisons sont en bois, en tôle ou en béton. Ils
rêvent de plus en plus souvent de l'automne, le
printemps éternel ce n'est plus le printemps, ils
rêvent de la neige, du goémon, d'une plage normande, d'une mère peut-être qui représente leur
passé. On a froid sans passé, même dans un pays
chaud. Leur Maeva, ou Théoura ou Hinano va
chercher de l'eau chaude chez le Chinois pour faire
le Nescafé; c'est fatigant d'allumer le butagaz.
C'est fatigant aussi, les gens qui ont le cafard,
c'est pas intéressant. Elles ont des bras et des
épaules splendides. Une crinière comme on n'en
voit jamais à Paris. Ni en Bourgogne. Elles sentent
toujours bon. Elles ont toujours envie de faire
l'amour. Elles ne vous embêtent pas avec les fins
de mois et ne réclament pas de machine à laver.
Mais elles s'en iront du jour au lendemain si elles
sont *fiu* ¹; elles ne vous ont jamais demandé quel
métier vous faisiez avant, quels livres vous aimiez.
Le travail, les livres, c'est pas intéressant. Vous
êtes un sexe pour elles, avec une présence autour,
n'importe quelle présence.

Le lendemain, Jacques invita Alex, Yves, Marion et Tibère à dîner, pour leur expliquer. Ils

1. Etre fiu, c'est en avoir marre, notion typiquement
tahitienne.

commandèrent des crevettes, ces délicieuses crevettes d'eau douce qui ressemblent au bouquet
breton. Il n'en restait que pour une personne,
comme d'habitude. Les Tahitiens vont en pêcher
quelques-unes à la pique pour eux, dans leurs ruis-
seaux qui en regorgent, mais jamais assez pour
approvisionner sérieusement un restaurant. Ils
ne font rien sérieusement : leurs terres, ils les
sous-louent aux Chinois, ils font récolter leur
vanille par les Chinois, exploiter leur coprah
par les Chinois. Gagner de l'argent, c'est pas
intéressant.

— Voilà, dit Jacques un peu gêné par la présence de Marion (entre hommes, certaines lâchetés
sont mieux comprises)... On me propose de rester
ici comme dentiste.

Alex ne se sentait pas en mesure de juger, il
en était encore à se demander s'il était coupable
vis-à-vis d'Iris ou s'il sortait enfin d'un trop long
esclavage.

— Après tout, si j'étais mort avec cet infarctus... dit Jacques, sautant les préliminaires.

— Patricia trouverait ça moins triste peut-être,
insinua Marion.

— Je lui ai consacré vingt ans de ma vie tout de
même.

— Elle aussi, répliqua Marion. Exactement
autant. Et ça m'étonnerait qu'elle puisse recommencer son existence, avec les cinq enfants que tu
lui laisses... D'autant plus qu'elle a le sens du
devoir. Pas de chance!

— Toutes les femmes ont le sens du devoir, c'est physiologique, dit Jacques. Et ce n'est pas toujours admirable : c'est souvent parce qu'elles sont incapables de s'imaginer ailleurs, incapables d'évasion.

— Eh bien voilà la preuve que tu es un vrai homme, toi, dit Marion. Comment tu vas lui annoncer la nouvelle?

— Y a pas le feu, dit Jacques. Je vais d'abord lui écrire que je ne continue pas avec vous parce que le bateau me fatigue et que je reste un peu à Tahiti. Et puis après, j'aurai le temps de voir. Je sais seulement que pour l'instant, c'est au-dessus de mes forces de rentrer.

— Espérons qu'elle n'aura pas trop d'imagination, Patricia, dit Yves.

— Au fond, sincèrement, qu'est-ce que vous pensez de ma conduite, comme on dit? Marion, je ne te demande pas, je sais. En plus je suis sûr qu'au fond de toi, tu m'approuves? C'est vrai ou non?

— Hélas, dit Marion.

— Mais vous autres?

— Qu'est-ce que tu veux qu'on te dise? C'est toi seul qui as les éléments d'appréciation, répondit Yves. Et puis c'est toi qui as failli mourir. Qu'est-ce que nous pouvons savoir, nous, de ce que cela fait à un homme?

— C'est vrai, dit Alex. Yves a raison. Et moi je suis aussi paumé que toi en ce moment. J'ai perdu Ivan, je suis en train de perdre Iris, est-ce entièrement de ma faute? J'ai l'impression que la fuite au paradis, c'est plus qu'une solution à des problèmes, c'est peut-être une nécessité, une fatalité dans la vie d'un homme.

— Est-ce qu'on a le droit de vous faire assumer toute votre vie un choix qu'on a fait à vingt ans? demanda Jacques à qui la situation personnelle d'Alex apportait un appui inattendu. Même les condamnés à perpétuité sont libérés au bout d'un certain nombre d'années...

— L'ennui, dit Marion qui se sentait tenue de faire entendre les arguments de la défense, c'est que tu n'es pas libéré : tu t'évades! Ta question devient : Est-ce qu'on a le droit de se sauver comme un voleur d'une prison qu'on a aimée, ou fait semblant d'aimer, pendant vingt ans?

— C'est une question de vie ou de mort, dit Jacques. Je ne peux plus. Même si je rentrais, je foutrais tout en l'air.

— Je crois que personne ici ne songe à te dire : rentre, c'est ton devoir. Qui a toujours fait son devoir à cette table? dit Marion en souriant plus particulièrement à Yves. Personne, heureusement.

— Quand il s'agit de vivre ensemble, le devoir..., dit Alex.

Jacques entoura de son bras les épaules de son ami. D'avoir tout dit, tout décidé, le soulageait d'un poids énorme, comme le lycéen qui a décidé de sécher son examen, une fois qu'il a jeté son cartable à l'eau.

— Tu vas bien me manquer, lui dit Alex. Ce

n'est pas non plus toujours facile de changer de cap...

— Mon pauvre Jacques, dit Tibère, ça va être dur pour toi.

— Imbécile, lui répondit Jacques en le bourrant de coups de poing. Et si on allait se baigner maintenant, Zizi nous attend.

Il se sentait merveilleusement léger tout à coup. Toute trace de son infarctus avait disparu. Il était redevenu comme avant mais il savait maintenant comment on peut mourir, bêtement. Il ne mourrait plus, à une condition : maintenir ces 10 000 kilomètres d'eau de mer entre lui et sa vie antérieure.

Le jeudi 19 mars il faisait gris comme à Ostende et Yves, qui avait terminé toutes les scènes d'intérieur, ne pouvait pas tourner à la Léproserie d'Orofara comme prévu. Jacques courait toute l'île à la recherche d'un faré à louer. Il avait bien trouvé un petit appartement à Papeete mais son évasion ne lui paraîtrait vraiment justifiée que s'il s'installait dans une case de palmes. Tibère manœuvrait à Papeete; on ne voyait plus Alex et Betty. Yves et Marion se retrouvaient seuls pour la première fois peut-être depuis le départ. Ils décidèrent de passer la journée à Moorea.

C'était bon de redécouvrir qu'ils étaient bien ensemble, de parler des choses qu'ils aimaient. Pour la première fois depuis bien longtemps, le passé semblait relâcher son étreinte. Pourtant, c'était plein de Yangs ici, les épiciers chinois ayant effacé beaucoup d'ardoises familiales en échange de quelques livres de jeune chair tahitienne. Mais quelle importance, se disait Marion? La vie, c'est comme la culture : l'essentiel c'est ce qui reste quand on a vécu. Et ils vivaient ensemble, tous les deux, sachant très bien ce qu'ils aimaient en l'autre, sans toujours l'approuver, et ce qui les horrifierait jusqu'à la fin des temps. Mais jamais l'indifférence. Jamais non plus l'accord total, qu'on n'entend plus à la longue tant il est parfait. C'est à une certaine violence faite à ses goûts, à certaine dissolution de sa personnalité devant l'autre, qu'elle reconnaissait l'amour. Yves, lui, ne savait pas ce qu'était l'amour. Il ne l'avait jamais su. Il se révulsait à l'idée d'être coincé, fût-ce par un sentiment, surtout par un sentiment. Ces êtres-là ne se rendent pas compte, pauvres lévriers, qu'en vivant un peu longuement avec la même femme, elle entre peu à peu dans leur paysage le plus intime, dans leurs fibres, dans leur passé, et qu'elle devient ainsi inséparable d'eux-mêmes sans qu'ils s'en aperçoivent. Au bout d'un nombre d'années suffisant, ils sont organiquement incapables de se défaire d'elles sans se détruire. Elle est tissée à leur vie, comme une laine d'une autre couleur qu'on a tricotée avec la vraie sans trop y prendre garde et qu'on ne peut plus séparer sous peine de démolir tout l'ouvrage. Il y avait une couleur Yang sur une portion de l'ouvrage d'Yves. Puis le

fil avait manqué. Celui de Marion courait avant,
pendant, après, volubilis interminable qu'Yves
continuait à tricoter à sa vie. Le plus difficile était
de passer les quinze premières années sans avoir la
sécurité de l'emploi.

— Est-ce que tu es tenté une seconde de faire
comme Jacques? lui demanda Marion.

— Je suis tenté par tout, tu le sais bien. J'ai été
tenté de faire comme Ivan aussi.

— C'est triste, non, de savoir qu'on résistera à
ses tentations?

— Ce n'est pas exaltant... mais je sais parfaitement ce que mon attitude a d'infantile et même
d'illusoire à la limite. Je suppose que c'est la tentation qui me plaît en elle-même, le principe de la
tentation. D'ailleurs Jacques n'a pas cédé à une
tentation, il a obéi à un besoin irrépressible. Sinon,
je crois vraiment qu'il serait mort. Vraiment.

— Dans un cas comme celui-là, tu céderais?
Je ne voudrais pas vivre avec un mort.

— Nous avons bien vécu avec une morte, dit
Yves.

C'était la première fois qu'il plaisantait sur ce
sujet. Eux qui avaient tant ironisé du vivant de
Yang sur l'adultère, avaient cessé toute allusion
depuis son suicide. Elle s'enhardit à demander :

— Les morts finissent par couler, non...

— Oui, mon chéri, dit Yves. Heureusement.

Elle ne savait jamais quoi répondre quand Yves
laissait échapper sa vérité. Elle plongea le nez dans
son verre de jus de fruit. La pudeur des âmes est

bien plus insurmontable souvent que celle des corps.

— Au fond, c'est assez bien que tu restes un peu à Tahiti tout seul... Ce serait idiot que tu sois le seul à ne pas profiter de cette île sous prétexte que tu y as emmené ta femme!

— Il ne te vient jamais à l'esprit que je n'en profite pas parce que je t'aime?

— Non, répondit spontanément Marion, je cherche toujours d'autres raisons.

Elle prit soudain conscience qu'effectivement elle n'avait jamais admis qu'Yves pût l'aimer suffisamment pour modifier sa conduite.

— C'est agréable en somme de t'aimer, dit Yves. Tu ne t'aperçois de rien!

— Si, dit Marion en posant sa main sur celle d'Yves. Si... mais explique-moi : si je n'étais pas là, tu m'aimerais tout autant mais tu ferais l'amour avec des Tahitiennes?

— Parfaitement, dit Yves. Je ne suis pas un obsédé sexuel, mais si tu n'étais pas là, je ne vois pas au nom de quoi j'irais me coucher tout seul. Ni quel bien ça te ferait. Et je maintiens que je t'aimerais tout autant. Mais ça je sais que tu ne l'admettras jamais.

— Ça t'ennuie? demanda Marion.

— Dans la mesure où ça t'empêche d'être heureuse avec moi, oui.

— Il ne faut pas que ça t'ennuie, mon tané, dit Marion. J'ai besoin que tu ne sois pas comme je voudrais. J'ai l'impression que si tu étais conforme à mes rêves sur tous les plans, ça ne m'amuserait plus de t'aimer.

— Et ça t'amuse encore? dit Yves. C'est une bonne chose à entendre. Mais je ne te vois pas tellement rire...

— Il y a de mauvais moments, forcément. Mais il en faut... enfin, on dit ça après. Si je t'aime au bout de vingt ans, c'est parce que tu m'énerves encore! Et c'est la même chose pour ton physique. J'aime bien que tu aies toujours quelque chose qui cloche, que tu n'aies pas l'air d'un playboy sortant de chez Dorian Guy. Ça me plaît que tu t'achètes une veste ridiculement chère mais que tu gardes tes chaussures percées. Tu vois, le genre Tibère... je hais. Mais enfin tout cela n'est valable que pour moi; je sais que toi tu as horreur que je ne sois pas comme tu voudrais.

— C'est-à-dire que je me suis fait à tort ou à raison une certaine idée de toi, et que je n'aime pas me tromper. Je n'ai aucune envie de commettre une deuxième erreur à ton sujet.

Ils parlaient ainsi, à la légère de choses sérieuses, presque absents d'eux-mêmes, parce qu'ils se trouvaient au milieu du Pacifique, assis à la suite de quel invraisemblable enchaînement de hasards sous les cocotiers de l'unique et splendide hôtel de Moorea, au bord d'un lagon vert. Ils levèrent les yeux d'eux-mêmes.

— Dans une semaine, je serai à Paris, dit Marion. Je n'y crois pas une seconde.

Le patron s'approcha d'eux avec le menu. Il

n'y avait que deux autres clients sur la terrasse, deux Américains. Yves repoussa son verre et prit le menu. Il ne proposait pas de poisson frais mais seulement des conserves importées de Nouvelle-Zélande; pourtant on voyait des indigènes en pirogue pêcher à quelques dizaines de mètres, dans la baie limpide.

— Ils ne pêchent que pour leurs propres besoins, dit le patron. Quand ils ont pris un poisson pour la famille, ils s'arrêtent et ils rentrent. Ils n'ont pas envie d'argent, ils trouvent qu'ils le paient trop cher!

Mais les premiers touristes américains commençaient à arriver, en vols compacts. On allait construire, paraît-il, des hôtels, des tours comme celles qu'ils avaient l'habitude de trouver un peu partout. L'argent finirait bien par contaminer les Tahitiens. Et l'étonnant équilibre qui s'était établi par une sorte de miracle entre les autorités françaises et ce qui restait de l'âme maorie allait être balayé, et Tahiti mourir pour la deuxième fois. Un certain j'm'enfichisme français, le goût de l'amour, une gauloiserie aux antipodes du puritanisme anglais, avaient tout de même abouti à ce tour de force : dégénérée, vulgarisée, soigneusement vidée de son contenu religieux et traditionnel, ses monuments détruits et ses temples rasés par des missionnaires trop fervents, artistiquement morte, Tahiti restait pourtant la seule île du Pacifique où subsistaient encore un peu de la magie, de la force, de la profonde originalité de mœurs qui frappèrent tant les

navigateurs qui la découvrirent, si tard par
bonheur pour elle, une des dernières terres où la
civilisation de l'Occident allait appesantir sa griffe.
Un peu de ce charme qui terrifia Cook lorsqu'il
débarqua à la pointe Vénus et qu'il crut exorciser
en baptisant l'île : George III. De ce charme qui
enchanta Bougainville qui crut aussi la découvrir,
trois mois plus tard; mais il l'appela, lui, la Nouvelle-Cythère, inaugurant le mariage d'amour que
les Français allaient conclure avec la Perle du Pacifique.

— Nous assistons aux dernières années de
Tahiti, dit Yves. Je suis content que nous l'ayons
vue ensemble.

— Tu as remarqué ce que j'ai reçu ce matin?
dit Marion en levant le bras. C'est Iris, pauvre Iris,
qui l'avait commandé à un artisan de Papeete.

Elle lui tendit un bracelet d'or auquel était suspendu un long Tiki de nacre, ce dieu polynésien
au visage de crapaud, ultime vestige de l'ancienne
et puissante religion.

— Tu en verras aux Marquises, des Tikis. J'aimerais que tu nous en rapportes un grand, en
pierre, si tu peux.

— Je ne sais pas si on s'arrêtera aux Marquises
finalement. Sans Jacques, sans Iris, sans toi... ça
va plutôt être triste à bord. On ira aux Galapagos
bien sûr pour la fin du film; et puis on laissera le
bateau à Panama et on rentrera par avion.

Le dimanche 22 mars à 5 heures du matin, Yves accompagna sa femme à Faaa. La saison des pluies était bien finie maintenant et l'on découvrait enfin jusqu'à leurs sommets les 2 500 mètres de montagne en dents de scie qui surplombent Papeete et qui semblent avoir accouché d'innombrables montagnettes qui leur grimpent le long des flancs. L'hydravion paraissait énorme et mafflu avec ses deux étages et ses toutes petites ailes.

— J'aurais préféré l'inverse! remarqua Marion. Enfin, ces gens n'ont pas l'air de gens qui vont mourir... Ça se verrait! Tout de même, j'ai 12 000 km à faire en avion...

— Tu n'auras pas de roulis, réjouis-toi.

Cinq heures du matin est une mauvaise heure pour partir en beauté : l'aube n'est pas propice aux attendrissements. D'ailleurs Yves restait seul à Tahiti... Marion ne perdait pas de vue ce détail.

— Tu n'oublieras pas nos coquillages surtout, dit-elle, ni les nacres. Elles sont chez Zizi.

— Non, mon chéri, je n'oublierai rien à Tahiti. Même pas toi.

— Je connais ta façon de ne pas oublier, dit Marion en riant.

— Mais figure-toi que j'ai peur d'avoir beaucoup changé... je suis bien ennuyé.

— Ne t'inquiète pas, va. Faréhau m'a promis de se charger de toi; elle a des troupes résolues et bien entraînées : tu n'auras pas à lever le petit doigt.

Ils se quittèrent en riant. Seule un peu de brume

dans le regard de Marion l'empêcha de voir celle du regard d'Yves.

— Et n'oublie pas, cria Marion, pas de romantisme :

> *Hata po po po*
> *Ragoût pommes de terre!*

L'hydravion décolla dans une gerbe d'eau. De là-haut Tahiti et Moorea paraissaient plus belles encore, serties dans leurs lagons vert jade bordés d'écume blanche, que coupaient de place en place des passes d'un bleu profond. Minuscule dépositaire de tant de rêves, trop grands pour elle, la Nouvelle-Cythère, la patrie de Jacques, devint bientôt un point vert dans l'océan Pacifique.

CHAPITRE XIV

LE CAHIER GALLIA

Il avait fallu quatre mois de navigation pour joindre Toulon à Tahiti et il me faudra trente-six heures, non compris les escales, pour rallier la côte Est de l'Amérique. J'ai l'impression d'avoir quitté mon couvent et d'être lâchée toute seule dans le siècle. Temps couvert. L'hydravion vole bas, mais il vole, vieux bourdon fatigué qui devrait être à la casse depuis longtemps comme toutes les goélettes percées qui emmènent les Tahitiens dans les îles. Les Tikis veillent sans doute. Les bouches d'air soufflent une bise glaciale et je m'emmitoufle comme un colibri malade.

A midi, amerrissage dans l'immense lagon d'Aïtutaki, semé l'îlots. Il tombe une belle averse chaude mais comme c'est mon dernier bain Paci-fique, je m'engloutis avec une nostalgie anticipée dans cette eau unique. Pendant une heure tous les huit jours, la plage d'Aïtutaki est ainsi envahie par soixante-quatre passagers en majorité américains. Dès que l'appareil est annoncé, une Maorie en

paréo s'avance sur la jetée, dénoue ses cheveux
et s'assied au bord de l'eau avec son ukulele. Les
touristes, dociles, s'attroupent pour la photographier. Des cocotiers trapus poussent à même le
sable très blanc. Mes cocotiers que je ne verrai
plus! L'eau du lagon est plus bleue que l'aigue-
marine comme celle de tous les lagons. Que foutent
ces soixante-quatre voyageurs déguisés en touristes du Pacifique, qui s'abattent chaque semaine
sur cette île si pure? Que fout sur l'eau transparente ce machin en fer entre les pirogues à balan-
cier, sur les ailes duquel s'activent une dizaine
d'hommes que l'on souhaite spécialisés?

Après une collation de Snack International, on
nous pousse à nouveau dans le machin en fer et
l'atoll est débarrassé pour une semaine de sa vermine occidentale.

Nous sommes arrivés dans la soirée aux Samoa
et tout de suite j'ai reniflé le Pacifique anglais :
cases rondes impeccablement rangées, toutes semblables comme dans les villages d'Angleterre, cultures bien entretenues, une église au km², appar-
tenant chaque fois à une secte différente, luxe,
calme et peu de volupté. Il pleuvait encore une
fois. Yves prétend que je ferais pleuvoir dans le
désert de Gobi.

Nuit au White Horse Inn, à Apia, cloisons des
chambres à mi-hauteur où l'on entend vivre le
voisin. D'un côté de mon box une famille tahitienne
a joué de la guitare toute la nuit. De l'autre une
jeune fille pleure à gros sanglots : les adventistes

l'envoient loin de son île étudier l'anglais en Australie. Si elle savait...

A la table d'hôte, le soir, les Américains se sont régalés : soupe au fruit de l'arbre à pain; rôti de bœuf de Nouvelle-Zélande, gris foncé; purée à l'eau; six petits pois anglais, inévitables; fruit chaud de l'arbre à pain et pudding au pain.

Tout au long des 45 km de route qui séparent Apia de l'aéroport, les Américains s'intéressent : « Combien d'habitants par village?... Combien de villages dans toute l'île?... Combien gagnent les indigènes?... Le chef est-il *a nice man?*... *Ah, good* », répondent-ils avec un soulagement sincère si on leur répond qu'il est *very nice*. Gentiment curieux de la vie de leurs voisins ils me demandent d'interroger en français la jeune fille tahitienne qui pleure, de lui demander pourquoi elle a du chagrin et s'ils peuvent l'aider.

L'hydravion de la TEAL a un avantage : il vole très bas et l'on découvre que ce coin du Pacifique ressemble aux Champs-Elysées. Après le magnifique îlot Palmerston aux formes carrées, les Samoa, l'archipel des Explorateurs, on survole sans cesse des atolls qui ne sont que des ronds blancs dans le bleu, presque tous déserts, puis ce sont les trois cents Fidji. On dirait qu'une main a balancé d'un seul geste cette traînée d'îles qui ressemble à une Voie lactée dans la mer. A Nandi, changement d'avion : on s'approche des pays civilisés et la QANTAS relaie la TEAL.

Escale encore à Canton Island à 5 heures du

matin dans les îles Phénix, cette fois! J'ai écrit
une carte à Yves mais elle porte bizarrement le
timbre des îles Gilbert, et comme de toute façon
nous venons de repasser la ligne internationale de
changement de date et que l'Océanie est découpée
en myriades d'îles qui appartiennent à tous les
pays du monde, j'ai totalement renoncé à comprendre comment les nations se sont partagé ces
merveilleuses billes. D'ailleurs Canton Island est à
peine une île, plutôt une abstraction, une création
incroyable, un atoll décharné où ne pousse pas
même un cocotier mais où les hommes ont réussi
à implanter un aéroport. Ici, il n'y a pas un dé à
coudre de terre, nous dit fièrement l'hôtesse en
nous engageant à faire quelques pas sur les coraux
pour nous délasser. Pas un indigène, pas une maison, mais un aéroport tout seul, posé au ras de
l'eau.

Cette vision dantesque marquait la fin de
l'Océanie, la vraie, la dernière poignée d'îles polynésiennes étant tombée dans le Nord, beaucoup
trop près des Etats-Unis pour ne pas être améri-
canisée jusqu'au dernier requin. Dans ces îles
Hawaï, trois heures de repos étaient prévues, au
Reef Hotel, à Waikiki Beach : chambres luxueuses,
terrasses largement ouvertes sur une mer colorée
au bleu de méthylène, plage de 25 km où poussaient des milliers de parasols multicolores. L'as-
censeur distillait à la fois une musique douce et du
parfum désinfectant. Dans le hall gigantesque,
on vendait des jupes hawaïennes en paille synthé-

tique, des colliers de tiarés artificiels artificielle-
ment parfumés, des coquillages recolorés, des guitares hawaïennes par centaines de milliers à vous
dégoûter du ragoût-pommes-de-terre.

— *Pretty, hey?* dit un grand gaillard derrière
moi, visiblement ravi d'être américain. Je me suis
retournée : il avait quelques cheveux gris, des yeux
très clairs, de belles dents, un beau costume en
coton non doublé, tout était beau en lui y compris
son air heureux; on ne pouvait que rendre son sourire à ce garçon-là, même si l'on était française,
timide de naissance et que l'on avait perdu la certitude de ses vingt ans.

— *Handmade,* ajouta-t-il d'un ton émerveillé
en m'indiquant les colliers de coquillages recolorés,
comme si la main humaine fût devenue un instru-
ment inouï dont on avait perdu l'usage.

Il se trouvait dans le même avion que moi depuis
les Fidji, ajouta-t-il et son nom était Bing. Il allait
à Los Angeles par San Francisco et moi aussi, il
l'avait vu sur les listes car il travaillait à la compagnie d'aviation QANTAS. J'allais même jusqu'à
Paris? *Wonderful!* Parisienne, alors? dit-il goulû-
ment, l'air ébloui. J'aurais pu avoir cent ans.
Comme je ne les avais pas tout à fait j'ai accepté
de prendre un ice-cream avec Bing.

C'était un personnage de télévision *made in
USA* : une démarche de Ranger, un corps dense et
fort, des chevilles un peu lourdes et des trous
d'acné dans sa nuque brune. Un animal superbe,
eût dit Iris. Au fond, c'est l'Amérique qui est un

Tahiti pour les femmes. Malheureusement ici les
Américaines ne restent pas cachées dans leurs
cases. Combien de temps durerait ce prestige des
Françaises? Toujours aussi longtemps que moi. En
attendant, Bing portait mes valises et discutait
avec sa compagnie pour m'obtenir une place de
première avec mon billet de touriste. La nuit suivante, grâce à lui, j'ai pu enfin allonger mes
jambes, basculer mon siège et dormir après quatre
journées de méridiens en folie et de fuseaux horaires
bégayants.

San Francisco, pour moi, c'était Jeannette Mac
Donald et sa luette qu'on voyait quand elle chantait, avant le tremblement de terre. Mais je ne
l'ai pas dit à Bing pour qu'il ne puisse pas se faire
une idée de mon âge. Je me sentais en forme et
mes rides ne s'étaient pas trop creusées pendant
ces six mois d'inaction... Il a loué une immense
Chevrolet mauve avec des ailerons plus longs que
ceux de l'hydravion de Tahiti et nous avons visité
San Francisco. Puis il m'a emmenée au Bob's Inn,
un restaurant que j'aimerais sûrement, dit cet
homme qui ne semblait douter de rien, à cause de
l' « ambiance parisienne ». Il y faisait si noir en
plein midi qu'on pouvait à peine déchiffrer le
menu. C'était d'ailleurs préférable et j'ai dit à Bing
de me choisir des choses typiques et surtout pas
parisiennes.

— *That's a good girl!* a-t-il dit avec un bon sourire.

Je me sentais sa grand-mère au moins avec mes

dix siècles d'histoire sur le dos et mes dix années
de plus et il m'appelait *good girl!* C'était plaisant.

Quand nous sommes sortis, il pleuvait à torrents.
Je n'oserai pas écrire ça à Yves. Il faudra tout de
même essayer le désert de Gobi un jour. Je voulais
rentrer à l'hôtel pour dormir. Parfaitement. En
traversant la ville, nous sommes passés devant un
asile de nuit à la porte duquel était placardé un
immense écriteau : *When have you last written to
mother?* Qui oserait poser cette question en France
à un clochard de l'Armée du Salut sans la crainte
de déclencher un rire homérique?

Ma chambre s'ouvrait sur le plus beau paysage
du monde, un de plus, mais noyé de pluie. J'y
disposais d'une radio et d'une télévision. D'un
homme aussi si je voulais, je n'avais, m'a-t-il dit,
qu'à appuyer sur un bouton placé sur ma table de
chevet. Comme j'étais à 10 000 km de Paris, ma
bonne distance, et une distance que je ne retrou-
verais pas de sitôt, j'ai appuyé, et Bing est sorti
d'une trappe, tout prêt et souriant. Il n'a pas dit :
That's a good girl!, mais il le pensait visiblement.
Yves? Dans ton langage, être une *good girl* signi-
fie : « Tu es une civilisée », n'est-ce pas? Je vais
faire l'amour comme une Tahitienne, tu vois, c'est
contagieux; ou plus simplement comme un homme.
J'ai fait des progrès, tu ne trouves pas? Je commence à savoir vivre. Mais je ne te le dirai pas.
Tu ne reviens que dans deux mois, j'aurai oublié.
Et puis il arrive parfois des accidents, même aux
gens pourris de civilisation, comme toi. Et je ne

veux pas qu'il t'arrive d'accident. Nous avons pris
assez de risques.

Une des quatorze chaînes de télévision diffusait un western... du bon usage des western! C'est
le meilleur que j'aie jamais vu! Je tenais dans mes
bras un de ces faux aventuriers qui pullulent sur
leurs écrans, la démarche chaloupée, les jambes un
peu écartées par l'usage du cheval, l'œil pâle
comme les grands espaces qu'il est censé refléter,
avec au ventre un désir de plein vent et de petite
durée pour une de ces poupées qui ne comprendront
dront jamais rien à l'honneur d'être un homme.
Exquis malentendu!

Nous sommes restés ensemble jusqu'au lendemain... Du bon usage de San Francisco.

Maintenant quand on me parlera de cette ville,
ce n'est plus à Jeannette Mac Donald que je pen-
serai d'abord, mais il suffira d'une légère distrac-
tion pour que je réponde aux amis :

— Ah oui, San Francisco, je connais bien.
Superbe animal!

CHAPITRE XV

PARIS-KERVINIEC : 543 KM

> « Tout est beau. Il faut parler d'un
> cochon comme d'une fleur. »
> JULES RENARD.

Les trains de Bretagne sont plus trains que les
autres. Le contingent d'émigrants qu'ils déversent
chaque jour à Montparnasse depuis un siècle a fait
des rues avoisinantes une sorte d'avant-poste breton. C'est de là seulement qu'on part vraiment
pour l'exil.

La SNCF a jugé superflu de mettre des wagons-
lits sur le Paris-Quimper, sauf en juillet et en
août pour les voyageurs qui ne sont pas des Bretons
justement. Elle a prévu quelques compartiments
de couchettes, mais surtout des places assises qui
ne sont pas faites pour les chiens. Ces gens-là ne
savent pas encore dépenser pour leur bien-être
et du moment qu'ils arrivent où ils veulent aller, la
fatigue chez eux n'entre pas en ligne de compte.

Dans d'autres milieux on dit la même chose et ça
veut dire juste le contraire : « La santé, ça n'a pas
de prix. » Iris le disait souvent.

On trouve toujours une coiffe dans un train de
Bretagne, au moins une. Cette fois, c'est une bigou-
denne. Celle-là ne pourra pas envisager de s'allonger ou même d'appuyer sa tête. C'est impossible
à défaire, une coiffe, dans un compartiment. Elle
restera droite toute la nuit, fidèle et digne, ne se
rendant pas compte qu'elle représente un phénomène hautement improbable, le dernier bastion
européen de la résistance à la mode, à la publicité,
aux journaux féminins, à l'esprit pratique, au
besoin d'être comme tout le monde. Avec quelques-
unes elle continue imperturbablement à témoigner
pour une paroisse, symbolisée par cet échafau-
dage très précis de dentelle et de ruban, qu'elle a
porté tous les jours de sa vie d'adulte. Même les
religieuses ont renoncé à leurs cornettes sous la
poussée d'un siècle fonctionnel. Pas ces Bretonnes.
Mais elles sont toutes vieilles désormais, imper-
méabilisées par l'âge, inaccessibles au désir de
plaire. A quoi bon changer quand « on est pour
mourir »? Celles qui, pour des raisons d'argent,
abandonnent finalement la coiffe n'osent pas aller
jusqu'à supprimer le petit chignon qui servait à
l'épingler. Sur leurs têtes, on en devine encore le
fantôme.

Le compartiment où s'installe Marion est plein
comme d'habitude. Toute l'année c'est plein parce
qu'il y a tant de Bretons dehors et tant de familles

dedans. Un couple de vieux paysans occupent les couchettes du bas. Ils sont déjà en train de manger des choses qu'ils sortent d'un grand mouchoir à carreaux violets : ils ont toujours peur de manquer quand ils quittent leurs fermes et se méfient des nourritures qu'on fait là-bas! Ça bouge mal, un paysan dans un espace réduit, c'est raide. Au repos, tandis que l'homme mâche soigneusement, ses mains reposent sur ses genoux, à demi fermées, conservant en creux la forme du manche de ses outils. Dès qu'ils ont fini, la femme rassemble les croûtons et le pâté qui reste, nettoie les miettes et fait le ménage comme tous les jours de son existence depuis qu'elle a six ou sept ans.

En haut, il y a une autre dame et deux hommes d'une génération plus jeune que les paysans. Ils ressemblent à tout le monde. Quelqu'un éteint tout de suite la lumière. On ne lit pas beaucoup dans ces trains-là, c'est pourquoi la SNCF a négligé d'installer les éclairages individuels qu'on trouve sur les autres lignes et de moderniser les wagons. Sur le Paris-Quimper, on finit le vieux matériel. Puisque c'est toujours plein de toute façon! D'ailleurs quand on s'est payé une couchette c'est pour dormir, non? Quelqu'un demande :

— A quelle heure donc qu'on arrive à Rosporden?

Et Marion sourit intérieurement : elle est au pays, de retour.

La couchette intermédiaire est la plus inconfortable. La couverture de cheval sent le suint et quelqu'un a entrebâillé la vitre, ce qui fait battre le store au vent froid de la nuit. A cette heure, Yves navigue vers les Marquises sur un navire de haut bord, à travers un océan prestigieux, et elle s'en va en brinquebalant vers Quimper Corentin « où le sort vous envoie quand il veut qu'on enrage... »

L'oreiller dur, la couverture, la station allongée, en un mot la couchette, lui coûtent 1 400 F. Après ces cinq mois vécus dans un étrange détachement, tous les frais étant pris en charge par la production du film, elle a retrouvé le prix des choses et cela donne à nouveau du prix aux choses. Le langage a l'intuition des vérités profondes.

Depuis toujours les trains de Bretagne arrivent à destination bien avant l'aurore pour d'obscures raisons parmi lesquelles ne figure jamais l'avantage ou le confort du voyageur. Il bruine ce jour-là, comme beaucoup d'autres, à Quimperlé. Sur la place de la Gare trône toujours l'édicule Hommes-Femmes, précédé d'un labyrinthe destiné à trier non seulement les sexes mais encore les clients pour le liquide ou pour le solide, les premiers n'ayant pas droit à la station assise. En France, pour des raisons parmi lesquelles ne figure pas non plus le confort de l'usager, on reste obstinément attaché à ces turqueries où les hommes éclaboussent invariablement le bas de leurs pantalons et où les robes féminines épongent longuement des ruissellements douteux.

Le car pour Pont-Aven, consulté, ne part que

dans une heure quarante, pour des raisons parmi lesquelles ne figure pas non plus, etc. L'hôtel de la Gare n'est pas encore ouvert. Le kiosque à journaux non plus : il ouvre dans la journée quand il n'y a plus de voyageurs. « Au rendez-vous des Cars », une jeune fille lève le rideau de fer et les passagers pour Pont-Aven, Névez, Tregunc et Concarneau s'y installent pour attendre. La patronne au comptoir parle breton avec des consommateurs qui boivent un vin blanc. Marion prend un café au lait avec des tartines et lit *Ouest-France*.

C'est à Pont-Aven que l'attend Denise. Elle est venue chercher Marion dans sa 203 avec son père et son petit garçon qu'elle déposera à l'école en passant.

— Créac'h n'est plus à Kerviniec, dit Denise du ton tranquille dont on parle ici de la fatalité. Il n'est pas mort mais il a eu une crise d'urémie et il a fallu le transporter au bourg, chez sa fille. C'est la fin pour lui.

Ils franchissent le vieux pont sur l'Aven où ne coule plus une rivière mais les eaux usées des conserveries voisines. Gauguin a vécu ici aussi mais les rochers ronds qu'il peignit au Bois d'Amour sont aujourd'hui englués d'une mousse glaireuse. Seul le bruit frais de l'eau qui court n'a pas changé.

— Le fils à Jeanne est marié, reprend Denise. Une fille de Melgven qu'il a épousée. Une fille de boucher, ajoute-t-elle avec une certaine envie.

On dit que les bouchers s'enrichissent vite par ici.

Malecoste est assis sur le siège avant près de sa fille, et Marion contemple cette nuque de cuir creusée de rides profondes comme on n'en voit que chez les montagnards et les marins. Sa casquette qu'il ne quitte jamais dans la journée, sauf pour se gratter la tête, délimite un sillon sous lequel rebique un rang de boucles grises. Quand par hasard il la soulève, on découvre un tout autre visage, désarmé, émouvant, avec une grande zone de front blanc qui n'a jamais vu le soleil. Il tient sur ses genoux son petit-fils qui s'appelle Jean-Yves comme lui, un garçon de six ans très blond, un peu mou, tendre et délicat. Quand on regarde ces pères et ces grands-pères calleux, au parler bref, aux mains épaisses, on s'étonne sottement de leur voir les mêmes fils qu'à nous, frêles et la peau si fine. On aimerait croire pour son confort sentimental qu'ils naissent plus rudes déjà, ces enfants-là, endurcis, faits en somme pour devenir des travailleurs de la mer. Mais non! C'est de ces tendres petites chairs qu'il faudra bien, le jour venu, faire des marins.

— Et votre mari, Denise? Vous avez de bonnes nouvelles?

— J'ai pas eu de lettre depuis trois semaines, répond Denise. Ça ne doit pas aller fort. Quand le bateau ne vient pas à terre, c'est que le thon ne donne pas....

Les derniers kilomètres, Marion en connaît chaque virage. La maison de Josèphe, le petit bois de pins, la ferme en contrebas, l'ornière pleine d'eau qui vous éclabousse toujours au passage... et la chaumière enfin, bien carrée au bord du chemin.

Après une longue absence, elle aime arriver seule dans sa maison. La présence de tiers, surtout s'ils sont de sexe masculin, gâte les retrouvailles et complique les cérémonies rituelles de remise en marche. Les plus tolérants des compagnons, en ces heures-là, deviennent des rhinocéros de cocotiers. Ils vous pompent la sève.

— Pour dîner, surtout, ne te complique pas la vie : fais-nous quelque chose de simple! disent-ils, phrase destinée à leur donner bonne conscience mais qui ne veut rien dire. *Rien.* Que ce soit simple ou compliqué ne constitue qu'un changement de degré, non de nature. La seule différence est entre *faire* et *ne pas faire*!

Le soleil commence à apparaître à travers la brume, couleur de bonbon à l'anis fondu, tandis que Marion ouvre la porte. Je ne vais rien préparer, se dit-elle, surtout pas quelque chose de simple. Je vais vaquer à mon idée, à mon heure et parler toute seule. Je mangerai du pain avec de l'ail frotté dessus. C'est ignoble mais j'adore ça.

Toutes les fenêtres sont ouvertes maintenant. L'air est intelligent ici, pense-t-elle en aspirant profondément, il est varié, il a du goût. Une femme encore jeune mais déjà vieille passe dans la rue, poussant une remorque pleine de bois mort sur lequel est juché son petit garçon en tablier rose. Derrière sa maison neuve tout en bas du village, des rangées de poireaux, de carottes, d'ail et d'oignons pour l'hiver... Cette existence où tout est organisé pour vivre en circuit fermé, où tout est utilisé, les mûres des haies, les champignons, les berniques, l'herbe pour les lapins, où il faut déployer des trésors pour vivre mieux, où la peine ne compte pas parce qu'elle ne coûte pas d'argent et qu'elle peut remplacer, en s'y prenant bien, l'essence ou l'électricité qui en coûtent... Marion avait de la tendresse pour ces vies-là. Elle n'avait jamais envié le sort d'Iris.

Soudain, elle sursaute : on a frappé un coup violent à la porte et elle descend en hâte.

— Ah! Enfin, te voilà revenue? dit le chien rose. Je croyais que tu m'avais abandonné pour de bon cette fois.

— Oh mon pauvre Finaud, te voilà! Qui t'a dit que j'étais là?

— T'occupe pas, dit Finaud, et laisse-moi rentrer. Tu vois bien que je suis squelettique!

— Je suis en train de balayer, mon chéri, je ne veux pas que tu entres maintenant. Attends-moi dans le jardin, je t'apporte une soupe.

— C'est toujours pareil, grommelle Finaud. Ça dit « Mon chéri » mais ça fait des manières pour ouvrir une porte. Enfin, heureusement que je connais la musique, conclut-il avec philosophie en s'allongeant sur la marche de granit tout contre l'entrée.

Elle court faire cuire du riz précuit et les deux cents grammes de daube qu'elle lui a achetés en

arrivant : c'est le repas rituel des retrouvailles.
Elle n'ose pas dire au boucher que la daube n'est
pas pour elle : ce n'est pas très bien vu ici de
dépenser de l'argent pour une bête.

— C'est le facteur! dit soudain le facteur en
apparaissant à la porte dont la moitié supérieure
s'ouvre comme dans les étables d'autrefois. Alors?
On est revenu au pays?

— Eh oui, on est revenu au pays.

— Vous n'avez pas amené le beau temps avec
vous!

— Qu'est-ce que vous voulez... Faut espérer
que demain...

Il faut dire ces choses-là. Il faut qu'elles aient
été dites, comme ça. Après on peut causer. Le facteur apporte une lettre des filles : elles arrivent
demain toutes les deux dans la voiture de Dominique. Frédéric ne pourra pas venir : son père est
très malade. Et Eddie bat de l'aile depuis mon
retour. On sera comme autrefois, mes chéries,
du temps où vous étiez mes deux petites femmes,
où l'on trébuchait dans toute la maison sur des
coquillages et des pépins de melon, où tu cachais
toujours une mouette blessée dans un coin puant,
Minik, ou bien des chatons mourants repêchés
dans un ruisseau; du temps où tu disais, toi qui as
toujours eu le don d'écorcher merveilleusement
les mots : « Viens voir, maman, cette fois c'est
vrai, j'ai un poil sur le phébus! » Je suis contente
qu'il n'y ait pas d'homme avec nous demain. Olivier mort, Yves à l'autre bout du monde, Frédéric

dans sa tribu à lui, nous nous retrouverons là, nous, les essentielles. Je les ressens toujours à vous voir ensemble près de moi, cette sotte tranquillité de l'arbre qui a porté ses fruits, ce bonheur souterrain. Toutes nous sortons les unes des autres et ton enfant aussi, Minik, va sortir de moi.

Image d'infini
Quand la petite fille
Montre son coquillage
Au fond des vasques maternelles
Quadruple lèvre
Mandorle naturelle
L'une par l'autre incessamment
Elles feront le monde, emboîtage éternel [1].

L'une par l'autre, incessamment, nous faisons le monde. En vieillissant, on se met à penser à son sang, aux ancêtres dilués qui habitent en soi; en voyant sa propre fille enceinte, on redevient sa propre mère, on prend conscience de cette « image d'infini quand la petite fille »... Et cette mort d'une mère que l'on croyait avoir assumée, digérée, réduite à l'impuissance, vous revient, aiguë comme au premier jour. Je n'aimais plus beaucoup Maman quand elle est morte, nous n'étions pas d'accord sur grand-chose. Mais il y a plus profond que ce que l'on croit profond et c'est l'inconscient qui

---

1. *Poèmes biologiques*, d'Hélène Vérins. Ed. José Millas-Martin.

hurle quand les parents meurent. Ce n'est même
pas de l'amour filial, c'est le sens de la continuité,
c'est le sentiment très hindou de la fusion dans
l'espèce. Je me demande si un homme ressent
autre chose qu'une solitude glacée à la mort de sa
mère? Chaque homme est dans une certaine mesure
une fin.

C'est avec l'inconscient aussi qu'il faut aimer
ses enfants si l'on ne veut pas qu'ils vous démo-
lissent. Les propos imbéciles de Pauline... je devrais la haïr.

— Au lieu de me chercher du travail, tu ferais
mieux de financer mes vacances, ma pauvre maman, pour que je puisse rencontrer le fils Péchiney
ou le fils Schneider!

— Je ne crois pas au fils Schneider mais aux
vertus du travail.

— Et moi je ne crois pas à la vertu mais au
travail du fils Schneider.

— Alors pourquoi as-tu perdu un an avec le
fils Tartempion? dit Minik.

— Ah mais je crois aussi à l'amour, répond
Pauline. C'est même la seule chose qui peut vous
faire oublier l'absurdité du travail.

— En somme, vivre pour toi, c'est arriver à
oublier la vie?

— Parfaitement. Comment veux-tu te passionner pour une cause? Elles finissent toutes dans
l'ignoble. Tu vois, maman, je te trouve merveilleuse
de croire encore au Progrès. On te vendrait de la
friture de crème glacée, à toi!

— Tu parles comme Ivan. Ou comme si tu avais cent ans.

— C'est pas moi qui me suis faite.

Tous les discours de Pauline aboutissent à cette phrase sans réplique, sinistre conclusion de démissionnaire. Quel miracle nous préserve, Minik et moi, de ce sentiment de l'absurde qu'elle a raison d'éprouver?

Merveille et tristesse de la famille. Précieuse et à fuir. Toute ma vie et pourtant rien pour ma vie.

— Maman, où sont les taies d'oreiller? crie Minik.

Chez nous, ce n'est plus chez elle maintenant. Elle range ses propres taies d'oreiller où elle a choisi de le faire et quand elle dit « chez nous » c'est à la maison de Frédéric qu'elle pense. Merveille et tristesse qu'on ne pourra plus séparer désormais. Je me sens plus démunie d'Yves que jamais quand mes filles sont là ensemble, bloc de jeunesse bien compact et au fond si indifférent. C'est avec lui que je fais le poids, que s'équilibrent sans douleur mon manque d'avenir et leur manque de passé. Je trouve les Galapagos bien loin ce soir.

De l'autre côté de la cloison Dominique et Pauline se disputent : elles ont retrouvé leurs voix criardes de sœurs ennemies. Dans la salle du bas, leurs affaires traînent partout. Comme des animaux elles ont parcouru leur territoire et l'ont marqué. Elles fouillent maintenant dans les armoires à la recherche d'anciennes affaires oubliées et très importantes.

— Oh, ma veste à raies bleues, maman, tu te rappelles, crie Pauline en entrant dans ma chambre.

Et le chapeau de paille du premier garçon de Minik, qui est mort, vieux galurin délabré que personne ne veut jeter. Et des livres qui sentent la souris et des lettres de vacances... Qui était-ce déjà, ce Jean-Claude, maman?

Il paraît que les vaches deviennent neurasthéniques dans les nouvelles étables impeccables et trop bien éclairées. Elles ont besoin elles aussi de leurs alluvions, d'une odeur familière et d'un refuge secret, comme nous de cette maison modeste et profonde où nous pouvons inscrire nos traces. Ici, je me réinstalle peu à peu dans mon âme de chaumière. Je n'ai pas envie de finir Proust. Robbe-Grillet, à la gare!... Donnez-moi le catalogue Vilmorin, ou le Bakker Hillegom de Hollande, le dernier refuge du lyrisme naïf. Je veux lire ce soir le roman de la rose Peer Gynt, « dont les quarante-cinq pétales soyeux d'un jaune primevère intense et lumineux sont bordés d'une suffusion de garance », ou l'histoire de cet hybride de thé, « compact et vigoureux, dont la fleur s'épanouit lentement et se conserve longuement sur pied en se teintant peu à peu de carmin ». Ou bien encore celle du Lagerstroemia, l'empereur des arbustes à fleurs... Langage d'heureux, bonheur profond et lent des jardins.

Demain nous tremperons de grosses tartines dans nos bols; Minik aura les yeux gonflés et Pau-

line un déshabillé ridicule pour une chaumière.
On se moquera d'elle et elle dira :

— C'est toi qui m'as faite comme ça.

Et Minik renversera son café au lait en nous
racontant une de ses histoires cochonnes dont
nous nous délectons toutes les deux. Et nous ne
nous déciderons pas à aller nous habiller, comme
autrefois, quand Yves nous retrouvait en robes
de chambre à midi, et nous nous imaginerons pendant quelques brefs instants que nous sommes
faites pour vivre ensemble toutes les trois, sans
homme.

Et puis il sera onze heures... un ami passera voir
Pauline ou Minik et soudain elles seront très loin
de moi, à 25 années-lumière.

— Ça t'est égal, maman, qu'on ne rentre pas
déjeuner?

— Mais bien sûr, mes chéries.

Et je m'en irai dans mon jardin écrire poste
restante à Panama. Que c'est lui que j'aime. Qu'il
n'est pas un superbe animal, que le chauffe-eau
ne marche pas, que le Solex est crevé, que la
femme de chambre du *Moana* n'est pas venue
faire mon lit, mais que sa vieille casquette de marin
est toujours accrochée sur le palier, rassurante et
juste un peu moisie, que je vais me mitonner un
Hata po po po-ragoût-pommes de terre, que ma
Nouvelle et mon Ancienne Calédonie, mon île des
Pins, mon Tahiti, sont ici, dans ce jardin, et qu'une
place exactement à ses mesures l'attend à Kerviniec.

A ses mesures? Peut-être pas. Mais aux mesures
que nous nous sommes taillées l'un à l'autre à
coups de serpe, à frottements doux, à force de
vivre ensemble, et qui sont devenues plus vraies que
les vraies. Yves, mon chéri, cette fois je crois que
tu es salement coincé. Tu as fini par me rattraper
et je ne me sens plus seule du tout, même quand tu
fais semblant de naviguer vers d'autres îles.

CHAPITRE XVI

KERVINIEC

« A quoi te sert, Socrate, d'apprendre
à jouer de la lyre puisque tu vas mourir?
— A jouer de la lyre avant de mourir. »

Dans ce hameau du Finistère-sud, tout dort et
c'est l'été. Au fond de la dernière chaumière, juste
avant le puits dont la margelle est faite d'un seul
bloc de granit et que le maire veut faire déplacer
parce qu'il empiète sur la route et gêne les rares
voitures, un réveil sonne. Au creux du lit, il fait
bon comme dans un pays chaud et la sonnerie
entame le sommeil des dormeurs d'un trait de scie
douloureux. L'homme et la femme font une grimace mais ils rejettent les couvertures et se lèvent
sans s'éterniser en tendresses. Lui, sur ses jambes
raides de sommeil, va faire chauffer le café. Elle,
l'œil mi-clos encore, ouvre les lourds volets de bois
peints en bleu pâle et percés d'un cœur, et constate
d'un ton tranquille :

— Merde, il pleut!

Ils enfilent en silence leurs collants, leurs cols
roulés, leurs chaussettes de laine, leurs bottes cuissardes, leurs cirés jaunes et leurs suroîts et sortent
dans le crachin en se demandant comme chaque
matin ce qui peut bien les obliger à faire un effort
si pénible, à une heure si pénible, par un temps
si pénible et même pas pour de l'argent! Peut-être
parce qu'on dit de *bon* matin quand il est tôt?
que dans « de *bonne* heure », on trouve bonheur?

L'homme et la femme descendent à pied vers
la cale par un chemin bordé de tamaris tout pou-
drés d'eau.

— C'est pas de la pluie, dit Yves.

— Non, c'est de la bruine, répond Marion.

Le ciel se confond absolument avec la mer et
l'air lui-même est gris. La plage est gris perle aussi,
où la marée de la nuit a emporté les déchets des
vacanciers et effacé leurs pas. C'est l'heure où les
oiseaux oublient qu'ils ont des ailes et viennent
marcher sur le sable vierge le long de l'eau, où ils
laissent de petites traînées d'étoiles à trois branches.

L'homme descend la prame à la lisière du flot.
Les oiseaux ne se dérangent pas : ce n'est pas
l'heure d'avoir peur; chacun est là parce qu'il doit
y être. La femme se met aux avirons. Les bruits
non plus ne sont pas réveillés, ils sont comme
étouffés et ne font pas leur vrai bruit.

Il faut cinq à dix minutes suivant le vent pour
arriver au mouillage. La prame vient tosser sur la

pinasse bleue, solide et sûre comme une maison. Alourdis par leurs bottes, engoncés dans leurs cirés, ils montent tous deux à bord avec une lenteur et une justesse d'éléphant qui connaît son trajet. Tout est mouillé, le bateau, le ciel et l'air entre les deux; sous les gouttes fines et serrées, la mer a la chair de poule. Ils resserrent leurs cirés autour du cou et se préparent à entamer cette lutte quotidienne et vaine contre les éléments, pour les empêcher de s'infiltrer dans l'intimité des vêtements jusqu'à ces replis de peau où demeure encore un peu de la chaleur du lit. Mais ils savent bien que la mer et la pluie finissent toujours par entrer où elles veulent.

L'homme alors s'agenouille, repousse le capot à glissière, ouvre le robinet d'arrivée du mazout, tourne la clé de contact, baisse la manette de compression des gaz et appuie sur le démarreur. Comme il pleut, il sort d'un coffre fétide une bombe de Start Pilote et envoie une giclée d'éther sur la prise d'air.

La femme étale une toile bleue sur le pont du bord où ils relèveront le tramail, sort le croc, la gaffe, l'écailloir. Dès qu'elle entend le gloc-gloc tranquille du Diesel, elle détache le mousqueton fixé sur la bouée du corps-mort et fait un signe à l'homme. Ils ne parlent pas. Pour quoi faire? Ils connaissent chaque geste à exécuter, chacun sait ce que fait l'autre à tout moment et ils savent qu'ils sont heureux.

D'autres canots s'en vont à leurs affaires aussi,

derrière l'île Verte, ou dans le Sud, vers les Glé-
nans, à des emplacements secrets que les confrères
font semblant de ne pas connaître, par pudeur,
mais qu'ils utiliseront un jour, en douce.

Le *Tam Coat* arrive enfin aux deux bouées qui
marquent l'emplacement de ses filets et alors commence l'activité essentielle, celle en vue de laquelle
ils se sont levés à 5 heures 30, enfournés dans des
vêtements humides dont la seule odeur leur eût
donné un haut-le-cœur dans leur appartement parisien mais qu'ici ils hument avec une grimace indul-
gente, pour laquelle elle fiche en l'air sa mise en
plis, se casse les ongles, se fait des cals aux mains,
et lui stagne deux heures dans une humidité pour-
voyeuse de ses futurs rhumatismes... cette activité
qui porte un nom bénin, un nom de passe-temps
bien qu'elle puisse constituer une passion : la
pêche.

L'homme ralentit et vient mourir sur la couronne de vieux lièges que la femme saisit avec la
gaffe et remonte rapidement sur le pont.

Comme les gens heureux, la pêche n'a pas d'histoire; l'amour, ça se raconte mal. La femme est à
la meilleure place, à l'avant, tirant sur le filet d'un
geste inverse à celui du semeur, l'œil vrillé sur le
profond de l'eau d'où montent des miroitements
blancs ou bruns, des masses imprécises qu'elle bas-
cule à bord dans un éclaboussement triomphal
en criant un nom à l'homme, qui accompagne son
effort au moteur.

Quand les soles, la raie, les rougets, la lotte,

les vieilles, les tacauds, les lieus, les étrilles ou les
araignées ont été démaillotés et libérés du tramail,
elle les dispose dans un ou deux paniers suivant un
ordre soigneusement destiné à égarer sur la compo-
sition réelle de sa pêche le curieux ou le confrère
qui viendrait se pencher... Puis elle s'assied devant
le tas de filets pour les nettoyer, respire profondément l'odeur fruitée des algues remontées du
fond et dit :

— Merde, on est mieux ici qu'à Saint-Lazare!

Elle dit merde parce que sur une barque de
pêche quand on est en cuissardes, quand il pleut,
quand on a les reins moulus par la remontée de
cinquante mètres de filets et les doigts écorchés,
il faut des mots à la taille de sa fatigue, de bons
gros mots qui sonnent dru sur l'océan.

Pendant qu'elle épluche les filets, l'homme met
ses lignes de traîne à l'eau et décrit de grands cer-
cles sur la mer, s'en allant déranger les cormorans
toujours assemblés sur la face sauvage de l'île Verte,
au sud-ouest. Il reprend un sujet qui lui est cher :

— On aurait un bateau un peu plus grand,
avec un abri, ce ne serait pas plus mal, tu sais.

— Oui mais alors franchement plus grand, sinon, à cause de l'abri, on aurait moins de place pour
les filets et les casiers. Ici, je suis tellement à l'aise.

— Oui, mais s'il était franchement plus grand,
tu ne pourrais plus aller à la pêche toute seule
quand je ne suis pas là...

C'était l'éternelle et palpitante discussion sur le
choix du meilleur bateau, une discussion à épi-

sodes, toujours reprise, jamais conclue, qui les
avait menés, à la suite de raisonnements impara-
bles, du cotre avec deux couchettes au dériveur
facile à manier, puis du dériveur au moteur trop
faible à cette solide pinasse de pêcheur avec un
Diesel et une voile au tiers, sur laquelle ils commençaient aussi à se poser des questions. Ils
rêvaient d'un bateau calant peu mais tenant bien la
mer, spacieux mais petit, de construction classique
mais tout de même, le plastique, y a pas besoin de
le repeindre tous les ans, avec un abri pour aller
coucher dans les îles mais le pont totalement
dégagé pour la pêche. Ce problème les conduirait
bien jusqu'à l'extrême vieillesse.

Vers 9 heures, l'homme et la femme rentrent à
la cale. C'est l'heure où les touristes ouvrent à leur
tour les volets de leurs villas et s'exclament :

— Zut, il pleut!

Un peu plus tard, « si ça se lève », courageusement parce qu'en Bretagne les vacanciers ont le
sens du devoir et le souci de profiter de l'iode, ils
descendront en caravanes vers les plages qu'auront
désertées les pêcheurs et les oiseaux, chameaux
chargés du matériel toujours plus perfectionné du
plagiste, peignoirs-cabines, seaux, pelles, filets à
rien du tout, sans oublier le Jokari, ou le jeu de
boules, le pliant de Mémé qui trouve la terre basse,
l'ouvrage de Maman qui tricote déjà pour l'hiver,
le transistor pour Papa qui s'ennuie toujours sur le
sable et qui ne veut pas manquer son match, et les
Choco BN pour après le bain.

Sur la route de la côte les plagistes croisent l'homme et la femme qui remontent en se dandinant un peu, avec le panier d'où dépasse le museau de la sole de trois livres, la face blanche sur le dessus. Ils ont tout calculé pour qu'un petit Parisien s'approche et s'écrie : « Papa, viens voir cette bête énorme, qu'est-ce que c'est? », pour qu'un père héroïquement vêtu d'un short, comme tous ceux qui aiment donner des leçons de choses, s'approche et dise d'un ton docte : « Ça, tu vois, c'est une limande... » et répondre d'un ton neutre : « C'est une sole, monsieur » puis s'éloigner, modeste, en traînant ses bottes.

A la chaumière c'est le Retour du Marin. L'amie qui n'a pas voulu « se lever aux aurores » sort de sa chambre, flottant dans du nylon rose, le visage enduit de crème embryonnaire et recule épouvantée à l'approche d'un baiser.

— On ne pue pas, dit l'homme jovial, on sent le poisson!

Pauline vient de descendre aussi en frissonnant et jette un coup d'œil vitreux sur les tamaris gris de pluie.

— Qu'est-ce qu'on va encore pouvoir faire aujourd'hui? dit-elle d'un ton funèbre.

Les deux complices s'en moquent. Pour eux, la journée est faite et gagnée. Il peut pleuvoir. Ils tirent le lard froid du frigidaire, se font frire deux œufs et reprennent un deuxième café au lait sous l'œil angoissé de l'amie dont le foie se révulse.

— Tu n'as qu'à venir poser les filets avec nous

ce soir, propose Marion d'un air engageant car elle adore quand elle est de bonne humeur exciter la morosité de sa fille.

— Merci, j'ai déjà un début d'angine, répond Pauline l'œil haineux.

— A propos, tu n'aurais pas de la Solutricine pour moi, Marion? Ma chambre est spécialement humide, je crois, dit l'invitée en trempant une biscotte dans son thé de Chine tout en regardant ces deux brutes qui mangent dans un halo poissonneux, l'œil heureux et les coudes sur la table. Tu avoueras que je n'ai pas de chance, reprend l'invitée : chaque fois que je viens en Bretagne, il fait mauvais!

— Il ne fait pas mauvais en Bretagne, il fait variable, dit Marion.

Sur la table de la cuisine, la pêche est étalée. Les étrilles bavent de colère et les araignées grafouillent et farfouillent pour tenter de gravir la face Nord de l'Evier. L'homme et la femme contemplent le fruit de leurs efforts et éprouvent le sentiment enfantin et grisant d'avoir arraché du fond des mers la pitance de toute la famille.

Tout à l'heure, douchés, savonnés, rhabillés, ils vont redevenir un monsieur et une dame comme les autres, les amis de l'invitée. N'était ce petit relent de goémon au bout des doigts qui résiste à tous les parfums et qui leur rappelle que demain matin, ensemble, ils recommenceront.